阴阳剑·胭脂盗

民国武侠小说典藏文库·顾明道卷

顾明道◎著

中国文史出版社

顾明道和他的小说（代序）

张赣生

在本世纪（指二十世纪）二十年代末，能与"南向北赵"并称的武侠小说作家只有顾明道。

顾明道（1897—1944），原名景程，江苏苏州人。他八岁丧父，自幼体弱，上学时膝部患骨结核（中医所谓骨痨）致残，行动依赖拄拐。他毕业于教会所办的振声中学，因学习成绩优秀，即留在该校任教，并受洗为基督教徒。1922 年，范烟桥移居苏州，范氏在辛亥革命的时候就曾与友人组织"同南社"，诗酒唱和；这时又于七夕会同赵眠云、郑逸梅、顾明道等九人组织"星社"，以文会友。顾氏由此结识了一批文友，他一生的文学活动大体未超出这个小团体的范围。顾明道因一直希望医好腿疾，所以结婚较迟，抗战爆发后，他和母亲、妻子全家移居上海，苏州的家产毁于战火，从此落入贫病交加的处境中。他一生以教书为业，战前一直在苏州振声中学执教，迁居上海后一面写作，一面仍自办补习学校，招生授课，直至肺结核把他折磨得卧床不起才停办。病重时生活无着落，全靠朋友周济，终年只有四十八岁，身后凄凉。

了解了顾明道一生的经历，有助于我们客观地认识和评价他的小说。

从顾明道一生经历来看，腿残、留校执教、参加星社，这三件

1

事深刻影响着他一生的文学事业。民国初年的上海，盛行哀情小说，即文学史上称之为"淫啼浪哭"的时期。1912年，徐枕亚的《玉梨魂》和吴双热的《孽冤镜》在《民权报》同时连载，随即又连载李定夷的《霣玉怨》，流风所被，一片哀音。顾明道就在这种风气的影响下，开始试写小说，那时他只有十七岁，尚未成年。他的处女作是短篇言情小说，发表在高剑华主编的《眉语》月刊上，这是一份以知识妇女为读者对象的刊物，脂粉气很重，在该刊的创刊号上发表了一篇阐明办刊宗旨的《宣言》，其中说："花前扑蝶宜于春；槛畔招凉宜于夏；倚帏望月宜于秋；围炉品茗宜于冬。璇闺姐妹以职业之暇，聚钗光鬓影能及时行乐者，亦解人也。然而踏青纳凉赏月话雪，寂寂相对，是亦不可以无伴。本社乃集多数才媛，辑此杂志，而以许啸天君夫人高剑华女士主笔政。锦心绣口，句香意雅，虽曰游戏文章、荒唐演述，然谲谏微讽，潜移转化于消闲之余，亦未始无感化之功也。每当月子弯时，是本杂志诞生之期，爰名之曰《眉语》，亦雅人韵士花前月下之良伴也。"看了这篇《宣言》，读者当能了解此刊物的性质。顾明道在1914年左右开始写小说时，选中这样一个刊物投稿，也就表明顾氏本人的性格难免有些多愁善感的脂粉气。

我指出顾氏性格中的脂粉气，因为这决定着他文学作品的基调，丝毫也没有嘲讽顾氏之意，每个人都在一定的环境下养成他的性格，这没有什么可嘲讽的，我们要研究的只是事实。郑逸梅在《悼顾明道兄》一文中提到两件事，其一为："明道最初的作品，刊登在许啸天所辑的《眉语》杂志上，该杂志多载女作家的文字，他就化名梅倩女史，撰着短篇小说。有一位读者，是登徒子之流，写信追求他，缱绻缠绵，大有甘伺眼波之意。明道接到了信，大笑之下，用梅倩具名答复他。那个登徒子欣喜欲狂，寄给他一帧照片，请他交换'芳影'，并约他会晤某园。明道到这时，才用真姓名自行揭破。这

2

一段趣史，明道时常讲给人听的。"其二为："《江上流莺》稿成，我曾为他写一小序，有云：'江山摇落，风雨鸡鸣，我侪丁斯乱世，应变无方，干禄乏术，臣朔饥欲死，乃不得不乞灵于不律，红茧缫愁，绿蕉写恨，借以博稿资而活妻孥。社友顾子明道固与予相怜同病者也。'明道读了，亦为之感喟百端，不能自已。"当时正值日寇侵华，人民生活困苦，对此局面"感喟百端"也是情理中的事，我们不必咬文嚼字，过分挑剔；但达到"不能自已"的程度，就难免少些丈夫气了。以上两件事都可证明顾氏确有些多愁善感的脂粉气。

顾明道养成这样一种性格，固然与前述民初上海文坛的时尚有关，在当时一些人的心目中，唯其如此才配称为"才子"，少了贾宝玉味道就被视为粗俗；但是就顾氏本身的内因而言，腿残对他心理上的影响，恐也不容忽视。肢体的残疾不仅影响着顾明道的性格，也限制着他的行动。郑逸梅《悼顾明道兄》一文说："这时他在吴门振声中学担任教务，因不良于行，往返不便，所以他住在校中。"顾氏是一位多半生未离他那中学小天地的人，缺少广泛的社会生活经历，在这方面，他既不能与同时的"南向北赵"相比，更不能与后来的"北派四大家"同日而语。对于这样一位学生出身，生活面狭窄，又多愁善感的作家来说，写言情小说自然是最方便的，他可以坐在家里凭自己的情感体验来打动读者，只要情感诚挚，哪怕写的只是他个人的小天地，也总会有其可取之处。但自向恺然《江湖奇侠传》引起轰动之后，报刊编者和出版商均热心于武侠一途，顾明道为适应这一潮流，便也改弦易辙，于1923年至1924年在《侦探世界》杂志发表武侠小说。1929年，他由杭返苏，途经上海，与当时主编《新闻报》副刊《快活林》的星社文友严独鹤相会，恰逢《快活林》需要连载长篇武侠小说，严约顾撰写，这就促成了他一生的代表作《荒江女侠》的问世。

《荒江女侠》刊出后竟大受欢迎，同年冬，上海三星图书局向新

3

闻报馆购买版权出版单行本，至1930年8月已翻印四版，1934年11月更达到十四版，这在当时是很可观的销行数。可见其轰动的程度。由于此书畅销，顾氏也就续写下去，共出版了六集，并被友联公司改编为十三集连续影片，上海大舞台、更新舞台也改编为京剧连台本戏，风靡一时，大有凌驾《江湖奇侠传》之上的势头。这部小说之所以能取得如此出人意料的效果，今天的读者或许很难理解。当时最著名的武侠小说，是"南向北赵"的作品，向恺然连缀民间传说，自有其吸引人的一面，但却少了点爱情纠葛、哀感顽艳；赵焕亭的《奇侠精忠传》据说原有不少狎媟的描写，因而触犯禁例，出版时经过删削。顾明道于此际把武侠、恋爱、探险等成分捏在一起，就给读者一种新鲜感，满足了十里洋场那特定读者群追求新奇、热闹的要求，正如严独鹤在《荒江女侠序》中所说："以武侠为经，以儿女情事为纬，铁马金戈之中，时有脂香粉腻之致，能使读者时时转换眼光，而不假非僻之途，不赘芜秽之词。是以爱读者驰函交誉。"

顾明道用以吸引读者的另一个办法是写"冒险"，他在谈及自己的作品时说："余喜作武侠而兼冒险体，以壮国人之气。曾在《侦探世界》中作《秘密之国》《海盗之王》《海岛鏖兵记》诸篇，皆写我国同胞冒险海洋之事，与外人坚拒，为祖国争光者。余又著有《金龙山下》一篇，可万余言，则完全为理想之武侠小说也，刊入《联益之友》旬刊中。又曾写《黄袍国王》长篇说部，记叙郑昭王暹罗之事，曾刊《大上海报》，后该报停版，余亦中止，他日拟出单行本以飨读者矣。又新著《龙山争王记》，则方刊于《湖心》周刊中，该刊为西湖小说研究社出版者也。曩年余为《新闻报·快活林》撰《荒江女侠》初续集，尚得读者欢迎，今由三星书局出单行本，三集亦在付梓中矣；又为《小日报》撰《海上英雄》初续集，则以郑成功起义海上之事为经，以海岛英雄为纬，以上两种皆由友联公司摄

4

制影片。又尝作《草莽奇人传》，则以台湾之割让，与庚子之乱为背景也。"（转引自郑逸梅《悼顾明道兄》）所谓"冒险体"或"理想小说"，显然是接受了西方的小说观念，是指类似斯蒂文生《宝岛》或斯威夫特《格列佛游记》的体裁，譬如他所著的《怪侠》，写一个身负绝技的革命者，失败后率党徒逃亡海外，去非洲探险，与当地土著争斗，称雄异域，即是一例。

就顾氏的为人来说，他是一个正直、爱国的书生。"一·二八"日寇进犯上海，顾氏写了《国难家仇》《为谁牺牲》等小说，表示了他作为中国人的同仇敌忾之心。顾氏一生写过五十多部小说，以武侠和言情为主，也有社会、历史、侦探等作，他临终前，春明书店出版了他的最后一部作品《江南花雨》，这本小说具有自述的性质。

目　录

阴　阳　剑

阴阳剑

第一回

送人头英雄救孝子
比剑法小侠会名姝

月蒙蒙，星闪闪，钟初鸣，更五点，霜落空山，寒生幽涧。隔林木叶萧疏，小桥水声呜咽。这桥西有三间麻石砌墙茅盖瓦的屋子，屋门虚掩，隐隐约约，从里面露出一线的灯光来。门外有座长方式的土坪，土坪靠涧处，有一株大榆树，四围都绕着许多小榆树，虽被寒霜压得枝秃叶落，仍像那诸孙罗抱阿家翁的样子。

一少年身上披了件英雄氅，脚下踏着双绾芒鞋，手里握着一支风飕飕寒闪闪的宝剑，在这样的寒夜里，穿过榆树，竟似风飘黄叶般。惊得树上的寒鸦，都扇起翅膀来，在他的头顶上，盘旋飞绕，喳喳的一阵叫了过去。那少年危立在石桥上，舞起手中的剑，青光闪动。那剑舞得像游龙相似，越舞越快，越快越多变化。剑光上贯注全身的气力泼了碗口大的花。

正在舞得兴高采烈的时候，忽听得有人扬欬一声，这声音好像由屋门外传来的，余音嘹亮，同铜磬一般的响。少年急忙收剑入鞘，回到门前，见那两扇板门大开大放，房内的灯光，被微风吹得闪烁无定。在门外东张西望，看不见什么人。纵上屋瓦，也没有看到人在哪里。少年仍转身跳下平地，走进门来，只管摇着头，心想这贼来得稀奇，本地方有不端的人，毋论我没有听过这样响的欬声，他们该有些惧怕我，不敢在我跟前卖弄，外来的江洋大盗，不知道我家名气的，如何肯到我们这种穷人家动手？旋想旋走入自己的卧房，且看少些什么。看床上的被褥宛在，有二十两银子，放在枕底下，也不曾移动。再看对面的房，仍然深锁得紧紧的。

少年暗暗叫了声作怪，忽然发觉房中木桌上面却多了一个青布包裹。少年解着包裹，且看里面包些什么。谁知不看犹可，这一看，不由吓得浑身直抖起来。原来那布包里是颗须发交并而血肉模糊的人头。人头旁边，放着一纸名片，被红血沾染了。那人头的模样酷肖他父亲的面目。最令他注意的是人头顶梁门上有一处刀伤的旧痕。

少年还想他的父亲本领大，不会杀死在人家手里。虽然顶梁上瘢痕宛在，但天下同相貌的人，又何尝没有？心里转出个试验方法，咬破手指，将指上的鲜血，点点滴滴，洒在人头上。看手指上的血，浸在人头血肉模糊的地方，如油入面，不是他父亲的人头是谁呢？心里阵阵酸痛，忍不住放声号哭起来。再揭开名片，虽然名片血渍沾染，但看出那上面写着山西狄龙骏五个黑字。少年虽不知道狄龙骏是江湖上哪一派人，总因这狄龙骏是他杀父的仇人。狄龙骏居然将他父亲刺杀了，把人头送到这里来，扬毫一声，便去得毫无踪迹，连瓦上地上的浓霜都看不出些须足迹。他父亲平时的仇人当中，就有狄龙骏这般胆量，也没有这般本领。

少年号哭到天明时候，便想杀父的仇人，既是山西狄龙骏，这仇人的线索，便已有了着落，纵由今天哭到明天，便由明天哭到后天，就哭上三年六个月，依旧报不了父亲的大仇。要报我父亲的大仇，就非得到我方仁伯那里，凭我这点本领，虽不能独力手刃仇人，若得方仁伯出山援助，这样不共戴天的大仇，也许有报复的时候。我虽未同方仁伯会过面，听我父亲平时说，他原是太原方家村人氏，唤作神剑方继武，在北五省地方，很享着鼎鼎的大名。我这次到太原去，请方仁伯出山，方仁伯的胸襟胆量，决不致庇护同乡的恶霸，抹杀我父亲同盟的义气。但我父亲此番到四川阴平去，看视我的妹子，出行五日，计程尚未出安徽境界。我父亲在本省决没有能杀他的仇人，这仇人当然是山西狄龙骏。现在我的妹子并不知父亲死在仇人狄龙骏手里，我更不必到阴平去，将这样冤仇告诉我妹子，叫她心里伤痛。总因我妹子这时的本领尚及不上我，她师父又是个与物无争与人无忤的人，我便到阴平去，激动我妹子的孝心，她的性格我是知道的，决然到太原去寻仇人狄龙骏。凭她的本领，岂但不能手刃父仇，反因她同行露出马脚来，坏了报仇的事。

少年拿定了这个主意，将他父亲的人头另用一包打起，佩在肩上。藏了宝剑，从枕底取出二十两银子，揣在怀里，反锁了门户。这时天光大亮，一轮红日，照在土坪上，愁人眼里，反都觉引起无限的悲哀。

少年转过了几个山坳，暗暗曾叫了几句父亲英灵不远。不防迎面来了个矮黑胖子，嘻天扑地，走到少年面前，说天大的北黟山，今天只寻你不着，柳兄跑向哪里去？快些快些，我家里到了个朋友，叫我请你去吃三杯。

这姓柳的少年，认得胖子是蚰蜒虫吴小乙。一生惯喜吃人白食，只要是他认识的人，他都有这本领，把你带到家里，恭维你快活起来，包你情愿出钱，买菜打酒，请他的五脏神，开着聚餐大会，他才甘休。姓柳的少年也曾被他骗过一次，不但出钱请他饮酒食肉，看他的家境极穷，侍奉他七十岁的老娘，又极孝道，还送他十两银子，说他也算是个好汉。此番因报仇心急，哪有工夫同他厮缠，忙向他分说道："我今天实在有点事，改日再奉陪你。"说着，便从斜刺里跑去。

吴小乙早向前将他拉住嚷道："柳星胆，你分明同我恼了。你到我家里吃酒，休说你不在乎几个酒钱，难道我这穷光蛋就请不起你？我家里实在到了个山西姓方的朋友，叫我来请你去谈心。我若对你说谎，你就骂我混账。"

这少年柳星胆听说山西姓方的客人在吴小乙家请他谈心，不禁愣了愣，心里阵阵酸痛起来，向四面望了望，拭泪问道："那姓方的是山西哪一府县的人？有多大的年纪？他怎么知道我？"

小乙道："他没有对我说是山西哪一府县的人，教我怎样讲？不过他自己对我说，他的老子方继武，和你家老太爷是很相好的朋友，他叫作方光燮。年纪比你差不多，脸蛋还比你漂亮些，真是粉妆玉琢，掐都掐出水来。"

柳星胆听罢，暗忖方继武便是我的方仁伯，据我父亲平时的夸赞他的剑法，比阴平虎泉寺老尼慧远高强，膝下有一男一女，都已成年了，剑法也学得乃父的十分之六，难得这番方世兄到了黟山，我倒不可不先去会他。

心里这样思量，口里却向小乙说道："你不要胡闹，要请我吃酒，好好地去，像这样拉扯着，成何模样？"

小乙笑了笑，把手松开了。两人走到一处山岩里，有两间小小茅屋，门窗都用柴管编排，一望知是个穷苦人家。星胆刚同小乙走近门口，即听得小乙的娘叫了声光燮道："哪里没有好德的人？柳星胆不但看顾老身，还要心疼小乙，好个仗义疏财的少年。有柳海峰这样好父亲，才生出柳星胆这样的好儿子来。"

柳星胆听到小乙娘的话，暗暗点头垂泪，顺手推开柴门，同小乙一齐走进。

小乙的娘，精神很康健，没些龙钟态度，她的声调太高，不像似有了年纪的人，正同那姓方的少年谈着话。忽见星胆同小乙来了，说："柳大哥来得好，要盼煞这位方君了，大家好相见则个。"

星胆同光燮行了礼，略说出倾慕的款曲。小乙的娘故意吩咐小乙忙着酒菜。星胆同光燮是初相识，打量他言谈举止之间，实在不像个有本领人样子，开口显出很微婉的笑容，眉目间都表示出女孩

6

儿一种妩媚的神采，不相信他是太原方仁伯的儿子，如何对他说出父亲冤仇的话？光燮也因星胆这种语对人眼不对人的神气，不肯卸下包袱，叫人看出包袱里东西十分重要。便向星胆问道："尊太爷这次出门，自然做得好买卖，老兄佩着这包的金银，要到什么地方去呢？"

星胆只得回道："家父总在江湖上混，从没有取过不义之财，世兄如何说我佩着一包金银呢？"

光燮道："不是金银，这包袱里的东西，自然比金银还要贵重，世兄肯给我见识见识吗？"

星胆看他说这话的神气不对，撤开脚步便走。小乙母子待要问星胆向哪里去，忽见光燮使了个乌鸦展翅，也穿出门外。再看他们一个紧护着包袱，一个紧夺着包袱，先前还是扭结，以后各拔出身边的宝剑，显出性命相扑的样子。小乙的娘看这两支剑舞起来，只是两道光芒，盘旋飞绕，轻易分不出人儿剑儿。

忽然星胆觉得右肘弯里似乎被人击了一下。作怪，星胆这被击的肘弯登时麻痛起来。就在这个时候，手上的宝剑，背上的包袱，冷不防被方光燮夺劫去了。星胆当初想不到这化名方光燮的竟有如此的剑法，更想不到小乙的娘居然有这本领，反帮助人家，打他一把梅花针。先前是胳膊间麻痛不能动弹，看着人家把包袱夺了去，走出山岩，半点儿摆布方法也没有。这番却麻痛得厉害了，右肘弯里上下地方，简直像有千百口针在千百根毛孔里乱攒乱戳似的，伸不得缩不得，上不得下不得。又念父仇未报，竟遭了人家暗算，父亲的人头和宝剑，都被人家夺去，受了这样重的伤，心里又是哀痛，又是气恼。这口气回转不来，便顿时倒在山岩下。

似乎听得小乙的娘高叫着小乙的名字道："快来快来，柳大哥已昏晕过去了。"小乙便走到星胆身边，将他抱起，卸去他上身衣服。小乙的娘取了一大块磁石，在星胆右肘弯里摩荡着。原来磁石有吸铁的功效。梅花针是铁磨的，小乙的娘用磁石吸取那把梅花针。早见星胆醒转，不禁紧握着小乙娘的手号啕痛哭起来，说："杀我是你，生我也是你，你须还我的包袱来。"

小乙的娘回道："你要明白我打你这把梅花针，不是有意杀你的，你到山西去自会明白。你的包袱宝剑自然有人送到山西，日后当还给你，将来有得你报复父仇的时候。"

星胆听完这话，转想她不像含有恶意似的，但她在黔山，我父子都不明白有她这个女中豪杰。揣拟她这话里意思，对于我父亲的大仇必然很详细，又不肯公然说出。她的行径越诡秘，本领越大得骇人。眼前放过她这种人物，不求她帮助我，报复我父亲的大仇，决意要到山西去请方仁伯，我就打错了算盘了。想着，便向她叩头滴泪道："小子肉眼，不识得你老人家是位活菩萨，要请活菩萨帮我的忙。"

小乙的娘，不待他说完，正色回道："呆子，老身这时便可以帮你的忙，成全你的孝道，还用得着你开口么？包袱幸被人家夺去，宝剑也不在你身边，你可以平安到山西去，不但将来能报复大仇，还可以娶得个老婆。你依着我的吩咐，不用厮缠多说那些废话。"星胆没奈何，只得拜辞小乙的娘。

小乙道："柳兄请吃杯酒再去。"

小乙的娘叱道："你这样一副快活心肝，要快活到怎样？吃酒不吃酒什么要紧？你敢阻止柳大哥，叫你认得老娘手段。"

小乙听了，转咕哝着嘴站在旁边，一言不发。小乙的娘又吩咐星胆，江湖上人应当注意的行径。

星胆踉跄走出山岩，耽延了百日工夫，才到山西太原府境界。寻访到方家村的地方，看方家的气派，华屋高楼，俨然是个大户人家。门前有座吊桥，围绕着满村的树木，大门关闭着，星胆用手在兽环上弹了几下，叫着开门。好半会儿工夫，不见有人答应，便转绕到后门口。那后门口开放着，满园春色，尽入眼帘。

远远有一个彩衣女郎，背面站在一株梅花树下。星胆对景怆怀，便轻步走进后门，忽然听得背后有人低声喝道："这是什么所在？你这瞎了眼的东西，敢到这里窥人闺阁，我有本事把你的牛黄狗宝掏出来。"

星胆回头看时，见是一个豪华公子，眉眼间露出惊人的精彩，不比那些纨绔子弟，满脸私欲之气，浑身恶俗之骨。看他面上虽带些怒容，但神色并不严厉，只得定了定神说道："我是安徽黟山柳星胆，不远千里到府上来，因大门关着，绕到后门进来，并没存着窥探闺阁的心，公子不可错怪我。"

公子听了，才转换了笑容，远远向那梅花树下高叫了一声道："有贵客到此，贤妹急宜远避。"那女郎耳朵里透入这两句话，早匆匆走入里面去了。星胆也没问这女郎是不是方家的小姐。公子搀扶星胆的手，走到前厅，星胆曾向他请示一番。原来这公子才是方继武的儿子方光燮。

光燮请星胆坐下，不待他开口，抢先说道："世兄来了，家父还没知道，我进去禀报一声。"

星胆听了，深悔因报仇心急，糊糊涂涂的竟没有先提出向老伯大人请安的话。看光燮去不多时，即听得里面有脚步声响，见方光燮随着个老者，缓步走来。那老者慈眉善目，容光焕发，一部银针也似的胡须，飘然垂过胸腹，右手持着三尺长的紫竹竿旱烟筒，远远咳嗽一声。这声才了，早吓得柳星胆暗暗叫苦，眼中流下泪来。

毕竟后事如何，且待下回再续。

第二回

老侠客苦心谈往事
疯道士巧计骗黄金

话说柳星胆听老者咳嗽的声音，如同铜罄一样的响。回想在石桥舞剑时，也听得有人扬欬一声，余音嘹亮，同他的欬声无二。我那时听得这样的欬声，回家看时，便发现我父亲的人头。我看那纸上名片，写着山西狄龙骏五字，自然疑惑狄龙骏是杀父的仇人。我到山西请方继武出山，帮助我报复父仇，哪里明白我父亲的仇人，还是这老者方继武，寄下那纸名片，嫁祸狄龙骏的？仇人既是方继武，凭我的本领同他鏖斗起来，真个豆腐进厨房，不是用刀的菜。我这一辈子，也不能有报仇的时候。柳星胆想到这样关节，如何还禁得住伤心落泪？但仇人已到眼前了，就拼着一身剐，还顾得许多呢。转鼓起雄心，看方继武同光鬘进门时候，早闪身出来，喝一声"冤家相见，不是你就是我……"。

"了"字还未说出，星胆已竖起拳头，在方继武头顶上，狠命打了一下。星胆的拳功也很厉害，这一拳打下来，足有千斤的神力。谁知打在方继武的头顶上，就同触在铁桩上相似。才打了一下，拳头已痛得缩转回来，肿得揸不开五指，连手臂都不能动弹分毫。泪眼婆娑，仍握着碗口大的右拳，要来打人的姿势。

方继武的头顶上连红也不红，那边光鬘已拔出剑来，显出气昂昂雄赳赳的样子。方继武即向光燮喝道："你这蠢材，不懂得人事！若杀害柳世兄的性命，叫我将来死在九泉，如何对得起他的父亲呢？"

光燮连声诺诺不迭，方继武转现出春风满面的神气，向星胆慰问道："柳世兄，你伤坏了哪里么？这种蠢材东西，真是见笑柳世兄。哎呀，世兄为什么流泪痛哭起来？同是自家人，你难道还看不见我的心么？果然我杀了你父亲，覆巢之下，如何容有完卵？我要伤害你的性命，不论何地何时，你总不能逃脱我的掌握。我不是那样昏聩的人，你如何会糊涂到这样地步？你要明白，你父亲的仇人，本领比我高强，我将你父亲的人头送到你家中来，用尽许多机智，你这时才得平安到了山西。你且回到厅上坐一歇，将息得伤势回复，我告诉你。"

星胆听他的话，方才恍悟过来，很抱歉地同方继武父子回到厅上。原来柳星胆所受伤势，并不是被方继武伤害的，凡人拳头上有五百斤或千斤气力，打在对方人什么地方，如果对方人被他这一拳打伤了，这五百斤或一千斤气力，就承受在对方受伤身上。若这五百斤或千斤的气力，打在对方什么地方，那对方人是个劲敌，这气力既伤他不得，当然被逼得退了回来。打出去的力量，若是一千斤，过回来的力量也是一千斤，如何能承受得起？所以说星胆所受的伤并不是方继武伤害他。换一句说，是他自己伤害自己的伤。这种伤势并不须医治，即医治也无用，只停些时刻，等气力回转原处便好了。柳星胆是内行中人，明白是自己的伤，毋庸请他方仁伯医治，说出那些外行话。告坐已毕，星胆先将那时发现他父亲的人头所经过情形及到山西请援的话，向方继武略述一遍道："小侄实不知是老仁伯将先父的头送给小侄的。现在我父亲仇人在什么地方？老仁伯肯帮助我报复父仇么？"方继武道："非是老夫不肯帮助你，实在老夫这点能耐不是仇人的对手。便要给你手刃仇人，有什么用处？还

11

好你父亲的人头我已着人夺来，宝剑也放在我这地方，你才得平安到江西来。如果你带着令尊的头，身边佩着你家传的青霜剑，便是招人谋害的幌子，你在一路上能保没有风险么？毋论不能遮蔽仇人的眼目，即使被官捕察觉了，对于报仇的事，亦有许多障碍，你明白么？"

星胆像似仍现出不能明白的神气，方继武道："我问你，你父亲的大名在江湖上知道的很多，仇人将你父亲杀了，难道不到黟山去下你的手，斩草留根，将来好容你长成羽翼，替你父亲报仇么？我盗得你父亲的人头，骗你离开黟山，不致一并惨杀在仇人手里。你另用一副包袱，盛了你父亲的人头，身边又藏着那支青霜剑，都怕你步步生荆棘，处处有变化。什么小乙的娘，什么化名方光燮的少年，总是我们袖内的机关，你怎样猜得着？"

星胆道："然则老仁伯在那时候，盗了我父亲的人头，怕小侄再着了仇人的脚步，为什么不立将小侄带到山西？要用这许多机智，费许多周折，是干什么的？"

方继武道："你这话说得太轻易了，我盗得你父亲的人头，仇人虽不决定这人头是谁盗去，但一半也疑惑到我方继武身上。在两月前，仇人到大黟山寻不着你，也就疑惑你被我带到山西来，这是小乙的娘差人来告诉我的。幸亏我见机得早，仇人到山西来过一次，没有探访着你到我家中来，也就不疑惑是我干的事。那时候我将你带到山西，用我神行法，必在两月前就到了，你看我们如何能逃脱仇人的手？"

星胆道："这仇人现在哪里，老仁伯可能告诉我？就因小侄到山西来，并不曾听人说这山西地方有狄龙骏这个人。"

方继武道："今日所谓有名的人，只算些酒囊饭袋，不是些酒囊饭袋，也绝不会有名的。即如小乙的娘，也许是山林中怀抱绝技的女中豪杰。江湖上人一半知道你父亲同我两人是两个大拇指，有谁知道小乙的娘呢？你父亲的仇人在什么地方，老夫本当对你说来，但为你预谋将来报仇的计划，不说出来是要妥些。人头宝剑，仍放在一处地方，你不要查问。且到平遥绵山去，必然遇到那山上的异人。你能在那异人跟前，学习他的本领。本领学成了功，便是你手刃父仇的时候。不过我吩咐你一句话，你得牢牢记着，你没有诚心学本领报仇则已，既诚心要学本领报仇，毋论有什么劳苦，你要忍受。你的伤已好了，良言尽此，你可到绵山去吧。"

星胆还欲再问下去，方继武已起身拱手，退回内室去了。光燮也显着笑容说道："兄弟冒昧，得罪老哥，家君生性伉爽，未闻对老哥略尽东道之谊，实含有不得已的苦衷，要望老哥原谅。"

星胆道："讲客气话，还算得自家人么？但是这异人姓什么？叫什么？还得请老兄转达令尊大人，好来告诉我，不要到绵山找错了人。"

光燮道："家父叫老哥去，不会找不着的，那山上没有第二个人可做老哥师父。恕我不能转达，你我有缘再见。"说罢，即举手鞠躬，做出要送客的样子。

星胆心中好生纳闷，光燮随将他送出村外，赠他二十两金子，星胆只得收了，匆忙间也没问在先化名方光燮的竟是谁人。

一路到了绵山脚下，见高峰耸翠，远岫流青，云影天光，阴晴万状。两千年前介之推的隐居故址，山中人已无复辨认。在山上访问了数日，哪里访到什么异人呢？时常跑到高山巅上放声痛哭，却是点滴眼泪也没有。哭疲了或到寺院门外安息，或在树林里边歇足。他也不怕什么虫蛇怪魅，做了个布口袋，时常装些干粮在内，随便充饥。

这日听说绵山来了个游方道士，时常到山村人家去化缘。有人问他是住在哪个庙里，道号叫作什么，是在什么地方，从什么时候到绵山来的。他说："贫道是闲云野鹤，随遇而安，没有一定的栖止。道号多年不用，也用不着了。各世界都随意游行，只知从极乐世界，到婆娑世界。才吃一顿饭，不知道经过多少时间。"

山中人听他言语很奇怪，都传说他是个异人。星胆打探得异人到了绵山，心忖照这异人的语气，必是精通道法的人。我听得有人说，道力精通的人，数千里以外的事事物物都能明知镜见，过去能算八千岁，未来也能算得三千年法力。精通的人，杀人不用兵器，只心里一转念，要杀什么人，哪怕这人远隔数千里以外，都能飞剑宰杀，直似探囊取物。方仁伯叫我到绵山来访异人，果然，看要访着了。若见了异人，请他收留我，传授我的道法，我的道法学成了，将来还怕不知道我父亲仇人是谁？要宰杀仇人，给我父亲报复大仇，岂不易如反掌？心里这一想，走到一座山村，即见一大群的人，百头攒孔，围着一个肥头硕脑的道士。那道士手里捧着一碗肥肉，狼餐虎咽，好像多年没有吃过肉的样子。

星胆挤进人群，向那道士面前跪下说道："弟子柳星胆，到绵山来已三月了，今天才有缘得见师父，千万求师父传弟子的道法。"

那道士听了，并不回答。星胆又照着以前的话向他申说一遍。那道士忽哈哈笑道："贫道不做强盗，这小子太缠人，要从贫道学什么盗法？"

星胆道："道是大道，并不是强盗之盗，弟子只求师父垂怜，传弟子的道法。"

那道士向柳星胆打量了几眼，又哈哈一笑道："你这小子，我好像在极乐世界会过的。二十年不见，这变成什么模样？今日你我相逢，很不容易，你附耳过来，我吩咐你几句话。"

星胆忙把耳朵凑上去，听着道士吼哩咕噜，说了一阵，便分开众人去了。

到了这夜三更向后，星胆依着道士的吩咐，走到一处山岩所在，那里有一块大石，仿佛见道士闭着眼坐在大石上。星胆跪在前面，道士好像已经知觉了，慢条斯理地睁开了眼，忽然直跳起来，向星胆喝问道："你到这里干什么来?"

星胆道："是师父吩咐弟子这时前来，愿师父传授弟子的道。"说罢，连叩了几个头。

道士道："好，我传授你的大道，你且听着：天命之谓性，率性之谓道，修道之谓教，道也者，不可须臾离，可离非道，戒谨乎所不睹，恐惧乎所不闻，视其无形，听其无声，则大道成矣!"说毕，将自己的心一指，又指着星胆的心，说："你领会了么?"

星胆道："师父道法高妙，弟子如何便能领会?"

道士哈哈笑道："大道虽不外一心，亦非三言两语，所能了解，不过看你凤根甚深，如何半点也不能领会? 难道你身边藏有金气么? 这种东西，最足掩蔽学道人根器，也难怪你说出不能领会的话来。"

星胆道："弟子身边果有二十两金子，师父的道力，真是天大的，一圆明月一般。"旋说旋在怀里摸出那二十两金子来。

道士把金子望了望，说："这是一块顽石，被现在那些得道的点成金子，五百年后，当复还原质，与其留在世间，贻害五百年后的人，不若由贫道送到极乐世界中去。"说毕，即将金子揣入腰包。

星胆问道："师父不怕这东西掩蔽学道的根器么?"

道士道："我的道法已成，你是初学道的人，如何能比得我?"旋说旋在怀里取出一具火镰、一炷明香，交给星胆说道："你且敲着火镰，点起明香，在这里静坐着，我要到极乐世界，五更方能传授你的道法。"道士说完了，喜欢得跳了几跳，疯疯傻傻走出山岩去了。

星胆便敲着火镰，点起明香，插在面前石罅里，即觉有一股非兰非麝的香气，沁入心脾，即时昏昏沉沉，睡倒在那里。

昏沉间不知经过多少时候，醒来便见红红的太阳斜射到山岩里，已是来朝日向西了。星胆直到这时，才从恍然里面攒出一个大悟，心想这道士不是个骗子么？他骗了我二十两金子，还怕我过后察觉了，又骗我点起这炷熏香，让他逃得远了。古今下骗人的事实很多，从未听见有这样惊人的骗法，这是奇到哪里去了。旋想旋起身走出山岩，只是身边的干粮还在，免得临时忍饥挨饿。

又在绵山探访两日，仍没有遇到什么异人，也没有看见那个骗子。忽然想到方继武曾说"此刻有名的人，都是些酒囊饭袋，不是酒囊饭袋，绝不会有名的"，换一句说，就是容易叫人看出是个有本领的，这本领必很平常。越是使人看不上眼的人，这人没有本领则已，若有本领，决是身怀绝技的奇人异士。我现在也只将那些言狂语大、自诩有本领的人，当作是这类的骗子。要访求异人，不在山林隐逸之士当中访求，更从何处着手呢？星胆转动了这个念头，凡遇行径略为诡僻些儿的人物，盘问起来，那些人毕竟全没有异人之处。

这夜月色横空，碧天如洗，清风拂面，襟袖生凉。星胆看着这样的月色，想起父亲冤仇，自己不知到什么时候才能遇到异人，学成本领，得报仇雪恨，不由阵阵辛酸，又跑到山巅上仰天干号，真比刀割他的心肝还痛。一会儿转身走下山峰，到一座松林旁边，见睡着一个老叫花子，光头秃顶，上身是赤膊着，下身尽披了一片藁荐，瘦得像个骷髅，肮脏得像从灰里攒出来的模样，口中哼着说道："我肚里正饿得很，哪里有东西给我吃几口？"

星胆心忖，我来来往往，没有见这老叫花在此睡卧，他是从哪里来的？我倒不可不去问他一问。谁知不问则已，这一问，便牵起本书绝大的波澜。

毕竟后事如何，且待下回再续。

第三回

指迷路月夜拜奇人
陷机关石房适怪杰

话说老叫花闭着双目，卧在树林下，口里打着哼声，说出肚子饿得很，没有东西给他吃几口的话。柳星胆听了，即拽住脚步，上前问道："老丈肚里饿得很么？"

老叫花应声是，星胆即取下个布口袋。原来这布口袋里，星胆曾在日间脱去一件衣服，换了半口袋的干粮。当将口袋放在老叫花面前说道："这里有半口袋干粮，请老丈胡乱用着充饥吧。"

老叫花道："我这老骨头，已饿得不能动弹了，你跪下来喂哺我几口。"

星胆只得跪下，再看老叫花蒙蒙眬眬，好似睡着了的样子。星胆用手推了几推，哪里便推得醒呢。听他鼻息间声息全无，只是肢体尚温暖，不像死去的光景，星胆仍不住用手推搡着。好半会儿，老叫花似乎已经知觉了，仍闭着眼说道："干粮还没有喂哺我么？我吃饱了，你让我睡个快活，不用来磨缠我。"星胆只得将干粮向老叫花口中喂去。

老叫花略吃了几口说："饱了饱了。"旋说旋又昏昏沉沉地睡去。

星胆仍跪在那里说道："老夫何苦绝人太甚，小子乞老丈收留，情愿拜为师父。"

老叫花仍没做理会。星胆又用手不住在他身上推搡。老叫花忽然拗起身来，双目仍紧闭着，气愤愤地说道："好晦气，你要聒噪我，也该等我睡醒来再说。"

星胆道："老丈不是已醒了么？"

老叫花笑了笑说："你想拜我为师？也要做个穷叫花么？"

星胆道："弟子到绵山访师，无奈访了半年了，没访着一个像老丈这种异人，今日有缘给我遇见了，老丈必要收我做徒弟的。"

老叫花笑道："我不是四个眼睛，两只鼻子，有什么异人的所在？你认错人了。"

星胆道："就因看不出老丈有异人的所在，才知道老丈是个异人。"

老叫花仍闭目说道："你既知道我是个异人，诚心拜访名师送给一样东西你吃。"说着，张口吐出满手的涎痰说："你吃下去，就找得个师父。"

星胆见他手里的涎痰，肮脏得同鼻涕脓相似，一股腥臭气味，比屎尿还难闻。心忖他若真是个异人，借此试验我的至诚心，我便得着明师，学成本领，报雪我父亲仇恨；倘若他是有意侮辱我，我不是空给他一场笑话？但是天下的异人，绝不肯轻易收人为徒，就算他有意侮辱我，上天也该可怜我的苦心，必使我有报雪父仇的时候。想着，便一口将老叫花手中的痰涎吞噬下去。在先还觉有些肮脏气味，咽入喉咙，陡觉香甜无比。那香比玫瑰露还香，那甜比西瓜瓤还甜。登时胸膈清爽，精神强壮，说不出的那种好处。

老叫花便起身睁开双眼，在星胆身上打量着，如同闪出两道灿烂的电光。老叫花眼睛瞅在星胆身上什么地方，眼中的电光，便照在星胆身上什么地方，又向星胆微笑了一声道："适才你吃的是换骨金丹，从此可移精易髓，身轻体捷，要学功夫，可得事半功倍之效，算你的诚心感格，才能找着明师，好为将来报复父仇做准备。"

星胆口称师父，打算拜了下去。老叫花慌忙将他扶起笑道："了不得，了不得，你能拜我为师么？我不是你师父，但你既诚心想报父仇，我给你找个师父。"说着，用手向松林那边指道："穿过松林向西走半里路，有座纯阳庙。你到那里去，只说邋遢老人荐你来的，你快些去吧。"

星胆欲再问下去，转瞬间已不见老叫花的踪迹了。只得再吃了些干粮，收好口袋，穿过松林，即有一条山径。约走有半里路，月光下早看见前面危峰耸翠，拥出一座小小的红墙。走近红墙看时，那山门横额上面写着四个金字，虽经风雨剥蚀，但借着皎月的光辉，犹能认出是"纯阳道院"四字。

星胆曾在五日前从这纯阳道院经过，但因山门关着，殿宇敧斜，不想到里面有什么异人，也就没有进去。这夜大门开放着，好像里面的道士预先知道有人进来，开着山门等候的样子。走进了庙门，只见小草盈阶，荒榛满地，两廊间窗格全无，塑着许多的鬼判，有手足不完全的，有削去一只耳朵的，有踏去一只鼻子的，有鸟雀营巢在鬼判头上的。东敧西倒，眼睛里只看不过来，究没有看见一个道士。

正面有大殿三间，供着纯阳的木偶，两边也分列许多道袍鹤氅的泥人。龛上的烟尘，像上的灰垢，要扫刷下几大斗来。殿内并没有灯光，有一团白光照在神龛前面。抬头看时，原来上面的屋瓦，现出个很大的窟窿，是天上星月的光辉，从那窟窿里射下来的。在这大殿上望了个遍，哪里见到什么道士？星胆暗叫一声奇怪。

旋想旋走到后院，仍然空无一人。看门外有口枯井，那边是个厨房。忽地厨房里闪出荧荧的灯光来。那厨房门是关着，从门缝里窥探，果见厨灶上点着一盏闪闪烁烁的油灯。厨灶对面有口水缸，水缸旁边，安设一个短榻，榻上并没有被帐，有一个年纪在五十开外的道人，曲肱为枕，侧卧在榻上。仿佛看出那道人是个癫痢头，面色寒碜，衣服褴褛，并没有什么惊人的神气。

那道人仿佛知道门外有人窥探，忙起身下榻，开了门，向星胆问道："你找谁？"

星胆将邋遢道人荐他的话，前后说了一遍。道人笑道："好好。"旋说旋一把将星胆身子提住，向那门外枯井里掼去。星胆叫了声哎呀呀，幸得吃过邋遢道人金丹以后，身体捷如飞鸟，从井里坠落下来，约坠有数十丈深浅，并没有跌伤哪里。

两脚刚才踏着平地，睁眼一看，这枯井里边却别有天地。面前是一条麻石砌成的甬道，甬道两旁竖着一根一根的木杆，都有两丈多高。那些木杆上面用铁线牵连着，每根木杆上都挂着一盏绝大的玻璃灯，灿烂光明，照彻得同白昼相似。甬道尽处，是座规模很宏大的屋院，看去约有三四十间，大门敞开着。星胆步步留神地向前走去，刚走到大门口，忽见一个绿衣女郎，手执宝剑，从里面闪出来，向星胆喝了声："大胆的强徒，竟敢擅入隧道。"

星胆未及回答，忽然那女郎流泪痛哭起来，佩好宝剑，扭转身躯，将星胆一把抱住说："哥哥在哪里来的？"

星胆向那女郎脸上望了望，原是自家的妹子柳舜英，见面哪有不认识的道理？也流着眼泪，向舜英唤了声妹妹道："你不是在阴平虎泉寺慧远师父那里学习剑法的么？你怎么到了这里？"

兄妹正在这里哭说着，恰好那个癞痢头的道人风飘柳絮似的走得来，喝开两人说道："这是柳师弟拜师的时候，不是你们兄妹问询的时候，请柳师妹且回到你房里去，师父的性格，须知不是好惹的。"

舜英听他的话，哪里还敢违拗，只得走入一间房里去了。星胆随着癞痢头道人，向前行去，穿房入户，经过几间好房屋，走到后厅。癞痢头道人说道："你自己径去见师父吧。你有话只管问师父，没有人敢到这地方来窃听私语。"说罢，自行退去。

星胆走进后厅，看厅前明灯高烛，照彻通明。当中摆设一张方桌，有一把大交椅上坐着个须眉皓白的老叟，满脸堆笑地向柳星胆点头道："你来了么？"

星胆看这老头容光焕发，两眼顾盼有神，光滑滑的顶没一根头发。坐在那把大交椅上，巍然不动，表显出他老当益壮的气概。连忙跪拜下去，照着告诉癫痢头道人的话，及遇见舜英的情形，向老叟禀说了。老叟才站起身来，将星胆拉起笑道："既是祖师荐你前来，得先向祖师礼拜。"

说着，将星胆带到一处最精洁的石房里。星胆看那石房靠壁处有个香几，香几上安放个三脚的兽炉，缕缕香烟，从兽炉孔里喷出来。两边设着烛奴，烧着一对红烛。最令星胆注意的，是壁间挂的那幅神像，酷肖在松林下所见的邋遢道人，装束态度都能尽得神似。

老叟指着那神像说道："这是祖师的肖像，你认识么？"

星胆回说认得，即跪倒在地，向祖师行了三拜九叩首的大礼。然后向老叟唤了声师父道："弟子也在这里拜师了。"拜完了，起身站立一旁。

老叟道："你拜我为师，要学什么功夫呢？"

星胆道："愿师父传授弟子道法。"

老叟哈哈笑道："道法这两个字，谈何容易？没有嫡派的真传，无非学些左道邪法。那些左道邪法学成了功，即令国法毋奈你何，天理也不能容你。你要学道法，能得道法的真传，祖师早已渡济你，不将你荐到我这里来了。我从祖师二十年，尚得不到祖师的道法。我劝你将这道法两字，不要看得太容易了。在在受人欺骗，惹得同辈中人笑话。我的武术，有人说我得自神传，谁知是祖师传我的。祖师说我资质很好，有缘学成功的武术，毕竟无缘得闻他的道法。我一般也学过金钱神算，但金钱神算是祖师道力上一种神通，并非会摆弄三个金钱，就算得闻祖师的大道。我一般也学过画符捏诀，

21

但画符捏诀，是祖师法力上的一种法藏，并非会几道符，捏几个诀，就算学得祖师的妙法。

　　"祖师姓张，讳三峰，是胡元时人，别号唤作邋遢道人。直活到现在，已有三百多岁了。平时都喜欢这类叫花子装束，混迹尘俗，不是明眼人，绝无从辨认。我在稠人之中，能识祖师非常人所及，祖师因我眼力不错，心地纯笃，把我带到这地方来，传授我的武术。二十年后，因我终无缘得闻他的道法，将这地方让给我，临别时曾说师徒的缘分，已尽于此，勉强必干造物之忌。肖像是祖师亲笔，留为永诀的纪念。如今事隔三十一年，那光景就同在眼前一样。

　　"本来你我也有师徒的缘分，我有个朋友，就是山西太原方继武，他打听你父亲被空岩和尚生擒了，借我的名片，想对空岩去讨情，谁料方继武未到空岩那里，你父亲已经蒙难了。方继武因你父亲已惨受宰杀，何用再向仇人求情？只得盗得你父亲的人头，并我的名片，打在一包送给你，设局将你赚到山西，免得使你再惨杀在仇人手里。你到了山西，方继武即得将你撵逐出门，就因你胞妹柳舜英，在阴平虎泉寺老尼慧远那里，不知你父亲被空岩惨杀了。慧远因你妹子在虎泉寺中终不是久安之所，特送她到太原方家，远避空岩的耳目。慧远在第一日送舜英到方家去，你在第二日也赶到了。在方家后门时，远远看见梅花树下，背着站着个彩衣女郎，就是你的胞妹柳舜英。方继武怕你久住下来，被舜英知道了，兄妹相逢，你终该要说出杀父冤仇的话。舜英的性格你也许明白，她听说有这样杀父的冤仇，如何遏止她得住？凭她的能耐，固不能在最近期间手刃父仇，还怕要陷害在仇人手里。方继武即日将你撵出来的缘故，就是这个缘故。老尼慧远将舜英送到方家，同方继武在数日前将舜英送到我这地方，是一样的心理。癞痢头印昙在你们兄妹相逢时候，连忙赶来，不容你对舜英说出杀父冤仇的话，同方继武即日撵逐你出门，也是一样的意思，你想这话对不对？"

星胆听罢，迟疑了一会儿问道："方仁伯既将我妹子送到此地，为何不将我送来呢？"

老叟道："方继武不能一并将你们送来，他这苦衷，我不明说你总该知道了。你是男子，由太原到绵山很易。舜英是千金闺秀，她的剑功很有限，又不谙神行法，单身从太原到绵山来，若遇到什么骗子，将她拐骗了去，那还了得？你不须有人相送，自会得见我。你越是迟迟会见我，越显出你至诚的孝心。舜英却非有人相送不可。"

星胆道："说起骗子来，弟子在绵山也遇见一个。"旋说旋将那道士化缘，骗去二十两黄金的话，子午卯酉，又说了个梗概。

老叟道："这是你遇见骗子，单骗去二十两黄金事小，倘若舜英遇到了他，一炷闷香，还不能将舜英拐骗去么？现在这类三教九流的骗子，到处皆有，你被骗去了黄金，事后我知道很详细，论理我得了这样的信息，就将你带进隧道中来。不过要显出你的至诚心，你也绝不再受人骗，便多迟几日，有什么要紧？"

星胆想了想不错，问道："师父是姓狄？"

老叟道："是。"

星胆道："上龙下骏，是师父的名讳么？"

老叟道："是。"

星胆流泪道："弟子当初见师父的名片，只当师父是杀父仇人，谁知其中枝梧有因，当初意想中杀父的仇人，倒做了我的师父。究竟弟子的仇人在什么地方？为什么杀害我父亲呢？"

狄龙骏道："这个我不能便告诉你，日后自会明白，你毋庸向我晓舌，只记清你父亲的仇人是空岩和尚就得啦。"

星胆见他师父说这几句话的神气十分严峻，不敢再问下去，只得说道："师父不能传授弟子道法，就请传授弟子武术。"

狄龙骏道："你且去同舜英叙谈叙谈，明天我传授你的剑术，你总要将你父亲冤仇瞒起才是。"

星胆即随狄龙骏走到后厅，忽见有个女子闪到面前，拉住向星胆问道："柳兄，你认得我么?"星胆见了，暗暗大吃一惊。

毕竟后事如何，且俟第四回再续。

第四回

赤手救娇娃英雄肝胆
苦心试情侠美女襟怀

话说那女子向星胆问道："柳兄，你认得我么？"这话才了，忽然狄龙骏仰首向门外叫了声印昙。那女子看狄龙骏神色很严，这声叫出，如同天空陡起个霹雳，转吓得花颜失色，两个滴溜溜眼珠，只管向星胆出神。好像有大祸临头，要求星胆援救的样子。

没有片刻时间，即见那个癫痫头道人走进来，垂手拱立在狄龙骏面前，问师父唤弟子有何吩咐。狄龙骏指着那女子喝道："且将她绑出去，砍首报来。"

在这间不容发的时候，星胆说了声"且慢"，便跪倒在狄龙骏面前，问道："这女子是什么人？请师父暂息雷霆之怒，明以教我。"

狄龙骏道："你认识她么？"

星胆道："认是自然认识的，不过她的模样儿改变了。"

狄龙骏道："你在哪里认识她的？"

星胆道："在吴小乙家认识她的，还同弟子比过几路剑法，被小乙的娘打了弟子一把梅花针，她才得将弟子包袱宝剑夺劫去了。"

狄龙骏道："这事老夫也知道些梗概，你明白她唤什么名字？"

星胆道："那时她是化名方光燮，后来弟子会见方光燮，才决定她是化名前去，夺了弟子的包袱宝剑。就想不到她是个飘逸绝尘的

25

少年，如何变成个妙龄玉质的少女？"

狄龙骏道："你的眼力果不错，她是方继武的女儿方璇姑，方光
燮却是她的哥哥。在你未到太原的时候，方继武即将她送到老夫这
里，托老夫收留，传授她的本领。只因老夫的规定，这内厅地方是
我秘密谈话之所，凡我门下的人，非经我吩咐，若轻易走进一步，
就仔细他的脑袋。你是祖师荐你的，这就在例外。我不能以对待门
下的人来对待你，她怎能比得你？什么事胆敢跑到我这地方来大惊
小怪，好不懂得规矩。"

星胆叩头道："弟子听得明白，果然是方世妹太疏忽了，使师父
下不来。不过她是我的世妹，这番在她固是罪有应得，若师父了却
她的性命，她父亲心里必很难过，望师父高抬贵手，宽恕她这一次，
她再敢违背师父的规矩，弟子也不敢再向师父讨情了。"

狄龙骏怒道："怎讲？你怎么讲？她犯了我的规矩，岂讲情所了
事的？印昙，快将她砍首报来。"

星胆见势头不妙，哪里还顾得什么男女嫌疑，说时迟那时快，
两手早将璇姑搂定，同时倒仆在地，满面流泪地说道："弟子非方仁
伯，无缘得到绵山，会见祖师，拜见师父。祖师、师父、方仁伯的
大恩，弟子虽碎骨粉身，亦不能图报万一。若师父不肯暂息雷霆之
怒，请师父一并连弟子宰杀了，弟子死到九泉，也得将空岩的命追
了去，好做个雄鬼。"说罢，那眼泪点点滴滴，都滴在璇姑的粉腮
上。璇姑也睁开眼珠，望着星胆，流抹了许多热泪。

狄龙骏勃然大怒道："这是什么所在？你这小子，敢在这所在咆
哮无礼么？"

星胆哭道："非是弟子敢在这所在咆哮无理，弟子这时只知感报
祖师、师父、方仁伯的大恩，非礼违法的事，都不暇顾及了。愿师
父曲予宽容，开放我们一条生路。"

癫痫头印昙在旁见了，也有些辛酸泪落。但是这种违背师父规

矩的事，非同小可，总觉爱莫能助，除了辛酸流泪以外，没有旁的话说，只想着师父再有令下，他们这两个脑袋就快要迁居了。想不着狄龙骏忽然长叹了一声，也洒了几点英雄泪，缓缓地点头道："好个热血英雄柳星胆，也罢，既是星胆舍身替她求情，老夫且看在星胆分上，寄下她这颗头来，下次若有人跑进来胡闹，可不用怪我的心肠太狠。"

星胆听了这话才同璇姑站起身来。璇姑先向她师父叩头谢罪，抬头看时，狄龙骏已大踏步走入里面去了。印昙也同时走出厅外。璇姑又向星胆拜了几拜，星胆也答拜。璇姑便将星胆带到舜英房里坐下。

舜英见了，劈口先向璇姑问道："两个人在哪里的，连眼睛都哭红了？"星胆便将适才的情形，告诉了舜英，将关于他父亲冤仇的话瞒起。

舜英笑道："你们交杯酒还未吃，倒拜过堂了。"

璇姑听了把脸飞红了，便向舜英附耳道："我把你这小鬼头，红口白舌讲的哪里话？想对我哥哥说，将来还要聘你做嫂子呢。"舜英听了，粉腮上不禁泛起了朵朵红云。星胆见舜英这种娇憨神态，暗暗叫了声可怜，她若知道父亲的冤仇，那活泼泼的心肝不知要伤痛到怎样地步？

舜英又对璇姑笑道："我们讲正经，师父的规矩，你也该知道。我兄长到内厅去，我就没这胆量敢去盼望他。方才你到我房里，我告诉你说我兄长来了，你问我兄长在什么地方，我说到内厅去拜师了，怎么你有这吃雷的胆，敢违背师父规矩，竟到那里去看我兄长？难道再迟些时，你们就没有会面的机缘么？我只看你剑法海样深，不信你色胆天来大。"

璇姑红着脸道："好大的正经，看你越说越没有好话了。你敢仗着你兄长在这地方，不怕我来打趣你？你就打错算盘，看改日再捞回本来。"说着，一扭身子便走。

星胆道："你由她打趣你，你这一走，倒反惹人笑话了。"璇姑哪肯回来，早闪动如风，撇到她房里去了。

舜英笑道："人已走了，兄长在这里放马后炮可是迟了，可知有人站在背后，要笑话你们呢。坐下来，我有话要问你，父亲现在是怎么样了？"

星胆猛听舜英问到这句话早噤住了，半声不响，禁不住心酸泪落。舜英笑道："兄长怎么发魔起来？我明白了，方世妹一会儿见我的兄长，就要惹出兄长这许多眼泪来。"

星胆急趁势回道："我想起师父盛怒的时候，至今还有些替她悬心吊胆，不过触目伤怀，为她流了几点眼泪罢了。"

舜英笑道："笑话也说得厌了，再说就没有半点意思。你听真了，我有话问你，父亲现在是怎么样了？"

星胆只得掩泪回道："父亲精神很康健，我们到师父这地方学艺，他心里总该欢喜。"

舜英道："是几时来探望我们？"

星胆道："我们在师门学成武术，师父就许我们回去。三年以后，我们得尽全孝道，父亲怕未必前来探望我们了。"

舜英急道："师父不许我们初入门墙的人出隧道一步，父亲怎么却不来探望我们？女儿原没有要紧，儿子总许是儿子。既然喜欢我们，你为什么说出未必前来探望的话？我想父亲的心，却没有生硬到这个样子。"

星胆道："不是父亲心肠坚硬，是师父有约在先，不许他前来探望，怕分了我们学武的心神。"

舜英已听星胆说父亲精神很康健，又有这一层干碍，不便前来探望。好在在师门的时期有限，孝养父亲的日子正长，也就毋庸赘问下去。接着又同星胆谈说了许多闲话。星胆怕回话时，轻易露出破绽，略谈了片时，便伏在桌上，半声不发。

舜英道："兄长倦了，前面有间寝室，兄长且去安歇吧。"说着，便引导星胆走进寝室里去。

星胆看寝室里很清洁，床上的被褥都铺设得齐齐整整。案上点着一盏油灯，荧荧如豆。看舜英转身回去，星胆睁大着两个光睒睒的眼珠，只顾望着青灯流泪。好半会儿，竟忘记关着室门，和衣倒睡床上，鼾呼不醒。蓦地觉得有人将他的身体尽性摇了几摇，星胆从蒙眬之间睁眼看时，见是方璇姑，早惊得从床上直拗起来。

璇姑急着说道："我父亲来了，请世兄到我房里去。"

星胆点了点头，随着璇姑，转弯抹角走到一间房外。两足刚跨进房门，问老仁伯在哪里，凑巧有一阵风吹来，房里的灯光熄灭了，黑洞洞看不见有什么人。接着听得砰的声响，似乎那房门已被璇姑关起来。星胆暗叫不妙，反转身躯，双手向前摸着，哪里摸到什么人？就在这时候，又是铿一声响，星胆再进一步，伸手开门，摸不到门闩，而门板触在手上，又硬又冷。心里疑是铁板门，弹着手指一敲，听得铿锵作响，不是铁板门是什么呢？

正在万分焦急，忽听得璇姑的声音，在他背后低唤了声柳世兄道："小妹仰承世兄救命之恩，愧无以报，故托家君前来，舍身报德，愿世兄勿以荩菲见弃。这都由五百年前结下未了的债，五百年后才了此未了的缘。"

星胆听完了，心里早直跳起来，使开那合手为拿的姿势，按着发声的所在，向前扑去。哪里还扑着璇姑呢？口里不住叫着几声孽障，又听璇姑声音说道："了不得，了不得，世兄如何忽说出这气人的话来？你在半夜三更，闯到我的香房儿里，是想做什么的？世兄肯听信我的话便罢，不肯听信我的话，我到师父那里告一状，看世兄如何下得来？劝你顺从了我吧。这是你讨着便宜的事，你又何苦而不来呢？"

星胆听这声音虽相距不远，但转念一想，不便向前扑去，只得分辩道："这是你说方仁伯在你房里，哄我前来，把我关在这种地方，不是我在半夜三更闯进来的。只要你见了师父，不要狡赖就好了。"

似乎璇姑现出很低微的声音，这声音便像在眼前了。星胆不住向后退着，耳朵里犹模模糊糊听她说道："世兄这样地拒绝我，莫非厌弃我的态度太妖艳，言语太风流了？怕我已不是千金闺秀，曾和人有了私情么？唉，这真是黑天的冤枉呢！我长到一十八岁，从未经过这种羞人的事，觍颜相向，本非我的素心，但我今日一见世兄的面，我的喜欢就到了极顶，何况世兄和我有负体之嫌，多少总该有些缘分。我这颗血热的心，直系到世兄胸腔里。世兄索性拒绝我，必索我于枯鱼肆中了，总乞世兄垂怜，救我一命，好好补偿我的相思。"

星胆万分无奈，只得用很平和的口吻说道："世妹说这样话，我这两个耳都听得肮脏了。我的人格固然宝贵，世妹的身份也不是一文不值的。何况上有天，下有地，我若做下这禽兽的事，叫我良心上怎对得起方仁伯？我死到九泉，更有何面目能见我的亡父亡母呢？总请世妹开一面仁人之网，放我出去，省得彼此反颜交手，吵扰起来。毋论师父要处死我们死命，并且我们方柳两家，总丢尽祖宗颜面，子子孙孙都抬不起头，说不起话。"

星胆说话的口吻和平了些，璇姑的声调却转来得严厉了，只听她又说道："你太不识好，还是这样地拒绝我，你以为不答应我的话，就放你出去么？你也不想想，这些事是你惹出来的，你在师父面前公然搂抱我，你这会儿子还要假撇清，我劝你识相些吧。"

星胆道："你是个聪明人，糊涂虫怎么攒到你脑子里？我那时只要救你的性命，毁誉祸福，都在所不计。我若早知你这样地不顾面孔，便砍去我这脑袋，也不向师父求情了。"

这话才说完了，忽然屋子里灯光一亮，早见璇姑粉颈轻垂，嫣红满颊，站在灯光之下，低声赞道："好个柳世兄，心肠比什么都软，性格比什么都硬。我告诉你，你的性命，总算站西瓜皮上，一脚立不稳，险些要跌个粉碎。师父因你替我请情的时候，公然搂抱我。当时虽准你这个人情，事后转疑惑你那样情热，叫人看出有些混账，方才我从令妹房中回去睡歇，师父差人来，把我唤到后厅问道：'星胆为什么舍命给你讲这人情？'我说：'他是弟子的世兄。'师父道：'既然替你讲情，为什么又对你公然无礼？'我听师父这样说，只羞得恨无地缝可入，淡淡回说不知二字。师父道：'这个不知说得好。我问你，那时你毕竟为的什么事跑到这地方，对他大惊小怪？'我说：'他有一支青霜剑及他父亲的人头，都放在我家里。弟子听说他来了，立刻要使他知道人头宝剑的下落，并对他显出弟子的真面目来。一时心急，忘记师父的规矩，弟子罪该万死。'师父道：'虽然这小子是祖师荐来的，但老夫看他的行径，有些靠不住，只要你是立得正，行得正，不要害羞，你去试验他的心，是不是有意对你公然无礼？你若敢违背我，就将你们一并宰杀。如果试验他是有意侮辱你，就砍去他的脑袋。老夫虽看不见你们的心是怎样，但凭这三个金钱，算准你此去所行的事、所说的话，总逃不了我的神算。'我听师父这样说，不但师父疑惑你有意侮辱我，便是我的心也就恍惚起来，你救了我的性命，又有钟建负体之嫌。我虽不一定要许配你，但我已不愿再嫁人了。如果你是有意侮辱我，便救了我这性命，难道我不想报复你？便是师父没逼勒我来试验你，我也顾不得什么害羞，要看看你的心，还是冷的，还是热的？还是红的，还是黑的？还是肮脏的，还是光明的？如今我已试验过你的心了，这是你的造化，你去吧，算我感谢你到一百分。"说着，即近前开了铁板门，让星胆自去。

星胆暗想师父真好厉害，我今夜若跳不过这道美人关，我一死原没要紧，父亲的冤仇就沉没到海底了。回到寝室，进门看见床上坐着一人，那人见星胆来了，低喝一声："好大胆的孽畜，看我这一剑结果了你。"

毕竟后事如何，且俟第五回再续。

第五回

空卷寒云丹心如皓月
薪添炉火碧血溅青锋

　　话说柳星胆远远借着闪闪烁烁的灯光，看那人的相貌，生得甚是凶恶，头戴铁盔，身上披着铁甲，脚上似乎踏着铁底的乌靴，满脸黑得同锅铁相似。一部络腮胡须有五寸多长，张开来同钢针一样。年纪老少虽看不分明，就只在这种相貌看来，也有五六十岁。身材虽不甚高大，但举动矫捷，在那一声喝出来的时候，早拔出腰间的宝剑，比箭还快地闪到星胆面前。那灯光也在这时候一闪一烁，闪得熄灭了。星胆的宝剑不在身边，分明是只手空手，哪里还敢抵挡，只得闪折了一下，向那人问道："来者是谁？何不通出姓名？空是这样胡闹，你就刺杀我，还有我的师父呢。"

　　那人说声好，折转身来，飞起一脚，身体已是凌空，把飞起的那只脚向星胆肩上一搁。星胆觉得这一脚搁下来，足有数千斤气力，哪里还支撑得住？不由矮下半截身躯，向那人面前一伏，周身都觉有些痛得不能动弹。实在万分窘急了，待要大声呼救，那舌尖在口里乱画，看那人凶恶的样子，吓得噤住了，如何能喊出一句来呢？

　　那人低声喝道："吾乃上界夜游神是也，专在昏夜时间，查察人间的善恶。凡有暗室亏心的人，被我游巡时查出他的罪恶，我手中这支剑是赦他不得。"

星胆听他这话，心里转觉宁帖些，心里宁帖了，舌尖上也就登时恢复了原状。连忙问道："你是夜游神？"夜游神回说是，星胆道："你是奉上帝的命，专在夜间访查人间善恶的？"夜游神回说是。星胆道："有了这两个是字，你手中的剑，若在今夜结果了我，怕你不出三日，要惹得上帝怪罪下来，你也上了断头台了。"

夜游神听了恨道："倒看不出你这小子，竟胆敢口出大言，诋辱神教，你看我的剑锋不快么？"

星胆道："我不敢诋辱神教，但看你这越职妄杀的淫神祀鬼，我只道世间有蛮不讲理的人，谁知天上也有蛮不讲理的菩萨。"

夜游神道："你说这样话，也该还出我越职妄杀的证据，我就立刻褪去神服，不做夜游神了。"

星胆道："要我还出你越职妄杀的证据，你就该先还出我亏心暗室的证据来。"

夜游神道："你在血丧之中，借端戏辱人家千金少女是实，要奸淫人家也是实。"

星胆道："你是夜游神，奉帝命在夜间访查人世善恶，不能访查得清晰，就会说出这两个是实来，容易加人暗室亏心的罪。你是神目如电，先该看明我的心，究竟可有这两个是实？"

夜游神道："你还想抵赖么？你戏辱人家千金少女，又存心要奸淫人家，若非人家暗暗告诉你，叫你小心些，要遮蔽你师父的眼目，这第二个是实，你又造出来了。我早已看见你的心，你还想抵赖么？"

星胆讶道："聪明的天神，怎么两个眼珠也糊涂到这种样子？我若有那两个是实，今夜已逃不过美人关了。天上有不明黑白的淫神，就毋怪世上有不分黑白的官吏。"

夜游神道："也罢，我的宝剑是上帝赐我的，最是一块试金石，你若瞒心，我一剑就得砍杀了你。若不瞒心，我这剑就伤你不得，看剑吧。"说毕，便抽回了那只脚，挥起手中的剑向星胆搂头砍下。借着这剑光之下，看星胆神色不动，俯头受刑。就在这生死的关头，夜游神忽地把宝剑抽回了，随将星胆扶起道："既然你没有亏心，我的宝剑就伤不了你，我带你去，见你的师父好说话。"说着，即在星胆肩背上揉抹了几下。

星胆在他一脚搁下来的时候，身体都痛得什么似的。及经他揉抹了几下，便不觉得怎样痛苦了。疑是神仙奥妙，令人不可思议。便随在他的背后，走到后厅来。看师父不在厅中，料想已回到房里安歇了，只好站立阶下。

夜游神转身向内立着，卸去头上的铁盔，脱去身上的铁甲，除掉脸上的假面具，回过身躯，向星胆点头笑道："你看我是谁呀？"

星胆留神看时，不是他师父还是谁呢？不但相貌无异平时，连声调都变换过来了。心想师父的为人真了得，温和时比什么人的相貌都温和，厉害时比什么人的手段都厉害。他转念疑惑我今天替璇姑讨情，表面上显得太难堪了，就怕我的心怀难测，假借他金钱神算，就得如何灵准，逼勒璇姑设成美人局诈，试验我的心怀。又怕璇姑同我串通一局，瞒过了他，复装神做鬼，就这样地试验我。什么金钱神算，这是他哄骗人的，他的金钱虽能算得吉凶祸福，如何能把各人的心、各人所行的事、所说的话，都算得了如指掌呢？这是我问心无愧，才能逃脱他的掌握。旋想旋跪倒在狄龙骏面前，叩了几个头说："弟子冒犯师父，特向师父请罪。"

狄龙骏忙用手扶起星胆笑道："这如何能怪你咧，讲到我们胸怀磊落的人，本来不拘小节。便是男女的情愫，只要光明正大，却不干我的规律。如果有了什么暧昧苟且的事，人有师徒的情谊可讲，我规律我的，剑怕不能有什么师徒情义可讲。"

第二日上午时间，狄龙骏便取出一柄小剑来，说："这剑本有阴阳两柄，阴剑名为秋月，阳剑名为青锋，这是一柄阳剑，不但你家青霜剑及不上它，便是古来干将莫邪，若和这剑比较起来，恰如小巫会着大巫，牛马见了麒麟。当初造这阴阳剑是男女二人，男名李青锋，女名梁秋月，他们是夫妻的名义，谁都使出一路好的剑法，在江湖上很干出许多锄强扶弱的事来。不过看世界上不平的事很多，终日打着不平，他们的剑法虽好，却恨那剑锋不快，遇到练过罩功的人，这剑转不若一块顽铁。并且练罩功的人，仗着练成比铜铁还坚硬的身体，横冲直撞，不在轨道上走路，天不怕，地不怕，什么奸淫妄杀，惨无人道的事，一半由那些罩字门中的人干出来。寻常的剑，既不能奈何他们，替未经被害的人除害，已经被害的人报仇。那些练过罩功的人，简直就凶横得不成话说。

"青锋秋月一想不好，便把他们平时所使的剑，放在炉火中千锤百炼，似这么每日千锤百炼地炼了十五年，炼成了两柄锋快的剑，真有斩铁如泥、吹毛不过、杀人不见血的三种功用。但是同练过罩功的人，交起手来，不但不能伤害那些人分毫，反把剑尖砍卷了口。青锋秋月更踌躇起来，都像发了疯魔似的，又把这两柄剑放在炉中，朝夕不辍，炼了三十年。青锋秋月的壮年光阴，都消磨在这两柄剑上，将那两柄剑使用起来，遇着那些练过罩功的人，仍然是顽铁无灵，没有半点的功效。青锋秋月看他们的年事已高，待要苦心再炼三十年，毋论这两柄剑能伤害罩门中人尚未可决定，并且如何能有这百年的寿算，再将两柄剑放在炉火中炼三十年呢？但在势又不能将这四十五年的功夫，都付之行云流水，只得仍将这两柄剑，又借着融融的炉火，炼了十年。就在这十年时间，青锋秋月的体格渐渐衰败下来。两柄剑还没有炼了成功，他们暗地一商量，与其使宝剑炼不成功，毋宁以身殉剑，看炉中的火候，旺炽到十二分，青锋秋月都脱去身上的衣服，向炉火中跳去。青锋秋月葬身在融融的剑火之中，以后不能再炼这两柄剑了。

"这两柄剑便落到一个窃贼手里，反不若寻常的钢铁中看，略看出是两支剑的模样儿罢了。不过青锋秋月殉剑的声名，江湖上人都很知道。也该这两柄剑合归我，有三十年前，由我祖师用二十文钱，在一个旧货摊上买来的。祖师将这两柄剑锤炼成功了，把来赠给我。据祖师说，这剑由那窃贼送给一个武举，那武举看这两柄剑没有奇异所在，不知爱惜，被家中窃出，卖给一个收旧货的。倘不遇见祖师，这两柄神剑便与顽铁同朽了。祖师又说，这两柄剑是青锋秋月的灵感血肉所砌成的，白光是阴剑，金光是阳剑，阴剑本为梁秋月的剑，故名秋月，阳剑本为李青锋的剑，故名青锋。青锋秋月两柄剑合用起来，毋论遇到怎样罩功的人，都能在十步外，飞斩人头，一若探囊取物。这两柄剑的妙处，有神有质，质则专借练习功夫，神则专赖人的灵感作用，通神变质，全看练剑人的灵感功夫何如。若是拿它当作寻常的剑一般使，不能通神变质，就有斩铁如泥、吹毛不过、杀人不见血的三种功用，遇到练过罩功的劲敌，还不像似两块顽铁？

"祖师把这两柄剑赠给我，并传我剑术的妙谛，灵感的作用，我依着祖师的指教，练了五年，也这两柄剑上干过许多事业。我把这柄阳剑交给你，我传你通神变质的诀窍，你要专心练习，将来可凭这柄剑报复大仇，还得在尘世间，杀霸锄奸，继承李青锋的志愿。"

星胆听罢问道："这是一柄阳剑，还有一柄阴剑呢？"

狄龙骏道："阴剑我要另送一个人了，你也不用过问，将来你报复父仇，阴阳剑总该碰面。"

狄龙骏当日即将星胆带到自己的房中，每日三时传授他使用这柄剑的功用。星胆本来剑术上有了几层火候，又吃过三峰祖师的金丹，心地通明，并肯专诚练习。只练了一年六个月的工夫，能将那柄五寸多长的剑，迎风一闪，便有五尺来长。一道金光，从剑锋上射出来，即见那剑光中有个八十来岁的剑叟，寸丝不挂，也像舞着一柄小剑要杀人的样子。星胆因这柄剑有灵感的作用，心里没有转动杀人的念头，那剑光也就在空中招展，剑光中那个八十来岁的剑叟，虽然舞着一柄小剑，仿佛要去杀人，却并没有伤坏什么。知道剑术已成功了，接连狄龙骏便传他气字的内功拳术，如此者又二年。星胆从未出内厅地方一步，师兄弟们都知道他师父的规矩，在这三年六个月时间，也没有人敢去窥探。

这日星胆独自在房里练功夫，忽见狄龙骏同方继武两人匆匆忙忙地走进来。星胆看出方继武是有什么要紧的事，来请求师父的。星胆欲向前请安，方继武摆一摆手，狄龙骏便摇起三个金钱，连摇了六次，面上现出很欢喜的神气，向方继武道："卦象虽凶，终得逢凶化吉，还有重重的喜事。"说罢，两人便走出去了。

星胆等他师父回来，问方仁伯有甚急事。狄龙骏道没有什么大不了，有你门下的人出山，就可以无事了。星胆待要再问下去，看他师父，又把三个金钱，颠簸了几下，倏地现出惊异的神态，拍手叫道："这就糟了，难道我的金钱，就没有半点灵验么？这件事倒用不着我出山，那东西也不应该死在我手。"惊诧了一会儿，又转身出房去了。接连过了三日，并不见狄龙骏回来，星胆只摸不着半点头脑，料知去问别人也问不出是什么缘故来。

忽然狄龙骏回来了，说："小乙娘的话，最是靠得住，她的神算比我还准确。那东西本不该死在我手。"说着，把那三个金钱，摇了一会儿，又匆匆出房去了。好半会儿方才转来，面上转又现出欣喜的颜色，向星胆笑道："你仍在这里做功夫，不要管问我们的事。"

接连又过了三日。这日又见方继武走来，带着些愁苦的样子，一望就知他心里有忧愁抑郁的事。星胆待要迎上去打话，但望他师父的神气，却又不敢上前，只得拱立一旁，看他师父又同方继武走出去了。

隔了三日，狄龙骏才转回来，进门便现出懊丧的神态说道："可惜我无缘得闻祖师的道法，什么过去未来的吉凶祸福，虽有这三个金钱，终不能穷其底蕴，究竟天下事，总算难逃一个天数。"说至此，便向星胆说道："青霜剑已由你方仁伯送来，你父亲的人头也送到了，你将来报复父仇以后，自然交给你。只是你这次须到湖南龙山去，那里有个薛家坡。薛家坡中有个薛瑾，你到那里去访他，包管他收留你，做他的儿子。你还在那地方会见你的老婆，你父亲大仇，也就可以报复。只是你无论如何，不能说出你的来历，须将真姓名隐起。"

星胆道："弟子父仇未报，如何去认人为父呢？弟子报复了父仇，愿随师父终身，不想娶老婆了。"

狄龙骏道："丈夫能屈能伸，你又不是真做了人家儿子，这次实在使你去会老婆，好做你帮手，报复大仇，你不会见老婆，怎能报雪父仇呢？也要使你的老婆盼杀了，我这地方，如何是你长住之所？你尽管放心前去。"星胆听了，迟疑不答。

狄龙骏急道："你心中可是已有了老婆么？老实告知你，我使你去会你老婆，就是你意想中虚悬的那个老婆。只要你们的情愫不离轨道，我不但不惩治你们，将来还要吃你一杯喜的。你要明白，方璇姑身有大难，非你前去，不能挽救她的性命。青锋秋月碰了面，空岩的头，就被你提到这里来了。"

欲知后事如何，且俟第六回再续。

第六回

黑夜挥刀奸雄欣报怨
铁床槛凤侠女痛离魂

话说柳星胆听完他师父这番话，略停了停，低着头不说什么，面上已显出很愿意的神气。狄龙骏又吩咐他到龙门山去应该注意的行径。星胆便要去同舜英话别，狄龙骏摇手道："用不着，你妹子早下山去了。将来你们会面的时期不远。"

星胆道："妹子出山到什么地方去？没有人和她同去么？"

狄龙骏道："舜英的经验现在比三年前大不相同了。十日前是改变男装下山，没有人和她同去，将来你会见她，就明白她在什么地方，此时可不必向你说。"星胆知道师父的性格，不敢赘问下去。

狄龙骏道："此去龙山路途甚远，凭你的脚步再快些，要到什么时候才抵龙山？老夫送你两道马甲符，只须三天工夫就到了。"说着，即教星胆藏了青锋剑，挽着星胆的手，走出来。刚走到那枯井下面，狄龙骏喝声闭眼，两手托起星胆两足，只听得哧的一声，似乎身体凌空，迎风一闪，却被闪落在一处地方。星胆睁眼看时，原来身体在距离枯井十步远近的地方站定，眼前没看见师父在哪里。跨进正殿，见癫痫头大师兄印昙倒在纯阳偶像面前，酣睡不醒。星胆也不用去惊动他，向外走去。看山门仍然关着，开了门刚走不多远，听得背后呀的声响，回头看时，那山门已关起来了。便取出两道马甲符，粘贴在两腿上，提起腿就走，竟若风一般地向前走去。所经过的地方，脚下不起灰尘。

在路走了三天，这天已走到河南龙山脚下，便揭去两道马甲符，揣在身边。看这山树木青葱，峰峦叠绕，俨如一条盘龙凿踞在山头上。星胆到了龙山，当日便访到薛家坡左近，一打听，据说这薛家坡薛瑾是龙山首屈一指的富户，有美田数十顷，岁得粟三千石。薛瑾在少年时候，又考过一名秀才，隐居在薛家坡，做了个田舍翁，娶过两房妻小。无如那两个女人像在娘家约会似的，都没有学得养儿子的本领，因此薛瑾到了五十岁外，膝下并没有一男半女。薛瑾家财富有，品行又很端方，平时多肯与人方便，龙山前后家苦人家大半受过他的周济。凡有外路的人，落拓无归，有什么困难，听得薛瑾生性慈善，投到薛家来，说出自己苦衷，求薛瑾援助，薛瑾量势帮助，送上三五十串钱，是很平常的事。只是游方的和尚、道士若到薛家来化缘，薛瑾连一合米、一文钱也不舍。他的理由，说这些游方的和尚、道士，是世界上惯吃白食惯会骗人的闲汉，我哪有这许多钱去修补他的五脏庙？就不若把这些钱留在穷苦无告的人身上，行些方便。家中的婢仆，约有二三十人，都也感激他的好处，怀念他的恩德。地方上的官府，因他这般好善，又是个秀才，喜欢同他接近，前来拜望他。他是轻易不肯到衙门中走动，曾说做秀才的若走动官府，不怕不会造成弥天的罪孽。因他有这许多难能可贵的地方，龙门山左近的人，有送他孟尝君的外号。

最令人叹服的有一件事，龙门山有个姓周的无赖，外号唤作小瘟神，惯在赌钱场上厮混，亏空得百孔千疮，把祖遗二十亩田产作价卖给薛瑾，每年要打薛家的抽丰，薛瑾也毫不发动脾气。这年小瘟神已打过薛家十两银子的抽丰了，又到薛家来啰唣，三言两语不合，便动手打薛家的仆人，左邻右舍，都劝解不开。薛瑾便走出来，用好言安慰他。谁知小瘟神两个拳头打昏了眼，连薛瑾也打起来了。

薛瑾仍然赔笑不迭，又送他二十两。他拿了这二十两银子，口里还恨恨说道："这东西是一打出血的脓包，我打他一拳，他送我二十两，打他的次数正多着呢。等我输了亏空下来，再拢共同他结个总账。"

看的人都有些不平，谁知薛瑾倒现出平和的笑容来说："他若从此不赌钱，休说打我，毋论再有什么非人所受的羞辱，我都忍受。"那些人听了薛瑾的话，暗地无不赞扬薛瑾胸怀阔大，骂着小瘟神这种没天良的东西，迟早合受天报。

谁知不出三日，这夜小瘟神在赌场上正和那些淫朋赌友呼卢喝雉，忽见一条人影竟似飞将军从天而降，也没看清那人的身材面貌，只见有一把锋快的大刀，在小瘟神头顶上一横，小瘟神的头已不见了。尸首跟后倒在地下，鲜血喷到屋梁上，喳喳作响。那些赌友，却吓得魂不在身。再看飞将军已不知到哪里去了。众赌友收了彩盆，把赌钱的事瞒起，立刻去报知保正，说那执刀的飞将军，刀的模样同武圣庙中的周将军春秋大刀同是一样。保正也因为周小瘟神这种人合受天诛，聚集山中的人，公开会议，将周小瘟神的尸首掩埋了，免得报官要费许多手续。那时官家法度，原没有怎样缜密，又在神话昌盛的时候，地方上人既隐匿不报，官府又何必追求，怎能到武圣庙中去拿周将军破案呢？这件事宣传出来，山中的人民，都把薛瑾这样盛德人物当是神圣不可侵犯，周小瘟神打他一拳，是已遭受天谴。村农能有多大知识，不但夸说薛瑾是个孟尝君，都把他当作是龙山的活菩萨。

这些话说到柳星胆耳朵里，就很觉得奇怪，回想师父当夜装神做鬼试验他的情景，就猜着周小瘟神遭受神谴的话太没有切实证据了，便走到薛家坡家，看竹篱茅舍，掩映着一座规模很大的农村。进门便向薛瑾家仆人问道："薛太爷在家么？"那仆人向星胆打量一番，便请示他的姓名，问他找家主人有什么事。星胆随口打着山东话，诌出个姓名，说是山东刘大鹤，游学到此，特闻薛太爷的盛名，望门拜访。那仆人进去通报，不一会儿，带了十两银子出来，向星胆道家主人偏是身子不爽快，这点薄赠，请先生曲意收了吧。星胆无奈，勉强收了银子，托仆人转谢一声，便出门去了。

到了夜间，星胆暗暗又转到薛家坡，从后院跳进去，站在僻静所在，偷偷一望，里面是一片空地，月明之下，没有看见什么。便绕转过去，已是一所住宅，更不怠慢，复行蹿得上屋，东张西望，只寻不见谁是薛瑾的内室。忽听得下面有人说话，这说话的声音像似在前一进。再行细听，又听不见了。悄悄趱上前一进，从屋上取片碎瓦，向下掷去，见没有动静，然后慢慢探下身躯，恰好下面有株枇杷树，掩在那枇杷树下，早见从窗格里射出灯光来。忽听得很怪僻的声音，自说自话地说道："你敢要我的命，就算你有本领是个厉鬼。"说到这里，又听得中年妇人的声音，说："阿姨，看他不是已惊醒过来么？"接着又听着个少年妇女声音，说："是果然醒来了。"似乎听那妇人向她男子说道："你的病怎么样了？"接着听得有人哼哼唧唧说道："你们还在这里伺候我么？"

那妇人问道："你常在蒙眬中满口说着谵语，可是周小瘟神来追取你的性命？"

那人道："凭周小瘟神那样的人，我就乔装杀死他几百个，算不了什么，我生平在暗地里所伤的人正不知有多少哩。那些人也都自命是不三不四的英雄好汉，何尝前来追索我的性命。"

那妇人道："不用再瞒我，究竟什么厉鬼呢？"

那人道："这个鬼在生前倒也厉害，只是冤有头，债有主，他当初是有意侵犯我，不是我师父将他擒去宰杀了，说不定我还要死在他手里呢。他做鬼还想侵犯我，岂知我的本领，已不是三年以前，容易被他欺负，他要追索我的性命，我只笑他不敢啊。"

那妇人道："这个鬼不是黔山柳海峰么？记得在三年前，你对我们说，你在安徽地方强奸了人家幼女。海峰知道了，等你从那人家出来，在一处荒塚无人的地方，彼此动起手来。若非佛菩萨神通广大，你的头怕被老贼斩去了。虽然佛菩萨将他擒杀了，事后你想到他的剑法厉害，还有些魂惊梦怕。我猜的这个鬼错不错？"

那人道："半点儿不错。"

星胆听到此处，心里便直战起来，眼中的泪潸然流个不住。暗想我把你这欺世盗名的贼，原来那空岩恶秃，还是你的师父。我父亲的阴灵不远，当然在暗中帮助我，使我报雪大仇，一并宰杀你这个欺世盗名的贼。

正想到这里，又听那人说道："我的本领，既比不得三年前了，如何还怕一个厉鬼？这本来是我做的春梦啊。不过在七日以前，那个山西女子方璇姑，使的剑法是何等厉害，迎风一闪，那支小剑，转瞬就有三尺来长，剑尖上射出一道白光来。虽在黑夜时，看见那剑光中有个鸡皮老妇，蓬首垢面，手里也持着一柄剑，同方璇姑所使的剑看来是一样的。不是我在前一年时间得我师父传授我的罩功，练成这金刚不坏的身体，就在那一夜已死在她的剑光之下。那女子算是个真有本领的人，也被我擒住，还怕什么柳海峰呢？可是柳海峰虽死了，也有一男一女，现在都隐匿无影无踪，将来同我们师徒相逢狭路，这水刀剑的事则免不了的。"

那妇人道："方璇姑听说是山西神剑方继武的女儿，你要摆布人家，该想想方继武这个人须不是好惹的。就是你爱嫖，看阿姨这模样儿，你再不用弃了家的寻野的，还少得你嫖的时候么？你这个苍蝇，偏喜欢攒到人家的梅花心里，你也不怕促寿？"

接着又听少年的女声音说："大奶奶再是这样精灵促狭，我就恼了。小阿奴向来不吃酸醋，只做饧糖，有她服侍太爷不是一样的么？大奶奶何必轻薄我说是嫖？只恨那丫头太奇怪了，飞金溺壶的要装着憨腔，说是换心丹也换不过她的心来，如今还不是掷在美人床上，咬着牙关做好汉么？"

大奶奶笑道："轻一些，防有什么人来窃听，如果他的秘密被外人听见了，他的好名气，就从此扫地了。"

仿佛又听得那人说道："有人来窥探我的秘密，是不容易的，无论山中人都把我当作是活菩萨，不疑惑我是江湖上的一个人物，就有外省人认识我的，谁有这吃雷的胆，前来转我的念头呢？"

话犹未毕，见有一条黑影破窗而入，那人便从床上一拗而起，喝问是谁，"谁"字刚才出口，柳星胆回说是我，那眼泪便不因不由得流下来了。

那个道："你是谁？黑夜更深，前来何事？"

柳星胆道："请太爷听刘大鹤有下情容禀。"

那人正是薛瑾，不待星胆接说下去，便微笑了一声道："足下不是在日间到寒舍来的那个游学刘先生么？你有的是文学，还是武学？"

柳星胆道："自然是武学，日间还蒙太爷施舍我十两银子。"

薛瑾道："你是个武士，无如我是个文士，不懂得武艺，送你十两银子，也足够你回山东的路费了。"

星胆道："就因太爷是武术界中的斫轮老手，小子才敢星夜前来领教。那十两银子，是太爷怜念我学成一些武术，东飘西荡，连糊口的生机也没有，动了恻隐的心肠周济我的，哪里算是我这武术换来的钱？"

薛瑾道："笑话，我实在是个斯文人，看不出人家的武艺，足下如何说我是武术界中的斫轮老手呢？"

星胆听罢，不由哈哈大笑三声，便向薛瑾拱手告辞。薛瑾道："且慢，哭也是你，笑也是你，我倒要问问你。"

星胆道："我哭我的，我笑我的，我想起来好哭，说起来又好笑，与其要哭，终不如笑的好些。"

薛瑾道："你敢是风尘潦倒，没有际会的时机？你们少年人，既有点本领，不愁将来不能上进，何苦抱着悲观。你既哭自家遭逢不偶，就不该转笑我两眼无瞳。"

星胆道："我何敢笑太爷呢？只笑我这小子，空吃这一夜辛苦。"

薛瑾道："这话不用你说，我早已明白了，只是你何苦来会我？要窥探我的秘密，你仅吃这一夜的辛苦，就算你天大的造化，你以为我真有这么呆么？你若窥听我的秘密，也休想出这地方一步，把我的秘密向外面去胡说乱道，这岂是一件当耍的事？但我看你的气概不凡，不能用对待寻常人的手段对待你，想完全你的活命，只是你得将识破我会武艺的缘故，从实告诉我，看你对我是怎样办法？"

星胆道："小子初到府上来，人生地不熟，如何得知太爷是武术界中的天才？不过听山中人传说，那姓周的无赖，当面打你老人家一拳，你老人家是个完全斯文人，如何禁得那东西一拳呢？这层已很觉奇怪，庙堂里的土形木偶，原不是活神仙，哪有什么灵验？姓周的在赌钱场上，那些人只看见一把春秋刀，在姓周的颈顶上一搁，并看不见执刀的人是个什么样，转疑惑是武圣庙中周仓显圣，结果那东西的性命，这些无稽之谈，殊属惊世骇俗，小子决估定那是你老人家干的把戏。日间来拜访你老人家，原是出于无奈，想不着你老人家推病不出，仅送我十两盘缠，把我当作无聊文人看待，小子夜间不来窥探究竟，好像终有些不能割舍的样子。"

薛瑾听到这里，摆着手说道："不用向下说了。"

星胆见薛瑾神色来得严厉，不由暗吃一惊。

欲知后事如何，且俟第七回再续。

第七回

鹃声鸣子夜泄漏机关
地室锁英雄安排坑堑

话说薛瑾说这话的时候，神色陡然来得严厉，倒把星胆暗暗吃了一惊，表面上仍装作行所无事的模样，接着又见薛瑾向他的夫人问道："你看这小子说话时字斟句酌，好像有什么马脚怕在我面前显露出来。"

大奶奶笑道："说话时字斟句酌，正是少年人的好处，你看人家的容颜俊美，举止安详，不像似风尘中人相貌，转怕将人家收留下来，惹得阿姨看动了心，陪人家睡觉的日子还有呢。"

那少妇急向大奶奶的眉心一戳，笑起来说道："难道小阿奴就生成这种奴才的命？奶奶越说越不像话了。"

薛瑾才开颜笑道："你们常是这样胡闹，眼睛里太没有主子。"说至此，便来盘问星胆的家世。

星胆道："我父亲讳伯屏，曾中过一榜。父亲去世时，小子才十三岁，只因小子生性好武，不肯读书，母亲就为这事气出病来，不上三年，便弃养了。我又不善经营家计，东飘西荡，沦落江湖，靠着这两个拳头卖几个钱。这种仰面求人的生活，也过得厌了，但是不去仰面求人，又穷得没饭吃，没衣穿。唉，天生我这副铜筋铁骨，竟落魄到这样地步。我细想起来，怎不苦恼？"

薛瑾笑道："你的本领，我已领教过了，并非我夸说你的本领高强，实在看出你的心思细密，满心想收留你做个帮手，你肯随从我的心愿，凡我秘密不宣的事，你都得与闻，只是你还有什么话对我说？"

星胆道："看你老人家有什么话对我说？"

薛瑾道："我夫妇两人的年纪合起来有百岁了，就是这姨娘，也不曾生育过，膝下一个儿子一个女儿也没有，我虽有这偌大的家财，过人的本领，死了都不免做饿鬼的。我看你的才能，合中我的心意，打算就认你做儿子，你的意想怎样？"

星胆听罢，正应得师父临行的话了，不由破涕一笑，扑地翻倒虎躯，跪在薛瑾夫妇面前，唤着一声爹娘，又向那少妇低唤了一声姨娘，方才起身站定。

薛瑾道："我这时精神未能完全恢复健康，等我的病势好了，还给你成立家室。"

星胆道："阿爹贵体欠安，也该请个大夫医治。"

薛瑾道："用不着，再将息几天就好了。"说着，即唤来一个丫鬟，开来了桌夜饭。星胆看薛瑾吃饭时神气从容，不像有病人的样子。饭吃完了，薛瑾向那丫鬟吩咐几句，那丫鬟导着薛瑾，到前厅地方安歇。

星胆等丫鬟去了，关了门，和衣裳睡在床上，翻来覆去只有些睡不着。忽地丫鬟前来叫门，说："太太叫小主人到太爷房间里去呢。"

星胆只得开了门，随从那丫鬟出来，走到薛瑾房里，看大奶奶同那姨娘都侍坐床沿。薛瑾睁开眼睛，指手画脚地说道："你又来胡闹干什么？你就将我的命追了去，待怎么样？你能追取我师父的性命？你就是个雄鬼，我只笑你柳海峰没有这胆量呀。"

说完这话，蒙蒙眬眬地睡去。忽然惊醒过来，皱起脑袋，像有什么痛苦不能强受的样子，当向星胆望了望道："好儿子，你在这地

47

方么？我直到今夜才收留你，你纵算我的儿子，看来我这条老命，真算得水上浮鸥，山顶残雪，不久在人世间了。我直到这时，自己才明白。"

星胆流泪道："阿爹为何说这样话？有病快请大夫医治便了。"

薛瑾道："我的病，如今已不是大夫所能挽救的了。记得在七日以前那一夜，来了个年青女子，望门投止，到我家里来借宿。只怪我不该设成圈套，欲蹂躏人家女子的贞操。那女子的本领，也很厉害，纵然我从和尚练习这身的罩功，那女子不知我的罩门在什么地方，就在她的剑光飞到我顶梁时候，略的一声响，虽没有结果我的性命，我这天灵盖，登时疼痛得几乎破裂开来。虽然你姨娘抱着奋勇，冷不防夺了那女子手中的剑，就被我擒获了，将她关锁起来，但从此便觉得精神恍惚，神志时昏时醒，一合上眼，便见有个厉鬼向我索命，不过顶梁上的痛苦，好像一天一天地好起来，前天叫这姨娘去探视那女子的口风，才知她是山西方继武的女儿方璇姑。我本来看方璇姑使得这样好的剑法，勾起我怜才的心肠，就想将她降服下来。无如她的性格奇得很，宁死也不肯降服我。这算是我糊涂，到了这种生死关头，放她终为你们的后患，不若就在今夜将她结果了，才泄去我的心头之恨。"

星胆听罢，早沉吟了一会儿，便向薛瑾回道："阿爹且请放心，意外的变故是不会有的。"

薛瑾不待他接说下去，早哼了一声道："你以为还说假话么？方才在蒙眬时候，又梦见我先父对我哭泣，说我剑伤一发，明年今日，就是我的周年期了。醒来忽又觉得这顶梁上如刀劈的一般，比什么疼痛都难受，剑伤一发，我的天禄看要尽了。"

大奶奶同二姨娘坐在床沿，听薛瑾说到这里，早向薛瑾顶梁上一望，都流下眼泪来。原来薛瑾天灵盖上，暴起一路青伤，这伤势像由里面才发出来的样子。接着薛瑾又向星胆说道："你是我的好儿

48

子，要知你的母亲，你的姨娘，也练得全身的罩功，不过我的罩门在脐心间，你母亲的罩门在右鼻孔里，你这姨娘的罩门在左肋下，就只这点儿分别，在我们练过罩功的人，周身比铜铁还坚硬，性命就存系在罩门的地方。方璇姑不知我的罩门所在，剑光着在我天灵盖上，在七日的时期，便伤害我的性命。这丫头的手段太毒辣了，我在这伤势未发的时候，原不用真个要处死她的性命。如今我的性命，算是伤在她手里了，留她终为你们的后患。不扑杀了她，我死在九泉，也不能瞑目。且使你姨娘前去，快将她押到这地方来，好惩治她的死命。"

星胆听到这里，不知要怎样才好。越是心急，越没有个善全的法子，看二姨娘领命去了，心想他们的罩门不由他们亲口说出来了，我这时要想下手，非有了机会，给他们个冷不防，他们怕要防备到这一招。我师父曾说青锋秋月碰了面，才是我报雪大仇的时候，可见青锋秋月没有碰面，若不伤害他们罩门所在，绝不能在立刻间了结他们的性命，事情就有些棘手了。我在三年前，不知那柄秋月剑，是被我师父送给了什么人，直到我下山时候，才猜定师父已将秋月剑传给我世妹方璇姑了。璇姑身有大难，师父曾说非我前去不能挽救的话。我这时若不能救出璇姑，又不知空岩的罩门是在哪里，青锋秋月没有碰面，如何有报雪大仇的希望呢？

星胆胡思乱想了一阵，就因亲仇未报，看璇姑的性命，又迫急到眼前了，不禁泪下如雨，更忍不住，简直放声恸哭。薛瑾看他这伤心样子，却误会了，以为他一时触动知遇之感，听说我死期将近，竟伤痛到这样地步，当面又夸说他比人家亲生的儿子还好。

就在这时候，忽然门帘开放，二姨娘已将方璇姑押进来了。星胆看璇姑铁锁当啷，瘦得脱了一个形，两眼紧闭着，眼泡下泪痕如渍，表示她这可怜的美人儿刚才饮泣过来的样子。星胆看到这里，一颗心差不多被刀子刺碎了。及见二姨娘向前禀过，专等薛瑾令下发落。星胆到了这时，那颗心已仿佛被刀子刺得寸裂。忽然璇姑睁开眼来，同星胆眼光一接触，不由吐出很凄婉的声音，说："世兄，你不是柳……柳……柳……"

星胆流泪道："刘什么？你是在哪里认识我的？"

床上的薛瑾听了，忙挥手叫大奶奶快将这姓柳的绑起来。星胆一听不好，早从身边取出那柄剑来，喝声着，但见房中闪出一道金光。那剑便伸有三尺来长，剑光上站立一个剑叟，手里也执着一柄宝剑。大奶奶看剑光着处，一句哎呀没叫出口，倒毙在地下，右鼻孔里乱射出许多的鲜血来。二姨娘站在旁边，转露出害怕的样子。星胆收了剑光，早背着璇姑破窗而出，一转身已上了屋顶。

薛瑾便向二姨娘急道："这决是柳海峰的儿子，冒充山东刘大鹤，投到我家中来，想乘机报复父仇，救出他的世妹方璇姑。我这时才明白，不会是第二个姓柳的，只恨我顶梁上痛得厉害，你去将他们追得回来，在这里怕些什么？"

二姨娘听了，才早穿出房外，一闪身已上了屋瓦，看星胆缘撞飞壁，已冲落在后院下了。其时薛家的仆婢都已闻声而来，替二姨娘壮威。星胆落在后院，忘记贴着马甲符，背上又负着璇姑，没命向前奔跑。忽听得嗖的声响，星胆觉得左腿弯中了一锥子，原来是二姨娘放的袖箭。星胆哪里还能奔跑？早同璇姑倒仆地下。待要放剑抵抗，二姨娘已如风而至，好大的气力，将星胆反身抱起，夺了他手中的剑，揣在身边。仆婢们也都练得一身惊人的本领，齐打伙将星胆捆绑起来，解到薛瑾房中。

看薛瑾两眼张开，头上的伤痕凸起有三寸多高，口里不住叫喊，二姨娘上前询问时，薛瑾紧执着二姨娘的手不放，说："方才又见那个厉鬼，向我索命，看来我是今天的人了。"

二姨娘一面吩咐家人，仍将星胆璇姑两人绑到那地方去，一面便向薛瑾安慰了许多宽心的话。其时天光已亮，有许多左邻右舍，闻得薛家遭了横事，大家都赶来看视。薛瑾在这时候口里还能讲话，不过他讲话的声音，有些含糊不清了。邻舍尚听出他说是有个江洋大盗，这强盗的本领很厉害，门不开，户不破的，想到我家里偷东西，被我们夫妇惊觉了，偷不到东西，竟伤害我们性命。及至惊动了人，强盗早逃走得无踪无迹。薛瑾的话说完了，也就瞑目而逝。

二姨娘一面忙着报官的手续，一面准备料理薛瑾夫妇身后的事。龙山左近的人听说薛瑾夫妇竟遭此惨变，大家纷纷议论，都说薛太爷这种慈善人家，竟没有儿子，又遭下这种送命伤身的祸，世界上还有谁人肯做一件好事？我且按他不表。

再说星胆璇姑被薛家的人押到什么地方去呢，原来薛家后院门里，平地都是方石铺成的。下面有座地牢，只须把当中一块大方石撬起，走下去，是五十来层的台基，下了台基，再前走三十步，便到那地牢所在。外面看去，那地牢就像一所较大的猪圈。去地牢左边二十步外，上面有个碗口大的小孔，弯弯曲曲通到那院墙上，借此透着空气。地牢里堆积许多骸骨，左边靠壁处，点着一盏油灯，中间安设着一张美人床。美人床三字名目很新，其实床是铁打的，并没有什么新奇之处。只是床上铺设绵毯，绣着年轻貌美的一对男女妖精，赤裸裸寸丝不挂，好像在那里打架。

薛家的人将星胆璇姑两人并头用盐水浸过的麻绳捆着，外绕三道很粗壮的铁绳，捆绑得紧紧的。由薛瑾房中解到这美人床上，又取来两道很长的铁索，叉字形捆在他们身上，绕着四个床脚绑起来，各打了个铁结，便一窝蜂地跑出去了。

星胆暗暗叫苦，便向璇姑流泪问道："这是什么地方？我们是在这地方做梦啊？"

璇姑泣道："我在这地方已有七昼夜了，亏得从师父练过服气的功夫，虽然在这七昼夜，点点饮食没有进口，并不觉怎样饥饿。只是我心里的痛苦，你如何知道？我一个丰肌秀骨的女孩子，竟憔悴到这个样子还不打紧，不过想起他们两个人来，不由我不辛酸泪落。你如何也到这地方来呢？"

星胆听了，便将师父所吩咐的话以及到薛家坡所经过的种种情事，向璇姑哭说了一遍。璇姑也哭道："师父叫你前来救我，你知道我是为的谁人，才鬼使神差地陷落在这地方呢？唉，我到龙山来，不但没有救得他们两人的性命，一死也没要紧，险些被那东西蹂躏了我的贞操，就没有这张脸见我的世兄了。"

星胆掩泪问道："你是为的谁人呢？"

璇姑哇地哭道："就是为着我的哥哥、你的妹子。"

星胆道："你是怎讲？"

璇姑道："我还对你说谎话么？师父把青锋传给你的时候，不是说秋月剑已另给一个人么？师父是把秋月剑送给我的，你这时总还明白，师父那时虽没有对你明白说出这秋月剑传给了我，却对我已说明传给你青锋剑法的话。师父的意思，我这时也没有想不出的道理。师父命我到龙山来，救出你的妹子同我的哥哥，我问他们陷落在什么地方，师父说：'你到龙山自然可以会见了他。'并说那个三金钱，已算准薛家坡薛瑾，合该死在我手。我的哥哥和你的妹子，也合该救在我手。看卦爻上屡见翻覆，难免事实上横起波澜，你的妹子是因救我的哥哥才陷落到这一步。师父却没有想到，我救他们两人，连会面都办不到，也陷落这一步。你因救我前来，又陷落这一步。"

星胆听到这里，不禁泪下如雨，号哭了一声道："怎么了？怎么了？这是从哪里说起？你来救我的妹子同你的哥哥，都没有会见，就只怕他们不能保全没有性命的危险。师父叫你前来，既没有对你说明他们失陷在龙山什么地方，这次叫我前来救你，也没有对我说明，你所以陷落在这地方的缘故。师父说话太含糊了。"说到这里，又不由哎呀怪叫一声道："我的心飞到哪里去了？"

欲知后事如何，且俟第八回再续。

第八回

设局诈暗赚临波仙
惹情丝虚布疑云阵

话说方璇姑忙向柳星胆安慰道："事情已到这种关节，急是急不出道理来，我的心同你是一样的苦恼。"

星胆道："我只怕师父的话断然靠不住，并且我在薛瑾房外窃听的时候，只听说山西女子方璇姑的剑法厉害，并未有片言涉及令兄舍妹二人。不是你告诉我，我如何知道你是因救令兄舍妹二人，才落下这种陷人坑呢？"

璇姑含泪道："我只说师父叫我到龙山来，救他们二人，何尝便估定他们，也陷落薛家呢？也难怪薛家没有涉及他们二人的话。我因师父先说薛家坡薛瑾合该死在我手，然后才说家兄令妹二人，合该救在我手的话。我师父话里的层次井然，虽然心急如火，却也不敢造次，只得一步一步向前做去。就在到薛家坡的这一天，我听得龙山人将薛瑾说得古来的孟尝君一样，转疑惑师父叫我前来锄杀好人，这是什么道理？我不探明薛瑾的行藏究竟怎样，如何轻肯下他的手？夜间化名到薛家来借宿，薛瑾将我请到后厅，叫他的姨太太和几个丫鬟陪我喝酒。我因那酒没有异香，料想毒药是不会有的，略吃了几杯便不吃了。那姨太还要劝我，见我满口回绝，也就罢了。酒饭已毕，姨太太便将我领到她的房里，凑巧有一阵风，吹灭了房里的烛光，房门也关起来了，两眼看不见什么，似乎有人在黑暗中，用手拉着我的左膀子，要来替我宽衣解带。我觉得那人的手皮很粗糙，比不得姨太太一双手来得娇嫩圆滑，心里暗叫不好，待要甩脱他的手，谁知那东西真是我的对头，他那一手的手势，来得十分沉重，用尽平生气力，休想容易脱开，口里还央告我，要我救他的命。我听他的口音，才估定这胆大包天的淫徒原来就是那万人称颂的薛瑾，我不锄杀了他，将来还不知他要造下多少业孽，破坏多少年轻女子的贞操。这时候就放出我的秋月剑来了。那时他看我放出剑来，早吓得松开了手，我的剑光，就着在他的头顶上，总打算这一来，便在顷刻间，结果他的性命了。剑光着处，也听得咯地作响，忽觉手中麻痛了一阵，那剑光便不见了，眼前转又黑漆漆的。原来手中的剑，已被他姨太太夺去了。就这么虎吃熊殴的，被他们捆绑起来。灯光亮处，只听那东西口里叫痛，我并没看出他顶梁上的伤痕。也该我不合受他的蹂躏，看他因一时痛得要命，便叫那姨太太带领几个丫鬟，抬着我到这里来，绑在这张床上，每日要来聒噪我一番。我想薛家的人自然是练过罩功的。不是练过罩功的人，哪有这么大的气力？夺了我的宝剑，捆缚我的身体，简直没使我再有施展的份儿。又想师父曾对我说这青锋秋月两柄剑合用起来，最是罩门中人对头星，大略因这两柄剑没有碰面，所以不能立刻伤害那东西的性命。我因那姨太太太可恶了，口里对我说着那些肮脏的话，竟当作一本三字经背给我听，实在被她聒噪得厉害了，纵然心里已打算一死，眼前又不能便寻个死法，只好把我的父亲大名抬出来，总想她看在我父亲的分儿上，放我过去了。虽知那东西真做了我命中的魔鬼，纵没有蹂躏我的贞操，可是没有这陷人坑一步，在势又不能救出你的妹子我的哥哥。虽然世兄赴汤蹈火，前来救我，反使你一并被擒，如何再能挽救你的性命？你的大仇未报，令妹家兄，又不知陷落何地。我细想起来，总觉对不起人，不由得使我心里难过。但是我有几句宽心的话，师父的金钱，不是竟没有半点灵验的。他说看卦爻屡见翻覆，难免事实横起波澜，就照这两句想来，我们未尝没有出险希望。不过这种希望像似大海里随风漂荡的一叶扁舟罢了。"

星胆呜咽道："安知我不想说这两句话安慰你的心灵？不过我看你的面庞，太瘦得不成模样了，就看出你心里的刺痛，空用这两句话安慰我，自己却仍是不能安慰自己。你的面庞瘦了，我的喉咙倒肥了些，不然，为何噎塞住了，连话也说不出来呢？"

两人各自尽量流着眼泪，忽然璇姑想起一句话来，向星胆问道："你的箭伤，是怎么样了？"

星胆回道："我左腿弯里中了那贱人的袖箭，那贱人能放袖箭，不算什么稀罕，她的袖箭，打在我左腿弯里，能打了个漏洞就很不容易，这还在其次，并且她放出来的袖箭，还能自行收回。她的功夫不是神速到了极顶么？看我们两人的这点本领，又被她夺去了青锋秋月剑，如何还是她的对手？不过我在薛瑾房中杀了薛瑾的老婆，将你负上肩背，曾见她转然现出害怕的神气，及至追我到后院中来，又没有立刻伤害我的性命，这事我看有些奇怪。"

璇姑道："这有什么奇怪？世兄的心想太奇绝了。但世兄如何知她放出来的袖箭，已收回了呢？"

星胆道："她没有收回袖箭，这箭仍在我腿弯里作怪。我现在只觉有些疼痛，便估定她的袖箭已收回了。"

两人直谈到天色傍晚时分，做了些服气功夫。到了二更向后，便进来一个丫鬟，带了包伤药，略在星胆左腿弯地方敷一些，用膏药贴起来，便匆匆走出去了。璇姑只猜不着是什么用意，问及星胆，星胆只说我很觉得奇怪。

约莫到了三更向后，又有个丫鬟，嘻天哈地地前来添油，说："我家姨太太还要来会你们说话呢。"说着，又匆匆走出去了。

约莫到了四更向后，又是一个丫鬟，笑容满面地向璇姑道："姨太太因家主人主母丧事忙得很，没有过来向少爷小姐请安，小姐若不见罪，可对这位少爷说我家姨太太很知情识趣，并非不懂人事。"

璇姑听了，真觉得很奇怪，便问那丫鬟道："薛瑾已死了么?"

那丫鬟笑道："家主人死了，还有这位少爷呢。我羡姨太太真好福气。"

星胆道："薛瑾夫妇死了，是怎样报官的?"

那丫鬟道："姨太太已经呈报，说主人主母被强盗杀了。这些话是主人在咽气时候，对左右邻舍说出来的，不是姨太太出的主意。官里又来相验，邻舍又来祭吊，总说这案不容易破获。姨太太实在没有工夫前来请安，要望少爷原谅。"说至此，又挤眼色做手势的，莺莺呖呖唤了声柳少爷道："以后要烦少爷在姨太太面前提一句，就说芸香这丫头还伶俐，小奴就感恩不尽。"说完了，向星胆回眸一笑，便姗姗走出门去。

璇姑等芸香已去远了，便望星胆问道："你听见了么?"

星胆道："我听见了，你心里总该有些明白。"

璇姑匏犀微露，冷冷地笑道："自然是明白了，恭喜你要娶得个老婆，总该请我吃杯喜酒。"

星胆流着泪，低声急道："你简直把我当作个猪狗！我是什么人，你也该明白。你的心眼儿，我没有想不出的。师父对你说什么话，你也该记得。"

璇姑笑道："一个明白，两个记得，你不要发誓。如果你请我吃这杯喜酒，要晓得我的牙齿厉害，须咬下你薄情人的心头肉来。"

星胆又急道："这真要急死人哩，难道我的心你没有看见? 我若辜负你，自有乌鸦黄犬，把我拖去充饥，这肉却不须世妹咬得。你空是这样逼我，你还有什么人心?"

璇姑道："我是同你讲的玩话儿，看你头上的青筋，都急得暴起来了。我相信你的心对我不错。我们讲正经，我听你向我说过，你在薛瑾房中，薛瑾的老婆曾对薛瑾打趣他这位姨娘，说你的容颜俊美，要惹得阿姨看着动了心，陪人家睡觉的日子还有呢。照这话推测起来，就看出这位姨太太是喜欢吊着你们少年男人的膀子。"

星胆道："你不要瞎吃醋，听凭我将计就计，出了这种地方，能够把青锋秋月两柄剑骗到了手，就是你我的造化。好在你明白我的心，是拿得定。便是你在当初受师父的命令，把我关在你房里，试验我的心情，我宁死不肯自误误人干下什么风流无耻的事。现在我们绑在这种地方，青锋秋月剑又不在身边，既无从救得令兄舍妹，又不能报雪我父亲的冤仇，除了一死，更没有旁的办法。难得死棋腹中显出这个仙招，总算师父的话不错。令兄舍妹两人，想是还没有死，说不定将来也许救脱在你手，有得我报雪父仇，娶你做老婆的时候。"

璇姑听他的话，红着脸不说什么，两个眼珠只顾愣愣地望着他。星胆因璇姑已困锁这地方八昼夜了，看她容颜憔悴，已知她心中的酸辛，不幸自家又失陷到这地方来，同她谈说了一对时，彼此都交换许多安慰心灵的话。如今芸香又传来这种消息，想她一颗芳心，如同冬天的寒冰，被东风一吹，吹得渐渐松活了。想到其间，也不禁闪起滴溜溜圆彪彪的眼珠，在她面庞上滚转。各自发了一回愣，同时又流下许多的热泪。这种眼泪的滋味，究竟是甜是苦？连他们自己都分辨不来。在他们的心理，总希望那个姨太太马上就要来了。

谁知挨到天明，不但姨太太没有前来，连那个丫鬟也不曾来传送消息。他们两人一个盼断钗光，一个望穿秋水，转怕那姨太太中途发生变卦，都有些提心吊胆起来。这一天工夫，实在不容易延挨过去。璇姑眶中的泪直湿透星胆的衣领。星胆泪中的血，直染红璇姑的青发。到了夜间，油灯要熄灭了，也没有人前来添油送火。只是星胆左腿弯里的箭伤，自从敷过伤药之后，有些热痒，半点也不痛了。但心中的酸苦，比那时未曾敷药的箭伤还要加倍痛楚。

约莫到了半夜时间，才有个丫鬟前来添油，亮起灯火，取了包果品，喂哺他们几口。正要出去，星胆即将那丫鬟唤住问道："姨太太的话，可算数不算数呢？我们身上实上束缚得不能堪了，终日是这样不生不死的，实在摘不开我们两条苦肠子，千万求姐姐在姨太太面前说一声，倘有好处，决不忘姐姐的大德。要晓得我们不是过了河就拆桥的。"

那丫鬟回道："且等姨太太腾开工夫，自然来会你们，求我有何用处？"说着，便姗姗走出去了。

似这么过了十天工夫，虽每夜必有个丫鬟前来周旋，总说姨太太没有工夫前来，旁的话姨太太没有对她们说，她们也就无从知道。唯有那芸香不曾前来。星胆璇姑二人心里都像十五个吊桶打水，只顾七上八下颠个不住。

这夜约莫才到了初更时分，即听得履声藉藉，猛地走进一个丫鬟，手里拎着灯笼，有半截大烛插在里面。烛光闪闪烁烁，照得星胆璇姑两人眩睛耀目。那丫鬟进门，便说姨太太来了。果见芸香拥着姨太太进来。星胆把两个眼珠只顾向那姨太太瞅望。那姨太太穿着浑身缟素，面上带着笑容，同星胆璇姑两人各打了个照面，轻转莺喉，说："芸香还不将少爷小姐外面的刑绑解去，这还了得？"芸香连声答应，便同那个丫鬟一齐动手，给他们解去外面一道一道的刑绑。那铁索银铐，叠在屋外有四尺来高。

姨太太这时候忽地挥手，吩咐芸香等退出去，用手在星胆璇姑身上摸了下。他们身上绑的盐浸的麻绳立刻解裂开来，随将星胆璇姑扶在床上坐定，低声下气地向星胆笑道："我得罪少爷，回想起来，使我抱歉得很，料想少爷是个汉子，绝不惦记我们妇女的前仇。"

星胆听她的话，竟不知应如何回答才好。姨太太又笑道："委屈了少爷，我到这里谢罪，少爷若怪我唐突，我不能不向少爷说个明白。我在十六岁也能写得一笔好字，吟得几句好诗。被亲生的父母贪图二千两银子的身价，写了一纸卖身字，将我卖到薛家做姜。我那时如同初开一朵鲜花，女孩儿的心思，总打算嫁人要嫁个年貌相当的人物，一双两好做个结发夫妻。薛瑾的年纪，比我父亲还大得几岁，又是花钱买我这异乡女子做姨太太，我如何愿意？但有什么方法能赎回这个卖身字呢？还打算薛瑾有那样的好名气，拿言语打动他慈善心肠，总该他成全我了。谁知那东西是江湖上独行的大盗，表面上做人很是光明磊落，暗地里什么奸淫不法的事都干得出。我虽在他这里八年，学得这点的本领，但他平日积威之渐，叫我这样，不敢说是那样。我受他挟制也挟制得够了。可怜我这个好好人儿，直被他弄得人不像人，鬼不像鬼。那夜我见了少爷，不知怎的，我的心已不在腔子里了。即如少爷结果薛瑾的老婆，我那时要下你的手，无论如何少爷是逃不了的，却转现出害怕的神气，直待少爷跑到后院，我受薛瑾的逼迫，才追得前来，仅使少爷腿上受了点微伤。将少爷绑到房里。少爷就该明白我的苦心，不开脱少爷的生路，我总觉对不起你；要开脱少爷的生路，我还怕终逃不了薛瑾的手。难得薛瑾已死，总算我与少爷有缘。素仰少爷旷达，谅不以微贱见轻。"

星胆耳朵里，模模糊糊透入这几句话，却不慌不忙准备想出要求的话。

欲知星胆如何报雪父仇，且俟九回书中再续。

第九回

孽报循环痴娘迷色网
花枝招展和尚陷情关

话说姨太太看柳星胆低首沉吟，一时没有回答，不禁又笑起来说道："少爷不理我，难道还有什么隐情么？哦，我明白了，方老英雄和令尊是很相好的生死朋友，你们这相亲相爱的世兄妹，分明患难相共，祸福相同，贴肉沾身，多少总该有些缘分。偏生要走出我这个人来，硬拆散你们比翼鸳鸯。叫我心问口，口问心，如何对得住少爷呢？那么我只愿侍奉小姐的妆台，少爷总该许我了。我得再嫁少爷做妾，不强似陪侍那个老混账老乌龟？想他那一嘴的胡子，才吓死人呢。唉，反正我是生就奴才的命，这如何能勉强少爷呢？方小姐是少爷的至好，我须得依然成全你们这段良缘。"

璇姑在旁听了，不由晕红双颊。姨太太忽向她望了眼，重又满脸生春地笑道："看小姐头上的丝发，不是少爷眼中血泪染红了么？少爷这样多情种子，我不愿再嫁少爷做妾，更愿再嫁谁呢？啊呀呀，少爷为什么流泪哭起来了？敢莫是父仇未报，惹得少爷心里阵阵酸刺起来？少爷哪里知道，你的仇人，早揣在我怀里了。"

星胆含泪讶道："姨太太怎说我的仇人揣在你怀里呢？"

姨太太笑道："你这声姨太太叫出了口，比那夜双膝跪在我面前，亲亲热热叫我一声姨娘，还受用些。是你承认我做你姨太太了。"

星胆挥涕回道："承你的情义不薄，并且你这好模样儿，哪一件配不上我？休说要我承认你是姨太太，便把我这姨太香花供养起来，这都是我姓柳的前世修来的造化，只请姨太太且说出我杀父仇人，怎么揣在你的怀里？"

姨太太问道："你父亲的仇人，是不是空岩和尚呢？"

星胆点点头应是。姨太太道："看他这粗麻线，怎逃出我的针？老实说几句，你若不肯收我做姨太太，你这一辈子也休想有报雪父仇的时候。不但不能报雪父仇，你从什么地方能找到那个空岩和尚呢？我告诉你，山那边有座玉龙寺，寺里只有四个和尚，唤作惟静、惟精、惟一、惟智，都是空岩和尚的法兄弟，那里面设有许多的油线机关。空岩和尚在日间时候，没有出过隧道一步。就是夜间化装出来，他装的花样，每夜不同，你又不认识他，从什么地方得寻见他？有多大的本领，能报雪他的冤仇？并且山中人知道白龙寺，曾有个惟空和尚，在二十年前已示寂了。知道惟空和尚就是空岩和尚的人很少，知道二十年前惟空和尚示寂是假的人更少。就因惟静四人的薙发师唤作悟岩。他们在隧道下，从惟空练习罩门的功夫，不敢同惟空法兄弟相称，因悟岩已死了，就将惟空抬举起来，送他个法号，唤作空岩，见面都称师父。他们罩门中的和尚，虽然饮水思源，实则也算数典忘祖，惟静的罩门在左耳孔里，惟精的罩门在右耳孔里，惟一的罩门在舌尖下，惟智的罩门在粪门里。空岩的罩门，在左脚三四两个小指中间。空岩在三年前，把令尊的人头藏在弥勒佛神龛里，被人盗劫去，还到黟山、太原、阴平那三处地方去过好几次。你没有遭了和尚的手，总算你的造化。若要报他的仇，你不同我商量，任你有冲天的本领，你不能说随便杀个和尚，就算给你父亲报过仇了。说起空岩也是我的师父。自从薛瑾夫妇死了，每到夜间，我常想来会少爷谈话，实在官里有报案验尸的手续，家里又忙着薛瑾夫妇身后的事。直待昨夜，才抽出点工夫来，想来会少爷了。偏巧那个空岩和尚迟一天不来，早一天不来，就在我要来会少爷的时候，夜半三更化装混进我的卧房。欺我是个未亡人，嬉皮涎脸，要同我胡调一阵。这样人头畜生心的贼秃，我还承认他是个师父？"

说着，便向星胆璇姑两人，低声又说了一阵。说只须如此如此，你看空岩和尚的性命，不是揣在我的怀里？旋说旋取出两柄小剑来。又说："我昨夜听和尚说，有秋月青锋两柄阴阳剑，阴剑名为秋月，阳剑名为青锋，是当年李青锋梁秋月夫妇两人，用尽四十五年心力，还没有将这两柄阴阳剑造成了功。青锋秋月便以身殉剑。这两柄剑虽小，若是合用起来，阴剑的剑光中，站立一个剑婆，阳剑的剑光中，站立一个剑叟。剑婆剑叟手里所提的剑，同那剑的形式大小，全无两样，不拘你练得多大的罩功，若遇着会用这两柄剑的人，剑光着处，要想逃脱性命，就很不容易。若阴阳两柄剑只有一柄，青锋秋月这一对铁血鸳鸯，没有碰面，就不若两柄剑合用时来得厉害。但罩功较浅的人，剑光着处，临时虽没有怎样危险，不出一来复时期，剑伤暴发，再休想全活性命。又说，这两柄剑现在不知落在谁人手里。我想：老薛在七日以前，对我说是有病，他的老婆又在今夜被强盗刺杀了，怕是伤在哪一柄剑光之下也未可知。空岩在昨夜说过这样话，我才想到这两柄剑，果不出他的所料。这是一柄青锋，这是一柄秋月。大略青锋秋月碰了面，也同人家久经拆散的同命鸳鸯，忽然聚首，自然精神为之一旺。在那未曾聚首时候，各怀怅离之叹。他们的神气，不由有些顿挫下来。这个比喻，虽是说的笑话，其中也许合有颠扑不破的道理。这两柄剑先后落在我的手里，也曾暗暗拿出来使用一番，依然还是三寸来长的两柄小剑，便想到你们会使这两柄剑，才能得心应手，神乎其用。若在我手中使用起来，真像似两块顽铁，这两柄剑若依然还给你们，空岩在今夜三更以后，到我房里来参欢喜禅，我怕他是做的大梦呢。"

星胆道："照你这样讲起来，你是没有半点心在他身上了？"

姨太太笑道："我若有半点心在他身上，昨夜就该顺从了他，何必约他今夜三更后才来？我也不用对少爷说这些话了。"

星胆道："你既没有半点心在他身上，这青锋秋月剑，总该交给我的了。你既不交给我们，不怕我们在你手里夺回来么？"

姨太太笑道："我不将这两柄剑还给少爷小姐，要想在我手里夺回，少爷当明白是很不容易的了。我取出这两柄剑来，总算是还给少爷小姐的，但是我要等少爷一句回话。"

星胆暗想这姨太太也很厉害，硬要我发誓给她听，难道我真娶这样淫荡无耻的女子，做我的姨太太么？想到其间，双珠一转，便向姨太太道："我柳星胆若不承认你是个姨太太，将来叫我死无葬身之地。"

姨太太却弄错了，以为柳星胆已经发誓，认她做姨太太了，很喜欢地将青锋剑交给星胆，秋月剑交给璇姑。两人藏了宝剑，星胆又向那姨太太问道："在方小姐未到龙山十日以前，可有两个异乡人，是怎样的面貌，多大的年龄，先后投到薛家来么？"

姨太太回道："那时候有异乡人前来告帮的很多，没听说有这两个人，叫我何从知道？"

星胆便不再问下去。觉得左腿弯伤处，已能转动自由了，青锋秋月两柄剑已经珠还合浦了，如何还敢延误？便同璇姑站起身来，依着那姨太太的计划做去。一齐出了地道，姨太太陪着璇姑洗过了澡，星胆也洗浴一番，各人都喝了些参汤。星胆璇姑换了衣装，专等三更向后，相机行事。

这时是五月上旬天气，半边月亮射得庭中如积水空明。已近三更了，薛家的前后门都关得紧紧的。那姨太带着芸香回到房里，脱去浑身的缟素，在那里穿红着彩，抹嘴描眉。头上戴了些花，身上熏了些香，指上换套起八宝戒指，脚上换过凤嘴绣鞋。又把芸香那丫鬟打扮得袅袅婷婷，叫她理过莺莺睡过的床，换过红娘枕过的枕。姨太太唤了声秋菊秋桂，这声才了，即见秋桂秋菊两个丫鬟应声而来。

那个秋菊年纪在二十三四，分明黛眉敛怨，渌光凝愁，苹红双颊。而在这灯烛光辉之下，竟若朝日之映落芙蓉，两只天然足，虽然没有经过包裹，但亭亭玉立在姨太太面前，低头不语。忧怨之容，使姨太太看了心动，恨不能向她低唤着一声情郎。

那个秋桂，年纪在二十一二，生得天然玉质，摒绝铅华，病态恹恹，愁容冰瘦，像天仙化人一般。姨太太看动了心，恨不能自己化成一个男子，向她低唤一声情妹。

秋菊同秋桂并站在姨太太面前，见姨太太没有话说，秋菊便轻绽朱唇，低唤了声姨太太，唤我们前来干什么？姨太太笑道："足见你们是新来的，不懂得礼节。没有干什么，停会儿你们要依我的吩咐，我说一句，你们要听一句，我不叫你们前来，你们就不能来。违拗我的话，可不用怪我。"

秋桂道："我们一生的造化，都要姨太太成全，敢违拗姨太太吩咐，我们有几个头够杀？"姨太太说了声再见，秋桂秋菊便联袂而出。

约隔了两刻时辰，忽听得门外有些风响，姨太太叫芸香在对面搬过一张椅子，便睃起两个水盈盈的眼珠，向房外盼望着。就见凭空飘进个年纪在五十开外的老秀才来，头上戴着草帽，鼻上架着眼镜，口边分着一部八字胡须，葛衣高履，手里摇着一把羽扇，背后拖着一条豚尾。笑容满面，在对面一把椅子上坐下。

姨太太向他一笑，对着镜子，拈了块胭脂，在唇上点了又点，才慢腾腾地向秀才跪拜下去，唤了声："老师恭喜，怎不到天明，才来呢？"

那秀才将她扶起，翘起八字胡子，口里喷出一股臭气，说："我今天来得不迟呀，多谢你唤我一声老师。"

姨太太笑道："不称老师称什么呢？"

秀才笑道："这个老师的称呼，请你收拾起来吧。你约我前来，今夜便算我的姨太太了。如此称呼，非所敢当，还当对姨太太叩头申缴。"

姨太太伸手向那秀才眉心间一戳，说："我约你今天来吃酒的，你又说什么来？"

那秀才早把个头歪到姨太太颈项旁边，笑嘻嘻地说道："你做我的姨太太，我有甚委屈你？"

姨太太鼓起两个红腮颊儿，总是憨憨地痴笑，说："你们这些人，真是奇怪极了，怎的对着我，要娶我做姨太太？倘若我是个男子呢？"

那秀才笑道："你是个男子，我要你做我什么姨太太？看你可是个男子？"

姨太太笑道："假如薛瑾没有死，你也认我做姨太太么？"

那秀才道："如果薛瑾尚在，那就不必讲了。"

姨太太便向芸香说道："你去开席酒来，叫秋菊秋桂两个丫鬟，站在门外，听我呼唤。"芸香便领命去了。

那秀才看姨太太这种憨媚的神情，不由有些神迷意荡，又搭趣着向姨太太笑道："我这时有件要紧的事，请你就答应我。"

姨太太扭头笑道："你说，叫我就答应你什么事儿？就是我做你姨太太，也该吃几杯合欢酒，难道这个规矩你也不懂？"

正说到这里，那秀才忽听门外有些儿脚步声响，不由甩脱了姨太太的手，竖目而视，侧耳而听。姨太太忙拉住他道："坐下来，这是两个丫鬟，站在门外，听候呼唤，用得着这样大惊小怪的。"

那秀才道："既是两个丫鬟，就唤进来。"

姨太太笑道："呆瓜，你要把丫鬟唤进来，四人八目，我们怎好谈几句体己话？"

那秀才只笑得前仰后合，说："我们男子汉转不若你们女孩儿心思细密。你会唱曲子么？且唱个四季相思给我听。"

姨太太笑："曲子我不会唱，就唱也唱不上口，我来讲几句笑话你听，比你听着曲子开心。"

那秀才道："你有什么笑话？你说。"

姨太太才开口，便扑哧地一笑，那秀才道："说笑话要板着脸说才有趣，你自己先笑了，能说出什么好笑话来？"

姨太太才冷着面孔说道："某山有个老和尚，戒律极严，向来不许他的徒弟嫖娼宿妓。有个小徒弟年纪才十二岁，和尚打发他下山去一次。小和尚回来，老和尚问道：'你在山下看什么东西最可爱？'小和尚回道：'那个脸上擦着粉儿，头上戴着花儿，唇儿红腥腥的，眼儿醉迷迷的，腰儿瘦生生的，手儿嫩纤纤的，那个才可爱呢。'老和尚说了声孽障，小和尚又道：'我看那人两个小脚，也同师父房里的女人，是一样的。'"说完这话，那秀才不由大笑起来，姨太太也笑得两手比腰，把身子弯得像倒转蜻蜓相似。说笑话，和尚也会有女人的，和尚有女人，已是笑话。和尚要娶姨太太，并要娶徒弟的姨太太，这不是从古未有的大笑话么？

那秀才笑道："我有个笑话，并非是我穿肠挖肚撰出来的，就是眼前的实事。我的大徒弟惟静，他有个姐夫，是个道士，会说得几句大话。带着闷香，到处骗混修行学道人的金钱。遇着有点姿色的女子，他有这本领，能将这女子骗拐贩卖，填补他的腰包。两月前惟静托他这姐夫，骗个好女子做老婆，事成送他五十两金子。女子也骗到玉龙寺了，五十两金子已兑付过了，道士又到别处去骗化了。惟静看这女子生得标致，昏迷不醒，像似一朵睡海棠般。五十两金子身价，算是个便宜货。欢天喜地，将女子抬进隧道，参欢喜禅。你知道那女子是个什么人呢？"

欲知后事如何，且俟第十回再续。

第十回

进美酒妙使鸩人心
巧报仇合用阴阳剑

话说那秀才板板六十四的，向姨太太问道："你知道女子是什么人？"

姨太太笑道："女子总该是个女子。"

那秀才从鼻孔里哼了声道："是女子还有什么笑话可说呢。哪知他是个男子，惟静要他这雄媳妇干什么来？便等他醒来时候，盘问他的来历，谁知他还是太原方继武的儿子方光燮。惟静被他姐夫骗去了五十两金子没打紧，把个方光燮带进这地方来，左思右想，没有摆布，却惹得方光燮怒恼起来，使起性子，同惟静较过两手，被惟静打败了，转来请示我，问将这方光燮如何摆布。我同方继武向来井水不犯河水，彼此很有点情面，只得先将方光燮软困起来，慢慢威逼他做我徒弟，将来我总算添个帮手。"

姨太太听了，心里略有些惊讶，表面上仍装作行所无事的模样，向那秀才说道："这也没有什么好笑。"

那秀才道："还有个笑话在后头呢。惟静闹出那件趣事，被他三师弟嘲笑得他几乎要流下泪来。谁知隔不上十日，又闹出一桩趣事。本来在那夜三更时候，有个少年男子，门不开户不破地到玉龙寺来，惟静看他双瞳点水，颊如苹果红，走路总是右脚向前，左脚向后，说话的声音很是低微婉转，早看出那男子是个女子了，就喜得周身四万八千毛孔根根毛孔都攒出个快活来，推说那男子是前来做贼，必是偷了什么，揣在怀里，要那男子脱去身上衣服搜一搜。那男子如果是个男子倒也没有要紧，实在是个女子，这衣服如何能脱，给个陌生的和尚随便在她身上搜检东西？三言两语各不相容，彼此交手起来。女子的本领也说得去，哪里是惟静的对手？被惟静用个点水蜻蜓式，点中她的胳膊，容容易易入绑隧道中去。打算将这女子降服下来，便算是他的女人了。谁知这女子说出来历，又是方继武的义女、方光燮的义妹。我想方继武不是够不上做朋友的，他没有得罪我，我的徒弟，同他的义女吵乱起来，原没有什么关系，只怪惟静要逼着她做女人，这却怪惟静不是，缚虎容易放虎难。要想两全，只好也将方继武的义女软困起来，慢慢威逼她做我徒弟，将来总算我又添个帮手。"

秀才刚说到这里，姨太太仔细听得门外叽里咕噜说："妹妹，你听见么？"不过这声音很低微，姨太太怕秀才察觉了，扬咳了一声，逗着秀才说笑，说："我要吐你一脸唾沫。"

那秀才笑道："你不要瞎疑心，在我面前吃醋，我若同女子有了交涉，今夜也不到你这里来了。不过我这笑话，不及你那个来得有趣，倒是两件实事。"

姨太太听门外静寂无声，心里暗暗说了声好险好险，彼此又谑笑了一阵。芸香开上酒席来。

那秀才道："怪热的天气，谁耐烦吃这些东西呢?"旋说旋卸去眼镜，脱去草帽，除去一条假辫子，露出那个圆笃笃的和尚头。顶梁上现出三行十二个戒疤来。

芸香取过毡毯，姨太太便袅袅婷婷跪拜下去，说了声老爷恭喜，起身满斟了一杯酒，自己先呷了一口，然后送到那和尚面前，向芸香努一努嘴。芸香知是支开她的意思，抿着嘴笑出门去。

和尚接过那半酒，一吸而尽，说："我领你的情儿。"

姨太又斟了一杯，说："请老爷吃个双杯。"

和尚道："自然要成双的。"又接过那杯酒一饮而尽。

两人对酌多时，和尚看姨太太眉目间春情洋溢，脸上一朵朵桃花泛将起来，便向姨太太笑道："吃酒本应够量就好，要吃多了，有什么趣味。怪热的天气，谁耐烦吃这些酒呢？"

姨太太笑了笑，说："你的酒量也太小了。"

和尚笑道："不是我的酒量太小，吃这寡酒，我不快活，你不会唱曲子，你能唱一出曲子，我就吃五杯酒。"

姨太太笑道："不是对你说过，曲子我不会唱，就唱也唱不上口，我吟一首诗你听，包你听了开心。"

和尚道："你先唱一出曲子，我吃五杯酒，再吟一首诗，我吃五杯酒。"

姨太太笑道："我唱得不好，要你包涵。"说着，即命芸香添酒，姨太太便清啭莺喉唱道："红娘去上香，香头落倒香几上。回头只一望，直道是张秀才，原来是法聪和尚。"

和尚听她这声音如同吹着笛子一般，悠扬婉转，没有一字吐完以后，没有些余音，不由掀髯笑道："这个乐子你唱得绝了，还说唱不上口，你再唱个我听。"

姨太太笑道："不行不行。"

和尚笑道："我听你唱的声音，比什么都写意，这酒就容易干下去了。你唱一出曲子，我吃五杯酒，唱十个，我吃五十杯，快取大杯来斟酒我吃。"

姨太太接连斟过五杯酒，看和尚吃完了，便又唱道："香珠进酒浆，酒杯递到酒口上，抬头只一望，直道是薛秀才，原来是空岩和尚。"

空岩和尚狂笑道："这个乐子改唱得更好，那是当日的虚言，这

69

是眼前的实事，我吃五杯酒，你再吟首诗，我听你的诗，当然比乐子更来得好。"

和尚又吃了五杯酒，姨太太香珠牙根轻度，吟道："赤羽金戈十万兵，指挥如意听钗裙。肩挑不动黄金铠，着体浑如雾裕轻。"

和尚又吃五杯酒笑道："你吟的这首诗，抑扬高下，圆转自如，声声金玉，字字珠玑，值得我满饮五杯酒。只是你诗中的口气，眼前太没有我这和尚了，你以为我一个人，足抵得赤羽金戈十万雄兵？能听你指挥如意？寻常人肩挑不动黄金铠，能有多么重？着体浑如雾裕轻，这算什么难事？你想旋弄我于股掌之上么？老实对你讲，我一个人足能抵得百万雄兵，你在我跟前练习过罩功，总该知道我的本领，你敢当面对我夸说大话？"

姨太太香珠听了，鼓起小腮颊儿，把两个耳朵掩起来，说："我不该吟诗给你听，我不该吟诗给你听，人家随便吟一首诗，惹你吐出这口黑墨水来。"

和尚忙赔笑道："我说的是玩话儿，你怎么认真说我的本领，总算天不怕地不怕的了。"

香珠摇头道："不要说这大话骗人了，你也怕那两柄秋月青锋剑。"

和尚笑道："你这是说到哪里去了？我讲个譬喻你听，假使你我都没有练习罩功，我们动起手来，你手中的剑纵然再厉害些，我身边便毫无寸铁，只是我这身法太快了，你的宝剑如何能够伤害我？这是讲的个譬喻。若说那两柄青锋秋月剑，总该是我们罩人的对头了。但我是不怕的，就因这青锋秋月两道剑光放出来，我有了防备，就在那剑光放出来，刹那间已不见我的踪迹所在，你想我这身法快不快？纵有青锋秋月两柄剑合用起来，能怎样奈何我？我的身法迅快，你是亲眼过的，可不是我吹的空气。"

姨太太笑道："你同惟静大师兄师徒推手，我看见多少次，论你

70

们师徒的罩功，若不伤及罩门地方，谁也不能伤谁，不过你们要在这推手里面，练习身法手法。记得有一次，你们师徒在快活厅中推手，惟静步步向前进，你步步向后退，惟静猛的一个独手擒方腊的手法，来得好快，打算这一手要将你拿住了，却扑了个空。我们看的人目也不瞬，不知你怎么样的已闪到惟静的身后了。惟静转身同你打个照面，你只是向他微笑，惟静再伸手去拿你，你一步一步向前进，他仍是一步一步向后退，直退到庭柱地方，不好再向后退了，惟静早用合手为拿的架势，我们看他似乎将你拥抱住了，再看惟静双手抱着庭柱，不知怎的，你又闪到惟静的背后了。"

空岩听了笑道："你看这一次，你就说我的身法是怎样迅快。我告你一回事，有一次，我要看惟精的手法怎样，惟精使的是流星锤，我说：'你能将这流星锤打中了我，我替你找个老婆，奖掖你的手法，大有进步。'惟精说：'师父是睡在这铁床上，听我打么？'好快这话才了，惟精手上的流星锤，已打到铁床上来，把那面铁床打碎了。哪里能打着我呢？惟精收回了流星鎚，回头看时，我已坐在中厅一把大交椅上。惟精的手法真快，我坐在那交椅上，还未起身，他的流星锤一出手，便打到交椅上了，将那把交椅打得粉碎。惟精同看的人，却没有看见我闪到什么地方去，听到上面有人说话，才知我已到了屋上。后来他们都问我可是使的什么法术？毕竟惟静、惟精是个内行，在这里苦练多年，他对众人说：'这是师父的功夫，师父不会使着法术，古来有个吕丈人，跳丸的本领了得，能在千丈深谷之中跳上山峰，还能跳在丸内，难得吕丈人这是法术，不是功夫么？'我的徒弟，个个都有我这样快的身法，便有两柄青锋秋月剑，前来伤我，我见放出两道剑光，不知溜闪到什么地方去了。虽有这两柄青锋秋月剑，如何能伤害我的性命？我怕的何来？快取酒来，你唱一个曲子，我吃五杯酒，你吟一首诗，我也吃五杯酒，我是天不怕地不怕，只要听你吟首诗，唱着曲子，比登天都自在，你的诗吟得好，曲子唱得好，我的酒越吃得痛快。"

姨太太香珠见他渐渐有些模糊起来，接连吟了几首竹枝词，唱了几首曲子，左五杯右五杯的，只得筛酒给空岩吃。空岩有八九分醉意了。姨太太香珠唱一首曲子，吟一首诗，总要逗引着空岩酒后夸说他的功夫。空岩酒醉得连舌头都大了，便敞开胸膛，倾怀尽吐，越发要在情人面前卖弄他的本领，言狂语大，好像唯我独尊，不把世间一切人物放在眼里的样子，心上也有些蒙蒙眈眈上来。

姨太太香珠见这是时候了，便向空岩笑道："你练得这身的罩功，比虎还大的气力，我好做你的姨太太？就使薛瑾不死，做他的大太太，也没有这样叫我开心。只是我听薛瑾说你的气力，便用三道很粗的铁链，将你周身捆绑起来，你一使劲，这三道铁链就断了。我怕是薛瑾替你吹的牛皮，你的气力虽大，也没有大到这样地步。"

空岩听了，竖起个大拇指，指着自己的鼻头，呢呢喃喃地笑道："不是我酒后会说大话，我没有灌着这些劳什子的黄汤，把我这身躯灌得软困下来，我一使劲，真有拔山之雄，盖世之勇，你欺我多吃了几杯酒，就这样小觑我，休说绑上三道很粗的铁链，就再多绑几道，难得我一使劲，还不能扭断了么？你绑起来，我断给你看。"

姨太太香珠笑道："好好，我绑起来，断给我看。"

这是香珠布置妥当了的，当令芸香及众仆婢拖出铁索，一道一道将空岩手脚身体都绑个结实。空岩哈哈大笑，两手一擦，两足一分，身子一挺，只听得当啷数声巨响，那三道铁索，都分裂开来。

香珠只笑得前仰后合，说："这番我是亲眼看见的了，并非薛瑾吹的牛皮，只是我先在里面绑起一道绳子，外加上三道铁索，你能一使劲扭断了，我就佩服你的气力比老虎还大十倍。"一面说，一面便令芸香取了根很粗壮的绳子。

那绳子是野蚕丝结成的，摸在手上，比什么都软，绑在身上，又比什么都结实。空岩却看是寻常的绳子，惺忪醉眼，只是憨憨地听凭香珠把身体都绑好了，两足都捆了个猿猴献果。香珠便叫他扭一扭看。空岩糊糊涂涂地笑道："这样不牢实的东西，值得着一扭么？索性再缠上四五道铁绳，你绑好了，看我使劲扭个痛快。"

香珠又命人取出五道铁索，一道一道地又绑了个结实，打起扣子来，旋绑旋向芸香众婢仆努着嘴，众婢仆都应命而去。绑完了，空岩再使劲扭着，哪里能扭得断呢？不是外边五道铁索难断，是里面一道野蚕丝的绳子，任凭空岩用尽平生气力，不能扭动分毫。

香珠拍着手笑道："秋桂秋菊，快来快来，看看这个说大话的。"这声才了，早见秋菊秋桂转身而入。原来那扮作秋桂的是柳星胆，扮作秋菊的是方璇姑。星胆进门，先发动青锋剑，一道金光，便见一个剑叟，手中持着同样的剑，要向空岩刺来。青锋剑刚才放出，璇姑已舞起秋月剑，一道白光，便是一个剑婆，手中持着同样的剑，也向空岩刺来。金光白光碰了面，早缠绕一圈，看不见什么剑婆剑叟了。空岩知道中计，从地毯上将身子一拗，剑光尚未着到他的身上，一个筋斗，已破窗而出。毕竟身体手足都绑起来了，心里又焦急，身上又受拘束，闪转时如何及得平时的迅快？空岩破窗出来，身体一落地，当地作响。香珠倒有些害怕起来。在空岩身体落地的时候，忽然又听得当一阵巨响，接着便是哇呀呀一声怪叫，原是星胆璇姑两人，跟着空岩穿出窗外。就见那一团剑光，朝空岩拦腰劈作两段。那五道铁链，一道野蚕丝绳子，也劈分两边。空岩在那哇呀呀怪叫时候，便真个圆寂了。香珠的心神未定，即见星胆割下空岩的头，拎进房来，接连璇姑也进来了。

这时天光欲曙，星胆便向姨太太香珠笑道："不是你助我一臂之力，便是我师父前来，也休想报复我父亲的大仇，我感激你的地方，自不消说得，我们请你一齐到玉龙寺去，救出我方世兄和我妹子要紧。"

欲知后事如何，且俟下回书中再续。

73

第十一回

疯和尚佛殿战芸香
小侠客僧房飞血剑

话说柳星胆提了空岩的人头，收好青锋剑，方璇姑也将秋月剑佩好，两人俨然像一对小夫妻似的，并肩走到姨太太香珠房中来。星胆向香珠流泪哭道："我父亲的大仇已报，不是你成全我，便凭我师父那么大的本领，亲自前来，也休想替我把仇人宰杀了。我感激你的地方，自不消说得。请你再帮我们的忙，到玉龙寺去，救出我方世兄和我妹子要紧。"

姨太太香珠听了且不理他，转吩咐家中仆婢人等，将空岩尸首拖入地牢掩埋，扫去窗外的血迹，一切的形迹都掩蔽过了，然后才向星胆笑道："你要我又帮助些什么？"

星胆重申一遍道："请你同我们到玉龙寺去，救出我方世兄和我妹子要紧。"

香珠道："令妹是谁？我只听和尚说，有方老英雄的儿子方光燮和方光燮的义妹方琴姑，软困在玉龙寺，就没有听说你的妹子失陷在那厢儿里，你这话是从哪里说起？"

星胆未及回答，璇姑急插说道："那方琴姑就是这位柳世兄的妹子柳舜英呀，什么的相貌，什么的衣装，空岩对你说得半点不错。"

姨太太香珠听了，伸出舌头讶道："好险好险，亏得柳小姐在玉龙寺里说是方老英雄的义女方琴姑，若说出她的真姓名来，怕不再遭了和尚的辣手么？在数月前，和尚也到阴平去，向老尼慧远寺中探视柳小姐，据慧远说，柳小姐不知到哪里去了。空岩就因这件事，很向慧远责问一番，后来想到慧远是个与物无忤的人，方老英雄已死了，慧远或不致看在死人情分上面，将方小姐掩藏起来，惹恼玉龙寺的一尊大佛。责问了慧远一场，也就罢了。如果他察觉方琴姑就是你家的柳小姐，落在他的拳握，仇人相见，还肯成全柳小姐的性命，准备将来传给他的本领，教成个徒弟杀师父么？这番空岩的人头，已被你提在手里了，要到玉龙寺去救出方世兄和令妹二人，我有我的计较。日间不便下手，到了晚间，我到玉龙寺去，请惟静惟精惟一惟智四个贼秃，在三宝殿上给薛瑾念几卷法华经，大略那些贼秃断不致疑惑我，违拗这样意思。你们秋桂还叫作秋桂，秋菊还叫作秋菊，同我前去，能够相机行事，将这四个贼秃结果了，自然能救出方兄和令妹二人，急是急不出道理来的。"

星胆璇姑听姨太太香珠这话，很有点儿道理，彼此又计划多时，便照那计划做去。当日午后时间，香珠便唤上芸香，吩咐如此如此。芸香即带了个小丫鬟到玉龙寺来。

原来这玉龙寺是明代的古刹，只有十来间房屋，当中一座正殿，两边两所厢房，前面是座天王殿。这寺所甚幽僻，惟静师兄弟们，向没有到山村人家化过缘，就是有人来请他们讲经放焰口，他们因为那寺中的商业是他们开山始祖的遗产，不是施主们施给玉龙寺的，除非请他们讲经放焰口的人，同玉龙寺和尚有点情面，他们才肯在寺中给人家帮忙做佛事，却不肯到人家去。没有点情面，要想给玉龙寺的和尚超荐已死的亡魂，比登天还难。所以玉龙寺的山门甚冷落，轻易没有人前来。若有远方的僧侣到龙山来，多半在其他的寺院挂单柱锡，要到玉龙寺去住夜，可是一件很不容易的事。

这时芸香带着小丫鬟走到玉龙寺的三宝殿上，惟静正拿着个鸡毛帚子，拭着佛座上的灰尘，看见她们来了，早欢天喜地放下鸡毛帚子，两只乌眼，盯在芸香眼上，那里一碰来，这里一碰去，把个葫芦头点了点，向芸香笑道："女菩萨可是薛家坡薛府的姐姐么？"

芸香拿了块手帕，掩着口笑道："亏得师父眼力好，倒还认识来。老主人在日，向没有和尚往来，不知师父是在哪里看见过我的？"

惟静笑道："女菩萨不是薛家坡薛府的姐姐，这龙山前后人家，谁家能走出这样漂亮的姐姐来？只是姐姐说薛府平时没有和尚往来，这话只可欺着山村的蠢汉，如何能欺瞒得玉龙寺的僧人？女菩萨前来有什么心事，要对我说？昨夜可有个秀才，到薛府去么？怎的这时还没有回来？"

芸香一扭头笑道："有，有，那个秀才头上也是光滑滑的，没一根发，三更三点，进了我家姨太太的绣房，要同姨太太参欢喜禅。姨太太被他啰唣不过，只得依允了。"

惟静听到这里，向芸香瞟了眼，见她粉靥通红，忙接着笑问道："姐姐看见那秀才，同姨太太参欢喜禅么？说到老薛，也是他的徒儿，徒儿徒媳坟土未干，他竟占住徒儿的姨太太。我师父的脾气，就是这样风风雨雨的。"

芸香低头笑道："谁看见他们参欢喜禅？这话是姨太太告诉我的，她说这秀才就是玉龙寺的老师父改装前来，把姨太太降服了。姨太太在主人主母血丧时间，做出这样事来，须惹得泉下的亡魂不安，就在老师父面前撒乖，老师父也被她心里说软了，准她今夜到玉龙寺里，请四位师父诵经，超荐主人主母的亡魂。便是姨太太坏了名节，使主人主母在泉下不安，料想灵魂有知，还当感激姨太太，请师父们超度他的功德，再也不会惦记姨太太失身的仇恨。老师父因今天要到山西一行，大略到明天才回来，姨太太特令小奴前来，

76

预先向师父说明，不知师父答应不答应呢？"

惟静笑道："休说老师传和姨太太的命令，便看在姐姐情分上面，怎么我们不答应？请问姐姐，晚间你们可同姨太太一齐来呢？"

芸香笑道："姨太太不知哪时派我们同她前来，还再派秋桂秋菊同来。"

惟静笑道："最好派两位姐姐同来就好了。"

芸香眨眨眼笑道："你要姨太太单派我们前来做什么？"

惟静道："有姐姐们前来，我们师兄弟诵经时候，这精神就壮起来了。"

芸香扑哧地笑道："疯和尚，你看小阿奴们这脸子还漂亮，就说出许多好话来了。这是佛殿所在，你别要同我们花马吊嘴的，嘻，你若看见秋桂秋菊两位姐姐，你这疯和尚，不知还要疯狂到什么样子？"说完这话，便同那小丫鬟笑出门去。

惟静简直如中了迷药般，直呆呆地看芸香同小丫鬟走出殿门。芸香走了几步，也回过头来偷看惟静，不提防惟静两眼还正在注视没有移动，美目盼回，恰好被惟静的眼光接住，直等芸香同小丫鬟翩若惊鸿地走出山门，才自言自语道："世间哪有比这两个再俊些的丫鬟？就是这芸香，也足令人真够销魂了。大略她说的秋桂秋菊两个孩子，年纪纵比她轻些，容貌未必就美到怎样地步。"

惟静胡思乱想了一阵，走出西厢寮房里，看见惟精、惟一在那里下棋，惟智在旁边观局，便嘻天哈地地笑道："你们真好乐呀，能携带携带我大师兄共同入局，想不妨事？"

惟智笑道："大师兄来得正好，要知二师兄被三师兄杀败了，须要大师兄替他捞回本来。"

惟静道："他们共对几局呢？"

惟智回说三局。

惟静道："第一局怎样？"

77

惟一道："第一局二师兄没有赢。"

惟静道："第二局呢?"

惟一道："第二局我没有输。"

惟静道："第三局呢?"

惟一道："第三局二师兄看要赢了，被我跳起一对连环马，顺手掳了一条车，逼得他老帅没处走蹩死在我这马足之下，总算是侥幸。"

惟精噗地笑道："你就说我连输了三局棋，怎放出这许多臭屁来?"

大家笑说了一阵，惟静命撤了棋局，要谈正事。惟静道："师父牢笼女人的本领极高，果在昨夜三更向后，到薛家坡去，同薛秀才的姨太太结了个大缘。"

惟一笑道："大师兄，师父的性格就是这样，居然吊起徒弟的姨太太膀子来，我看大师兄那个如意人儿，师父不许大师兄享受这温柔艳福。要降服了她，做自己的徒弟，表面上虽说得光明磊落，安知师父不想占夺大师兄的意中人呢?"

惟精笑道："三师弟说这样话，不怕大师兄难为情?"

惟智笑道："这又什么难为情? 我想起来了，薛秀才夫妇死得很奇怪，怕是师父看中他的姨太太，先将薛家夫妇结果了，打发冤家离眼前，才好吊他姨太太的膀子。"

惟智道："我也想起来了，今天听说山西方继武，被人刺杀了，怕是师父看中了他的义女方琴姑，先将方继武结果了，打发冤家离眼前，好慢慢吊着方琴姑的膀子。"

惟静拍着手掌叫道："我也怕是师父杀了方继武，今天老薛的姨太太两个丫鬟前来，说师父到山西去，不是师父杀了方继武，今天到山西去要做什么事呢?"

惟精问道："薛家的丫鬟，特地前来告诉的么?"

惟智将芸香的话，对他说了一遍道："芸香对我这样说，想薛家芸香同那丫鬟，都生就红拂妓的眼，卓文君的貌，又有秋桂秋菊两人，我虽没有见过，但照芸香的话参详起来，自然也算得两个天仙般的尤物，薛家这四个丫鬟，我们师兄弟各得一个，便死了也情愿。师父既看中了方琴姑，我就将方琴姑让给了师父，料想师父绝不用对待薛瑾的手段对待我，还得向薛家姨太太说，将她家四个丫鬟分给我们享受。"

惟一笑道："大师兄说得对呀，薛家的姨太太今晚到我们玉龙寺里，请我们念法华经，或者能将这四个丫鬟，一同带来，我们大家乐得和她们亲近，且探视那姨太太口气，看是何如？"

众贼秃说得兴高采烈。到了日落时分，还不见薛府的姨太太同丫鬟前来，寺里的老道已预备办下素斋，经堂就设在三宝殿上，幢幡饶钹都布置停当了，众老道轮流到山门外探望，看薛府姨太太同丫鬟来也未来。

只到二更时分，众贼秃都在三宝殿上焦急万分。忽见一个老道匆匆跑来说道："薛府姨太太，已带着四个姐儿来了。"

众贼秃都笑得心里开了一朵欢喜花，排班也似的迎接出来。果见一个白衣玉貌的姨太太模样的人，姗姗而至。后面四个丫鬟，一般也穿着素服，簇拥着姨太太前来。惟静留心这四个丫鬟当中，有芸香同那小丫鬟在内，再看那两个丫鬟，都是天然丽质，美妙如仙，比芸香同那小丫鬟还漂亮，料想这当然是秋桂秋菊两人了，便同惟精众人将姨太太香珠及四个丫鬟，接到西厢一间小楼上面。

那间小楼，布置得很精致，是惟静师兄弟们秘密谈话之所。茶话时间，才知那小丫鬟唤作韵香，比芸香小两岁。这两个丫鬟，年纪小些儿的唤作秋菊，年纪大些儿的唤作秋桂。

香珠指着芸香、韵香、秋桂、秋菊向众贼秃说道："我这几个伺候的人虽未必都美妙绝俗，但歪鼻塌眼奇形不堪的也没有，这些人都是从外省外府买得来的。"

香珠谈论这些话的时候，神情很是得意，惹得惟静、惟精、惟一、惟智等四人八目莫不注视在那些丫鬟脸上出神。惟静先前把个眼光原射在芸香的脸上，再向秋桂一看，面貌虽不及秋菊那样玲珑瘦小的美人胚子，但仪态万方，眉目间很现出惊人的神采，绝没有小家碧玉的态度，就回想芸香不过比一般年轻的女子生得漂亮而已。同秋桂比较起来，真是鹚鸠见了凤凰，牛马见了麒麟，不禁转将那两个黑溜溜的乌眼在秋桂面庞上滚来闪去，看得秋桂面上有些害羞起来。

惟智却把眼儿注视秋菊，惟一也只顾盼着芸香，惟精知道自己的面貌丑得像戏台上大花脸一般，值不得芸香秋桂秋菊美目传情，那么不得已而求其次，也将两个黑黝黝的怪眼，斜射在韵香粉腮颊上。这几个贼秃的神情，早被香珠看在眼里。

一会儿，老道开上素斋来。惟静等欲下楼吃饭，香珠忙止道："同是自家人，用不着讲客气。便是这四个丫鬟我也吩咐她们共同一桌，分什么贵贱？别什么嫌疑？大家胡乱在这里吃一餐吧。"众贼秃巴不得香珠留住他们，得以常亲丫鬟们的芗泽。

谁知秋菊忽起身说道："太太的命令，阿奴本不敢违拗，不过今夜是请师父们超度老太爷的时候，师父们要下楼吃饭，太太且由师父自便吧。"

香珠道："这孩子说话怪疼人的，就请师父到楼下用斋吧。"众贼没奈何，一齐下楼吃过晚饭。

香珠也用过素斋，带领四个丫鬟下楼来了。众贼秃忙做佛事，一字排跪在经堂上，口里不住唱着外国梵语，心里不住想着如意人儿。木鱼磬钹更敲得十分起劲。这里香珠同四个丫鬟在殿外薛瑾灵牌之下焚化纸钱，各人都挤出几点眼泪。

佛事做完了，惟静把姨太太请到西厢房楼上用茶。忽然转眼间不见秋桂秋菊及惟智三人。惟静一想不好，托言到厕所里去出恭，走下楼来，转到东厢惟智寮房门看时，黑闪闪没有什么，脚下有圆滚滚东西，不是惟静身体稳健，几乎就要被那东西绊了一跤。心里好生惊讶，忽然面前显出两道剑光来，惟静一句哎呀没叫出口，他的头颅已和他身体脱离关系了。

欲知后事如何，且俟十二回书中再续。

第十二回

玉龙寺情侠诛淫僧
天王殿英雄擒恶伙

　　原来是姨太太香珠的计划，以为惟静、惟精、惟一、惟智四个贼秃，不独都练习得全身的罩功，并且身体矫捷，只比空岩略逊两筹。那个化名秋桂的柳星胆、化名秋菊的方璇姑他们虽有这青锋秋月阴阳剑，剑光着处，不怕你练就多么大的罩功，欲将这两柄剑使用起来，本容易割下他这颗脑袋。无如要锄杀惟静等四个贼秃，若在他们聚一处，用这阴阳剑将惟静结果了，恐怕惟精、惟一、惟智有了防备，他们拳脚的厉害，身体的矫捷，都非同小可，如果反手伤害了星胆、璇姑两人的毫发，这岂是当耍的事？即令他们没还手，打草惊蛇，预先吃他们兔脱了，将来遇事寻仇，终为心腹的后患。惟静、惟精、惟一、惟智四个贼秃射手的功夫都迅厉，青锋秋月剑又在势不能在刹那间将这四个贼秃一并结果了，事情就很有些棘手。不若慢慢将这四个贼秃设计分拆开来，请星胆、璇姑两人相机行事，好使青锋秋月两柄剑将这四个贼秃，一个一个都先后结果了。

　　这番璇姑待他们佛事做完以后，看惟智走到她的跟前，暗暗用手将惟智的衣袖一拉，惟智哪里明白一个温柔俊俏的丫鬟便是杀人不眨眼的方璇姑，看她这种撩人心情的举动，仿佛如做梦一般，心里几乎不相信今夜同她成就这种好事。只是眼中所见她种种类类的情态，都是真的，的确不是做梦，悄悄把璇姑带到自己的寮房，问道："姐姐拉我衣袖做什么？"

璇姑低头回道："不做什么，我要到你这房里见识见识呀。你这房很是精雅，床上的被褥花一团，锦一簇，望去就像个神仙洞啊！"

惟智笑道："姐姐且请坐下，我有话同姐姐说。"说着，将自己坐的一张凳子端过来，请璇姑坐，说："啊呀，难得秋菊姐姐惦想我，把我拉到这里，我立刻死在姐姐面前都情愿。"

璇姑道："你不用性急，我站着看看这案上供的一尊阿弥陀佛甚好。"

惟静笑道："站久了，怕姐姐大腿酸疼。"

璇姑道："照你这样话，爷娘生就我两条腿，做什么用处？倒饶得你替我娇惜起来。"

话犹未毕，忽然房门开放，从门外走进个娇羞满面的丫鬟来，那丫鬟正是化名秋桂的柳星胆，进门便向璇姑笑道："我只道小蹄子到哪里去？原来还在这小师父的房里。你们的话，我都听见了，快去见姨太太，我告下状，看你这精皮肤还免挨得一顿毒打？"

璇姑笑道："真菩萨面前，烧得什么假香？你们要做影戏，还要我给你们戳破这层纸，看你和惟静师父四只眼睛闹得不像样了，如何能瞒得姨太太的眼角落里？我本想同小师父商量，给你们做个大媒，半点儿不懂得人心是肉做的，你怎的还要在姨太太面前告我？"说着，挤眼睛做手势地向着星胆憨憨地笑。

星胆会意，便向惟智笑道："请小师父暂出去坐坐，让我们两人谈句抽心话。"

惟智在这个当儿，不禁心里凄惶起来，只恨秋桂无端来胡闹一阵，打断了他的好事，没奈何只得出去走走。刚跑到房门口，还想着掉过头来，看她们是谈些什么。谁知惟智才转过头来，便是咯吱一声响，他的头已削在青锋秋月两柄剑下了。

星胆璇姑杀了惟智，便吹灭了房里的灯光，各人都按剑在手，星胆向璇姑耳语道："我看惟静那个贼秃居然把我真当作是青衣翘楚，他的魂灵早已飞到我身上来。这时他在楼上若察觉我们和惟智不见了，想他的心眼儿，纵然不把你包围在那厢儿里，自然怕我同惟智有了私情，停会儿他必然前来送死。我们唯有在这里等着便了。"

璇姑忽把眉尖皱了两皱，向星胆耳语道："你听门外不是远远有些脚步响声么？想必就是那惟静贼秃来了。"

星胆默然不答，那脚步声响渐近，接着便见一个人影闪到房门口，青锋秋月两柄剑光飞处，那人影向后便倒，像似已经死了。星胆便点起灯光，向房门口一看，有两具尸骸，两颗头颅，都僵卧在血泊里。这一颗认得出是惟智的头，再向那一颗仔细认来，不是惟静人头是谁呢？星胆璇姑又商量个计较，跑出房外，准备再下惟精惟一的毒手，且按他慢慢表。

再说姨太太同芸香、韵香、惟精、惟一正在楼上吃茶，忽听得秋桂的声音急道："这这这是什么缘故？"听这声音似在楼下。姨太太芸香、韵香、惟精、惟一都竖耳静听，一会儿，又听不见什么了。

姨太太便向惟精说道："你且下去看看光景，怕是你们大师兄掉下厕坑了。"

惟精刚下得楼来，便见两道剑光一闪，啊呀呀一声怪叫，那颗头早被星胆璇姑青锋秋月两柄剑掠去了。尸首跟后倒在地下，喷射出许多鲜血来。

姨太太同芸香、韵香、惟一在楼上，又听得秋桂秋菊的声音急道："好人，这如何怪得你二师弟呢？你就是吃醋闹脾气，也不是这样闹法，叫姨太太怎下得这个台？你们师兄弟这场火拼，如何得了？"

芸香听了便向惟一急道："你下去拦阻他们，就说姨太太不许胡闹。"惟一下得楼下，两道剑光闪处，分明看见秋桂秋菊两人，横眉怒目，才瞥着惟一，说了声"贼秃，你也下来了"。说时迟，那时快，惟一方要闪避，只听得咯嚓声响，惟一早躺倒地下。原来他的人头，也迁居了。

姨太太估料这光景，大略星胆璇姑两人已完全得手了。但心里还有些疑惑，便也向芸香、韵香说道："我们再下去看看，为什么闹成这个样儿？"

三个下得楼来，星胆即走到姨太太面前叫道："托姨太太的福，玉龙寺全伙贼秃已死在我们青锋秋月两道剑光下了。"姨太太听他的话，一颗芳心方才稳牢定了。

星胆又说道："我们赶快去救出方世兄和我妹子，我这时心里仿佛瞧见他们哭泣，我巴不得立刻将他们解救出来，我才欢喜。"

璇姑也急道："我兄长和柳小姐究竟困在玉龙寺什么地方？"

姨太太也不知道，快到东厢去找那些香火道人探问。谁知那些香火道人，早已闻声躲避，不见一个踪影了。大家又转到天王殿前，星胆从金身韦陀神像背后拖出个年纪在三十上下的香火道人来，不由分说，将他捽倒在地，用脚在他身上一垫，喝道："空岩及惟静、惟精、惟一、惟智这五个秃颅，都被我们结果了，依老子性起，也该给你个当面开销，不过要借你的口，告诉我们几句话，还想开脱你一条生命。你若懂得几分人事，快说出方光燮并琴姑娘被关在什么所在？若有半句虚言，一剑两段。"那道人见他们这种势派，只有打战的分儿。这时玉龙寺的前门后户，早已关得铁桶相似，寺里的和尚已死，哪里有人前来救应，遂战兢兢地回道："小道不不不敢不不不说，请姑娘赦免我这条狗命，小道有个表兄，也在这玉龙寺服侍香火，姑娘要问什么方光燮和琴姑娘，被关在什么所在，小道实不知道。"

璇姑在旁，听这香火道人絮絮叨叨，说了这些藏头露尾的话，便向星胆急道："他不肯实说，就砍了他吧。"

星胆把剑一扬，那人又抖着说道："要问问问什么方光燮琴姑娘，姑娘问我的表兄，自会明白，我实在不知道，又不敢不说，小道若有半句谎言，就是姑娘肚子里养出来的。"

星胆璇姑听到这里，又是焦急，又是好笑。姨太太香珠同芸香韵香两个丫鬟，听道人最后两句笑话，几乎绽开樱桃小口笑将出来。

星胆道："好了，你就说你的表兄现在哪里？"

那香火道人回道："并没有飞出玉龙寺去，他听得上面的风声不好，早躲入地室去了。"

星胆道："你如何不同他一并躲入地室，却躲在这地方作甚？"

那道人道："我不能走下地道去，事急没了主意，竟躲在这地方，我那表兄他如何比我这样呆笨。"

璇姑在旁急道："休同他再讲这些不相干的话，送他到鬼门关去吧。"

道人急道："且慢，我到大殿去，把我表兄吴老道唤出来就是了。姑娘得了手，总望成全小道的狗命，小道有个老婆，才二十一岁，若是小道死了，叫她轻轻的年纪活守寡，怎样是好？"

星胆便缩回了那只脚，把这道人提起来，大家到正殿上，道人毫不迟疑，扒到佛龛上面附着阿难尊者的耳朵，吹了一阵风，跳下佛龛，并不见什么吴道人出来。那道人道："太太姑娘不要焦躁，我们这玉龙寺，有三个香火道人，我表兄吴老道同个姓李的道人，他们都知道上下出入的机关，小道专在上面伺候，就不知道进出的机关究竟是怎样。他们因我这模样生得呆笨，却不肯告诉我，只是他们到隧道中去了。我有事要唤他们出来，就得附着这阿难尊者的耳朵吹度一阵风。这阵风吹度下去，似乎听得下面有些铃声作响，他们听到铃声响处，就从地室里走出来了。"

星胆听罢，便从身上解下一根束带，将这道人捆了个白马攒蹄，割下一块衣襟将道人的口塞住了，放在暗处，便同璇姑及姨太太、香珠、芸香、韵香三人打了个哨语，各人都掩在大佛背后，屏声息气，毫没有半点声响。隔不上半刻时辰，果有两个年纪都在四十开外的道人从外面走进来，叽叽喳喳地说道："老黎在哪里？敌人已全数走了么？"

黎道人口里被衣襟塞住了，哪里能回答什么？就在这时候，星胆璇姑等人从大佛背后闪出来，星胆早捺倒了这一个，璇姑也把那一个道人的头发提在手里。

那一个道人恨道："黎表弟骗我，敌人何曾走出山门？要他把我们骗到上面来。"

这一个道人向香珠央告道："姨太太同玉龙寺有什么冤仇，值得用这样狠恶的手段？我们只有向姨太太求情。如果姨太太肯开个方便门路，叫这两位姐姐放我们出去，我们纵要报复姨太太的大德。若决定要做恶人做到底，我们虽做了刀砧肉、釜底鱼，死了也要做个厉鬼，将你们的性命追了去。"

香珠转向他问道："你姓什么？"

那道人回说姓李，他姓吴。香珠点点头，星胆向李道人道："冤有头，债有主，我同你们没有仇，可以开放一条方便门路，只是我们此次专为方光燮及琴姑娘而来，你们能引我们将这两个解救出来，这是你们造化。不能将这两个解救出来，就放起一把火，烧毁了你这二个鸟道。"

李道人道："要问方光燮及琴姑娘两人，可问这位吴老兄，自会明白。"

璇姑将剑搁在吴道人颈项上喝道："你说！"

吴道人道："啊呀，可是问那方小爷同琴姑娘么？小道带你们前去，将他们救出来，总可以成全我们两条狗命了。"

星胆璇姑两人竟押着这两个道人出来，回头向香珠说道："我们走去一遭，好把那两个救出来，请姨太太在殿外看风，我们仍到这里会合，一同远走高飞，好不好？"

香珠回道："好。"

两个道人便将星胆璇姑带到后院。那后院里有个大石鼓，约有三丈来高，八尺围圆，摆在西北墙角所在。估料这石鼓的重量，约有二三百斤。吴道人双手毫不费力，将那石鼓搬开。再看这石鼓里面中空，像个石瓶。怪道吴道人竟能掀得起来。掀开石鼓，下面有粗桶围圆的一个大洞，借着残月的光辉，看出那下面有个石级。两个道人领着星胆璇姑两人走下石级，仍将上面石鼓盖好。弯弯曲曲不知有多少层数。下了石级，远远便见有座很高大的石房，眼前是条石道，两边有两座院墙。院墙上的一列明灯，同密麻相似，照得地室中晶光耀目。石道上铺砌红白二色的大石，每个红石必间着一块黑石，红石黑石，也有扁方形的，也有长方形的。

星胆看这光景，大有蹊跷，便问两个道人喝了声且住道："我问问你们，听说这玉龙寺地道下面，遍布着油线机关，你们可告诉我，有什么油线机关？"

李道人道："姑娘们是个青天，小道敢在青天面前撒谎？这地室下的油线机关，都在扁方形的黑石，长方形的红石上，若一脚踹在这上面，机关触动，便从平地上裂出窟窿来，包你跌落在下面百丈深坑之内，你看这机关可是厉害？"

星胆道："照这样说，该按着扁方形的红石，长方形的黑石上走去，就可以无事了，你不妨走给我们看。"

李道人听了，现出很为难的神气，星胆大怒道："你这贼，还敢骗我，叫你知道我的厉害。"说着，急提起李道人，头向下，脚向上，把他向那扁方形的红石上一抵，就听得咯喳声响，那红石的所在，竟裂出个很大的窟窿来。星胆一松手，李道人已活葬在百丈深坑下了。上面的红石，仍自由自性地掩盖起来。于是星胆在前，璇姑在后，夹着吴道人，拣着扁方形的黑石，长方形的红石走去。看要平安走到那座石房的所在了，忽然觉得头上有阵风响，呼啦啦响了过去。星胆璇姑抬头看时，见有一道红光飞虹掣电般向前闪去，眨眨眼已不知去向。

欲知后事如何，且俟十三回书中分解。

第十三回

诚可通灵井中得古剑
祸难预测郊外遇强人

话说星胆璇姑两人抬头看那红光，惊虹掣电般从头上飞闪过去，眨眨眼已不知去向。星胆好生惊讶，璇姑道："我听古来有飞得起的好汉，从没有听说能飞得这样迅快。运气飞行的功夫固不容易练成，就是练成了功，充其量也只有飞鸟那样快，看这人飞行的本领好到如此地步，我看出他是法术，不是功夫。我小时候听我父亲说，江湖上有白莲教、红莲教类会法术的人，白莲教的法术，尚不及红莲教难学。而红莲教的教徒，又不及白莲教那样多，两教的法术，虽非真功夫，但用起来同真功夫一样厉害。不过遇到会破袭他们妖法的人，他们这法术即没有用处。我看方才这道红光，估量是红莲教人使的法术，不是红莲教人，如何分明看着这道红光，飞得像流星一般快呢？你把胆子放大些，去救出我兄长和令妹两人。有我在，什么是妖法，我是不怕的。我这时没工夫同你多说，临时自看出我的手段。"

星胆道："我不问什么红莲教、白莲教，只要能救出我的妹子和你的哥哥，哪怕前面有座刀山，我也要闯一闯。上天可怜我，总该有我们骨肉手足重逢的时候。"

说着话，已走到那座石屋子了。原来那石屋子里面很宽敞，中间高悬着一盏绝大的玻璃灯，屋里的陈设，仿佛像山寨子里聚义厅的模样。两边有个耳房，星胆便问吴道人道："方公子和琴姑娘在这地方哪里呢？"

吴道人道："东房里有个衣橱，有六尺来高，内分上下两层，上层押着方公子，下层押着琴姑娘，外面加上一把锁，中间有条门缝，透着空气。"

璇姑道："方公子和琴姑娘，难道赖在那衣橱里不要出来么？他们不是这样毫没有本领的人。"

吴道人尚未及回答，忽然东房中门一声响，两扇房门大开了，就见一只大衣橱直从房里凭空飞出来，却没有看见什么人。

璇姑心想这是红莲教人使的隐身法，飞行法，来盗劫他们两个无疑了。旋想旋从里衣裳内取出一面月饼样儿的小镜子来。这镜名为乾坤镜，从前徐鸿儒主掌白莲教，田光禄主掌红莲教，几次经人破袭，从没有将白莲教、红莲教的妖法破坏了。山西方继武的父亲方建侯，最是个胸怀阔大的大剑侠，他生平只信功夫，不信法术，无如白莲教、红莲教的势焰日大，他们的法术最显而易见的，能跨一张芦席渡过江，当作乘风破浪的帆船。随便是什么东西，他们欲将这东西一指说是羊，那东西立刻会变成羊了。他们要将这东西一指说是虎，那东西立刻会变成虎了。方建侯亲眼看见过白莲教、红莲教人使过这样的邪法，就不由得他不相信，这种邪法的势焰高涨，几使天下英雄没有用武之地。方建侯看他们两教的教徒表面上做人很是光明磊落，背地里什么无法无天的事都干得出，有多大的法术，即造下多大的罪孽。曾有两教中人，闻得方建侯大名，卑词厚币来请方建侯入教。方建侯是何等胸襟的人，不但不肯舍身入教，反以两教中人殃民误国，为百姓的对头，为同道人的大敌。虽婉言谢绝两教的人，但对摧灭邪教的心思，几致废寝忘餐，无日或懈。

有一夜，是六月中旬天气，方建侯已上床睡了。一觉醒来，也不知是什么时候，觉得有些热刺刺的。起身出来，看是皓月当空，便到门外打麦场边树荫下面垂凉。有两阵凉风透过来，方建侯不由喝一声彩，这声彩刚喝出，接着听得有阵阵哭泣的声音，由微风荡入耳鼓。方建侯听到这哭声如怨如慕，如泣如诉，像似男女四个人哭着，就在对岸一里以外。寻常人在万籁沉寂的时候，能听得这么远的哭声，很不容易。方建侯两个耳朵最灵，所以能听得清晰，转觉有些凄然不乐，心里阵阵跳动起来，便过桥向那哭声所在走去。仿佛看见两个女子，各抱着一个男子，相向而哭。方建侯不由高声问道："是哪里来的两对鸟男女？为什么三更半夜，到这郊野地方哭泣？"

　　这话问出去，不听有人答应，哭声便停止了。走进几步看时，哪里有两对男女呢？只见两道白光，冉冉入地而没。方建侯暗想这不是活见鬼么？但心中并不害怕，再到那地方一看，原来有口枯井，两道白光像似入井而没了。方建侯到这时候，好像不到井中去看个明白有些放心不下的样子。搬开石栏下向望去，仿佛有三丈深浅，自信凭他的本领，能从上面跳下去，还能从下面纵得上来。在他这时的心理，总以为这枯井下面必有青年男女的尸骨，才发现这样怪状。谁知跳下去看时，却是不然。井底下的容积甚大，东北隅有个月亮也似的东西放出宝光来，照彻得井底通明，以外都是泥沙石子。方建侯看那东西是面圆镜，取在手中，两面俱现宝光，两边镜框上各刊着个小字，这边是个乾字，那边是个坤字。方建侯料这是一面宝镜，将有大用。拾起一撮泥沙，放在镜面上，那泥沙便飞扬起来，仿佛被风吹去的模样。一眼忽又看见那地方有柄双股剑，长有尺许，拾起看时，那剑柄似用八宝嵌成的，合起来是一柄，分开来是两柄，剑柄极厚，剑锋极薄，右股剑柄上嵌着个雌字，左股剑柄上嵌着个雄字。方建侯想这乾坤镜和八宝雌雄剑，俱是难得可贵的稀世珍宝，久没古井，与泥沙为伍，物若有灵，能不凄然一哭？

方建侯得了这乾坤镜和八宝雌雄剑，但是八宝雌雄剑在手中使用起来，仍无异寻常的剑，便世袭珍藏。后来这八宝雌雄剑由他儿子方继武送给绵山狄龙骏。狄龙骏剑术最深，会用这八宝雌雄剑，曾把这两股剑分拆开来，送给他两个徒弟，并传他两个徒弟使用八宝雌雄剑妙法。他这两个徒弟在这柄剑上很干得一番事业，这是后话，后文自有交代，不去说它。

　　单表方建侯因古来有什么照妖镜，灰尘吹在镜上，毫无沾染。这面类似照妖镜的乾坤镜，当然有降魔除妖的效用。白莲教、红莲教的邪法，本得自妖邪传授，我得了这面镜子，也许是他们对头到了。果然他这一想，倒想个正着，从此遇到白莲教、红莲教人，使用什么妖法，只需他将这乾坤镜一照，妖法便立时破灭。使用妖法的人，都仗着妖法厉害，用不着练习真实的本领，妖法既被破灭了，欲擒这使用妖法的人，分明是荞麦田里捉乌龟，手到擒来的事。徐鸿儒、田广禄的妖焰不能长久蔓延下去，其他种原因或尚多，但据故老遗传，一半也摧灭在这面乾坤镜上。

　　方建侯弃世以后，这乾坤镜就传给他儿子方继武。方继武在壮年时候，曾用这面镜子同白莲教、红莲教的余孽结下不少的冤仇，积久两教的人俱藏隐不见了。方继武以为两教妖人已匿迹无声。平时和人厮杀都是一刀一枪，用真功夫和人比较。就因这乾坤镜的妙用，全在辟除邪法，没有别种功用。不过白莲教、红莲教人如何用得着这乾坤镜呢？可是璇姑在褓褓时，胆气最小，容易感受惊风病症，方继武把这面乾坤镜揣在她的怀里，璇姑的惊症就立见痊可了。再要将这面镜子，从璇姑怀里取出来，璇姑总是婉转哀鸣，把这面镜子竟看作性命一般，非哭到再将这镜子揣到她怀里来，那哭声再也不会停止。方继武爱女情深，就将这镜子给她带在身上。

　　璇姑渐渐大起来了，知道这乾坤镜的功用，最是白莲教、红莲教的大敌，终日不曾离开身边，只恨没有遇到白莲教、红莲教中兴妖作法的人，拿出这面镜子试验一下，常以为憾事。但坚信这镜子破灭妖法的功用，大得不可思议。在璇姑陷落薛家坡的时候，这镜子已被薛家人搜去，嗣后璇姑出险第二日，急向香珠索取，便也珠还合浦，放在身边。这番和柳星胆在玉龙寺隧道之中，发现了惊虹掣电的红光，已估料这是红莲教的余孽使的飞行法，及至走近那所石屋，只见东房里一只大衣橱凭空从房里飞出来，眼里看得分明，益信这是红莲教人使的隐身邪法。这时候就得取出她的乾坤镜来。说也奇怪，这面乾坤镜刚对着那衣橱反复照了两下，接听得哗喇声响，大衣橱便从空中跌落下来。幸喜地下铺着毡毯，纵没有将衣橱跌得粉碎，但也跌伤了一条腿。大衣橱刚跌落地下，果然不出方璇姑所料，见一个二十来岁的男子，容貌甚是琐屑，害了一头的秃疮，身上穿着大红袄裤，袄上绣着朵朵的红莲，腰间挂着竹刀木剑，被镜光笼罩住了，现出缩瑟不安的样子。看他也知道自己行藏败露了，颤巍巍打了个寒噤，要想逃又不能逃脱方璇姑的手。

方璇姑对那男子喝道："你的胆量可也不小，想来盗劫我的兄长世妹，于今捞到我手里了，看你有什么妖法能逃脱？"方璇姑说完这几句话，挑起脚尖儿，不偏不倚踢在那男子小腹当中。星胆待要喝声且住，两字还没叫出，璇姑又赶上去再踢两下时，可怜那男子已无福消受，两眼往上一伸，两脚向下一翻，已是呜呼哀哉了。吴道人在旁见这情状，只吓得心惊胆战，他在玉龙寺中，向没有看见过这样妖异，居然被个青衣女子用这面镜子能范防妖魔鬼怪遁形，将这妖人结果了，叫他心里如何不怕？呆呆站在那里，听璇姑向星胆谈说这乾坤镜的妙用。

星胆埋怨道："可惜世妹一时性急，没有问明妖人如何前来盗动衣橱的缘故？竟将他结果了，留下这件疑案来，不知何时才能打破？"璇姑也因星胆说得不错，深悔自己孟浪，没有问得妖人所以盗劫衣橱的缘故。然事情已做错了，懊悔也是无益。

当由星胆在衣橱上扭断了锁将两扇橱门开放了，上层看是卧着个女子，下层看是卧着的男子，中间隔着一层横板，两人都倦眼蒙眬，昏糊不醒。看那女子是方光燮乔装的，那男子却是舜英，穿着男子的衣装。璇姑先向光燮耳边叫了声兄长，又把樱唇附在舜英的耳朵上，叫了声世妹。两人俱没有答应，仍是昏迷不醒。及经星胆问明吴道人，才知他们先后被擒以来，就用闷香将他们迷翻了，锁在这大衣橱里，屡次经空岩及众和尚将他们喷醒过来，问他们可肯降服玉龙寺么？他们接连回说几个不降，仍然熏迷香，叫他们在这衣橱里酣睡着。

星胆听了，便押着吴道人，取上两杯冷水，向他们顶梁上喷去。舜英先苏醒过来，向星胆叫了声哥哥道："你们是几时来的？我险些没有脸面见我哥哥。"

接着光燮也醒过来了，向璇姑叫了声贤妹道："我们在这里做梦么？不是做梦，如何有我们骨肉相逢的时候？"

两人出了衣橱，星胆押着吴道人，领着他们出了地道，大家约略谈说了几句。原来方光燮也是狄龙骏的徒弟。狄龙骏自收得星胆做徒弟以后，同方继武的交情日渐浓厚了，看光燮资质很好，也要将光燮带进绵山石洞，因为方继武年事已高，光燮不肯久离他父亲左右到山洞学武。狄龙骏欲成就方光燮的武术，在势又不忍拂逆他的孝心，要想个两全的办法，只得每天抽出点工夫，到方家来，传授方光燮的武术。把方继武送他的八宝雌雄剑，传给方光燮一股雄剑，告诉他这剑的练法和功用。光燮知道这雌雄剑有破灭妖法的功力，雌剑只不知落在谁人手里？师父又不肯说明，但说日后遇到使雌剑的女子，便是你姻缘所在。方光燮把雄剑学成了，其他的武术，也比当初精进得数倍了，狄龙骏遂不大常来，但三五月必来一次，看看方光燮的功夫怎样。方光燮学得这身的本领，无可用处，动不动就发起锄恶杀霸的志愿，每夜待他父亲睡了，就改换女孩儿装束，到外面游行，探访到有不平的事，必在暗中干预。

　　也是方光燮合受这样磨劫，这夜方光燮在荒郊游行，遇到当初骗去柳星胆二十两黄金的那个道士，那道士在满天星斗的光芒之下和方光燮擦肩而过，看见方光燮面孔很标致，在百个女孩儿当中也选不出一个来，四面一望，没有行人。就在方光燮背后，伸着左臂，点起熏香，香气随风飘到方光燮跟前来，道士站在下风，却没有闻着香气。看方光燮已中迷香倒地了，一路设法带到龙山玉龙寺，交给惟静，得了黄金，又到别处去骗化了。

　　方光燮失踪以后，由方继武到绵山去请狄龙骏设法，将方光燮寻回。狄龙骏和吴小乙的娘就因这件事很费了多少心思，卜过几次金钱神算。这些事情，在前卷书中已有线索可寻，这番当然也要有个交代。

　　先是舜英在山洞以内，狄龙骏传授她的武术，并给她八宝雌雄剑的一股雌剑。柳舜英将这剑法学成了，武术上很有几分根底了。这日狄龙骏因方光燮失踪的缘故，忽将舜英唤到跟前，令她改换了一套男装，遂不慌不忙，对舜英说出那番话来。

　　欲知后事如何，且俟十四回书中再续。

第十四回

盗衣橱教徒遘险
见人皮侠女惊心

话说狄龙骏当向柳舜英说道："你在我跟前苦练多时，你的能耐较未入我门下时大不相同了。现在我令你到龙山去救一个人，你愿意去么？"

舜英道："师父的法令弟子本不敢违抗，但弟子在山洞中练习，知道自己的能耐，遇到江湖上享盛名的好汉还可对付得了，若见山林中怀抱绝技畸形异能之士，就出手不得。弟子愿在石洞中再苦练几年，不愿到龙山去。"

狄龙骏道："学本领本为救人济世，若不肯做救人济世的事，要学这本领有什么用处？我看你当初学本领的时候，就不是这样的凉血。"

舜英道："弟子何尝不明白？因为救人济世，才肯苦心练习本领，不过怕弟子的本领有限，救不了那人的性命。师父的能耐，可算登峰造极，没有干不了的事。由师父出山救人，真不费吹灰之力。何以师父这样的能耐，不亲自出山救人呢？即算师父怕亲自烦神，在师父门的徒弟不仅弟子一个，他们的能耐必然高出弟子以上，师父何以不打发他们出去救人？却偏要我这个起码徒弟到龙山去呢？"

狄龙骏笑道："如果要你去救别人，那人同你没有关系，老夫也不用令你出山了。无如我要你救的这人，是山西方光蘽。你的终身，你终身的一瓣心香，都蘸在方光蘽身上。伊在龙山身有大难，你不去救他，你想叫谁人去救他呢？我令你改换男装，托说是方光蘽的义妹到龙山去，凭我们的三个金钱，你此去绝没有性命的危险，将来你同光蘽定有双双归来的一日。只是你不可说是我的徒弟，把你真姓名揭露出来，要紧要紧。"

舜英听说光蘽身有大难，心里转急得阵阵疼起来，连说了几声愿去道："方世兄陷在龙山什么地方？请师父明白告我，弟子一日不救出方世兄，一日不回来见师父。"

狄龙骏道："凭我们的金钱神算，在理智上推测起来，方光蘽当失陷在龙山玉龙寺。那里的和尚本领大得骇人，便是老夫亲自前去，同他硬来，怕也是不中用。你到龙山去，夜间到玉龙寺去窥探，果能取巧将方光蘽解救出来，当然是造化。不能取巧将方光蘽解救出来，非到万不得已的时候，不可同玉龙寺的和尚交手。若不幸被他们擒拿住了，就得将方继武大名抬出来。我想玉龙寺的和尚要处置你们死命，总拗不过方继武的颜面，劈竹碍节，或者还将你和光蘽解放出来。你尽管放开胆量，此去决能成功，没有性命的危险。不要再耽搁了，你就此到龙山去吧。"

柳舜英拜受她师父的命令，到了龙山。连夜到玉龙寺里，被惟静察破她的行藏，将她擒住。幸得空岩和尚因她是方继武的义女方琴姑，不许惟静对她无礼，柳舜英才得保全了贞节。

这些事实是补叙前十回书中文字，前书有未叙明的地方，就得在此补叙出来，如果前文已经叙过的情节，再说便觉有些讨厌。倒是狄龙骏的金钱神算，未尝没有几分把握，不过当时的事，实难免横起波澜。舜英此去虽救不了方光蘽，但他们同押那大衣橱里，分明患难相共，祸福相同，师兄妹的交情从此更觉浓笃。在方柳姻缘方面，实则添加了不少的热度，并且终有双双归来的一日。不是方璇姑那面乾坤镜，如何能解救得方光燮舜英两人的性命？不是柳星胆到薛家坡去，如何勾引起薛家姨太太的情怀，借此解脱方璇姑的危难？为解救光燮舜英的步骤，不是有姨太太香珠设谋出力，柳星胆如何与璇姑杀了空岩，报复他父亲仇恨？又如何容易将惟静四个贼秃都先后结果了？得同璇姑到玉龙寺，隧道之下，杀了红莲教人，救得光燮舜英两人的性命。

看书诸君到此，回想第五回末段文字，柳星胆眼中所见的事，狄龙骏口中所说的话，益复相信吴小乙娘的神算，果寓有鬼神不测之机，比较狄龙骏的三个金钱，更是明如镜见，不爽毫厘，可见人事有定而无定，在迷信神教的吴小乙娘终觉无定者命，有定者数，命虽无定，但凡事总难逃一个天数。

话休烦絮，单话光燮舜英同星胆璇姑互谈之下，星胆仍将父亲的冤仇对舜英瞒起，只说因救方璇姑才到龙山，如何救了璇姑、如何杀锄玉龙寺的和尚，到地室中来，粗枝大叶约略谈了个梗概。

说话时间吴道人已领着他们出了地道，回到三宝殿上，不见一人。星胆璇姑各迎风打了个口哨，也不见有香珠、芸香、韵香的声音答应，都不由暗暗叫了声奇怪。忽然想起黎道人来，星胆走到殿前西北隅暗处，解除他身上束缚，掏去口中的布，问他姨太太是什么缘故，同两个丫鬟跑到哪里去了。黎道人吓得脸上变了颜色，半句也说不出。

璇姑便对吴道人说道："我看你同黎道人的为人，比较李道人略好些。已往不咎，望你们日后另寻生路，改过迁善，我们决不愿意多杀，轻易伤害你们的性命。你放心快劝你这表弟黎道人，把姨太太和两个丫鬟的情形告诉我们。若有半句虚伪，你就休怨我们手段毒辣。"

吴道人听罢，向璇姑叩几个头，转来向黎道人道："老黎，你不用害怕，哪里没有积德的人？姑娘们前来，绝不是要伤你的性命，你有话快说不妨。"

黎道人才镇定心神，向星胆道："既蒙姑娘们成全我的性命，谢天谢地，这可好极了，小道在这地方，看姨太和两位姐姐在殿上看风，忽然有一道红光从殿外闪进来，只听姨太太、芸香、韵香的声音乱叫了几声哎呀呀，那道红光闪到殿外去，倏然不知去向，再看已不见姨太太、芸香、韵香的踪迹，连哎呀呀声音也停止了。只听空间有个男子声音叫道：'青阳，我把这三个雌儿且带回山去受用，要到隧道中却取那两人，有你去，就好了，谅隧道下的秃驴，绝想不到是我们前来。你见那里没有人，便可下手，便是吃他们后事察觉，你有飞行符怕什么？料他们绝不能破坏红莲教的法术。'接着，又听另一个男子声音，在地下回道：'弟子知道隧道里的贼秃绝不能危害弟子性命，尽可乘机下手，师父请回去吧。'以后便听不见什么了。"

星胆听了，向黎道人道："你的话是真么？"

黎道人道："我若有半句扯谎，就该天雷劈打。"

星胆道："薛家坡和玉龙寺两处地方，今夜发生这样变故，这地方谅你们也存身不得，你家有老娘，可同你这表兄连夜带着你老娘到别处去吧，随处都不愁混到一碗饭吃。"

黎道人道："小道曾说家里有个老娘，那是小道的实心人说的假话，意思是想姑娘们垂念小道的孝心，开放小道一条生路。如今姑娘已答应成全小道的性命，小道何敢再撒个谎？实则小道是孤单单一个人，没有什么牵挂。"星胆听他这几句话出于天真，益信他方才诉说红莲教人的话不假。两个道人连夜略收拾一些金银，逃出玉龙寺去，这些事与小侠诛仇事没有多大关系，也就不用去写它。

单说星胆当时约会璇姑等在寺中略片时，遂独自回到薛家坡去，从姨太太香珠的房中取了空岩的首级，也用一包打起，拿在手里，对薛家的人只说此去很为顺手，姨太太天明就一同回来了。薛家的人向星胆说了几声恭喜。星胆暗暗想到姨太太香珠对我这样一片热心，帮我的忙，报复我父亲的冤仇，得以救脱方家兄妹及我妹子的险厄，她总算是我的大恩人了。我虽不能收她做姨太太，怕污蔑我的人格，增重我的罪过，但她和芸香、韵香两个丫鬟被红莲教人劫去，生死祸福，都预难逆料，我回绵山去祭过我的父亲，若不央求我师父设法，将她们解放出来，抚心自问，我如何对她得起？并且红莲教人到玉龙寺来，所以要想救我妹子和方光燮的缘故，我也不能置若罔闻，并要请示我师父打听一个究竟。

星胆把这两件心事在脑海里浮沉着，及到回到玉龙寺来，恰不见光燮、璇姑、舜英三人又到哪里去了。星胆这一惊更是非同小可，暗忖他们莫非又被红莲教人劫去了么。前次不见姨太太香珠同两个丫鬟，尚在黎道人口中问出那样来历来，想到香珠主婢的生死祸福，心里还有些割舍不开。这回黎道人已和吴道人逃出玉龙寺了，而宣告失踪的又是光燮兄妹和自家的妹子舜英，真比万箭攒心还苦痛。

究竟舜英同光燮兄妹到什么地方去了呢？原来光燮在星胆回到薛家坡的时候，光燮忽然想起两柄剑来，便向舜英急道："你这柄雌剑，被和尚搜去，不知藏在什么地方。两个道人，料想没走多远，我们赶上去问个明白。"

舜英道："哦，是了，不要去赶他们，且看雌雄剑是否藏在哪个地方。方才我在仓促间，忘记搜取得来。"

光燮道："世妹这话从何处说起？我这柄雄剑，怕被那骗了带去了，未必便落到玉龙寺里。"

舜英道："你的雄剑怕没有被骗子带去。我的雌剑却落在惟静手里。记得前天上午时间，空岩将我喷醒过来，问我可肯降么。我说不降不降，空岩问我怎么不降，你有什么条件，老僧都依你。我说要想我将来降服了你，就得先将我的宝剑交还我。空岩说：'休说要我将你的宝剑交还，我便连那柄雄剑也交还给你都使得。嘎，你以为有了那柄宝剑，便想舍命来和我抵抗么？从实告诉你，你们那两柄八宝雄剑使用起来，可算是白莲、红莲教徒的大敌，就因我知道那两柄剑有破灭妖法的效用，若用着它同有真功夫比试起来，转无异两柄普通的剑。这雌雄剑都放在地室中那一所房那一个箱子里。你就得了这两柄雌雄剑也休想逃出玉龙寺隧道一步。'我说：'雌剑是由惟静在我身上搜去，交你保存，雄剑如何也落到你手中呢？'那时空岩又对我说：'这柄雄剑，在那道士将方光燮骗来的时候，那道士并没知道这剑有什么用处，但看上面嵌着八宝，是个值钱的东西，将你交给了惟静，得了你的身价，却将这雄剑暗暗卖给了惟一，这事惟静并不知道。后来惟一在老僧那房里，看老僧搜得你那柄雌剑，同他从道士手里买来的雄剑，大小模样，仿佛无二，便将这柄雄剑献出来，要我给他一柄雌剑。老僧说：'雌雄剑同是一样的宝剑，要拿雄剑换雌剑，是什么意思？'惟一被老僧说红了脸，老僧登时气道：'雌雄剑都由我收藏起来，你想老僧这柄雄剑，敢对方小姐存着无礼的心情，或仍盗劫这柄雄剑，看你有几个头够杀。这雄剑须得要还给光燮，雌剑仍当还给琴姑，日后他们降服了老僧，便是还给他们雌剑的时候。'我听空岩说这样话，重又改换口吻回道：'我不要你还给我们兄妹的雌剑，我不肯降你。'空岩几度向我威胁利逼，见我尚没有降服的意思，仍将我迷翻过去。幸得他死在我哥哥和世妹的青锋秋月阴阳剑下，及今想起前天空岩对我所说的话，未必便靠不住。"

　　光燮听了舜英的话，将信将疑，便由璇姑领着他们俩到地室下，在哪所房哪个箱子里能搜检到两柄八宝雌雄剑呢？几乎在这房搜寻遍了，也未有看见雌雄剑放在什么地方。璇姑看那房里有一面穿衣镜，靠东壁摆着，搬开那面穿衣镜，乒乓一响，壁间便分开两扇门来，大家好生惊讶，由舜英托着一盏灯，同光燮璇姑走进这套房里一看，原来里面四间挂着许多的宝剑，悬着许多的人皮，每张人皮下面有一堆骨殖，人皮上粘着红签，似乎看那上面还有字迹。

光燮忽一眼看见东壁间挂着两柄宝剑，不由向舜英叫道："雌雄剑已得了。"舜英这一喜真是喜从天降。光燮取下雌雄剑来，一时也喜欢得忘了形，竟将雄剑给舜英佩好，雌剑却佩在自己身边。

舜英笑道："这玉龙寺的和尚很刁狡，却将这雌雄剑藏在此种地方，倒想来诈骗我，哪知也终有合浦还珠的一日。"

大家方欲出来，忽然璇姑说道："看这壁上挂着的人皮，也有色泽鲜明，像似剥下来日子不多的，也有干枯得根根汗毛都张大的，也有四肢头面都完全的，也有断头项手或脚的，看去倒有好几十张，我们且细看每张人皮，粘的红签上，是还些什么字迹？"

光燮被她一句提醒了，连说："使得使得，约略这时柳兄尚未从薛家坡回得来，我们也好仔细看看这些蒙冤而死的人，究竟谁和我们有点关系？"

舜英仍端着灯，璇姑又取出那面乾坤镜来，三人在四面墙壁分看那些人皮粘的红签字上，都写着某镖师某捕头之皮，谁也都是江湖上有名的好汉，那些人却和方柳两家没有什么关系。忽听得舜英叫一声苦，身体向后一跌，一盏灯摜在地下，以后却听不见她的声息了。光燮璇姑都不由大惊失色，借着乾坤镜的光辉，看舜英目闭唇合，身体躺得直挺挺的，好像已经死去了的样子。

欲知后事如何，且俟十五回书中再续。

第十五回

纯阳庙小侠客祭灵
方家村老英雄遇害

话说方光燮当向他妹子璇姑叫道："你看柳世妹已昏晕过去了。"

璇姑走近舜英身边，便轻轻将她抱起，按在怀里，摘发扪口，又在她脐心间吹度了一口气，好容易才将舜英解救过来。舜英从昏糊之中睁开泪眼，脱口向璇姑叫了声"方世兄，我父亲死得好苦啊！"（不曰方世妹，而曰方世兄，描写光燮舜英的情愫，在入微处用力，此是化王之笔。）

璇姑哭道："妹妹心里的痛苦，不妨明以告我。"

舜英此时神志略清醒些，才听得是璇姑的声音，重行睁大着眼睛，回眸向光燮望了望，不觉握紧了璇姑的手，号啕痛哭。

舜英旋起身向光燮说道："世兄你看那是写的什么？"

璇姑挟着舜英，同光燮走进一张无头的人皮跟前看时，那人皮色样很枯燥，上面粘的一张红签纸，写着某月某夜，在某处剥脱安徽黟山柳海峰之皮。

舜英哭道："这不是我父亲被杀的证据么？着下看还有这一堆骨殖，也许是我父亲的骸骨了。"口里这么说着，便咬舌尖儿，一口鲜红的血吐在那人皮上，再探指甲揩剔，哪里能揩剔得去？舜英舌尖上的鲜血，已浸入人皮，越揩越显得血色鲜明，再向那一堆骨殖上，又吐了口鲜血，也是一样，不是他父亲的人皮骨殖还是谁呢？舜英这时转又吓得手僵足战，叫了声："苍天苍天，我父亲死去已有三年六个月了，说起父亲被杀的原因，我半点不知道。这堆骨殖里面，又没有头顶骨在内，看来我父亲的人头不知存亡也未。我若早知我父亲被杀了，哪有心情在师父门下学艺三年呢？简直使我这三年以来闷在鼓里，又没有亲自手刃仇人，不孝之罪，天地鬼神，如何还能容我？"

璇姑看她这种光景，便将当日薛瑾如何怒恼柳仁伯，被柳仁伯杀了个下马威，空岩如何为了薛瑾将她父亲宰杀了，把人头藏在弥勒佛神龛里面；如何她父亲讨了狄老师的名片，想对空岩讲情，没有圆满结果，仅在玉龙寺里盗劫柳仁伯人头，如何把人头和名片送到黔山，由她和小乙的娘把柳星胆诱开黔山；如何慧远将她送到山西，如何调遣他们兄妹两人，到绵山拜师学武；这番如何杀害薛瑾，如何锄灭空岩及玉龙寺的和尚，替柳仁伯报雪冤仇，柳仁伯的人头如何藏绵山石洞，通前彻后，璇姑略约说了一番道："我父亲当时打算令尊的尸骸，被空岩抛弃或掩埋了，想不到还在这里。幸得令尊的大仇已报，停会儿柳兄从薛家坡取得空岩的首级，好回到绵山，祭奠令尊在天之灵。你也毋庸悲伤过分，好留这有用的身躯，兄妹俩在江湖上干下一番轰轰烈烈事业，那么令尊大人也含笑九泉之下了。"

舜英听她说完这话，向光燮哭道："照璇姐姐这话讲起来，那时凭我一点儿能耐，要舍身报了我父亲的大仇，我岂不知无济于事？但我宁可拼着一身剐，也要把大英雄拉下马，你们竟把我父亲的冤仇，都对我瞒得铁桶相似。想你们这些人，哪个有点人心？"说到这里，又像有些要昏晕的光景。

光燮道："世妹不用气苦，我们将尊大人的冤仇始终对世妹瞒着的缘故，就因怕世妹报仇的心思太急，也许要生许祸变，我们的苦衷，总该得世妹的原谅。如今尊大人的尸骸还搁在这里，请世妹亲自包起，带回厝葬，也叫死去的柳仁伯英魂安慰。"

舜英才节止哀痛，脱卸一副外衣，将人皮和骸骨都包扎在里面，随同光燮兄妹二人出了隧道。看星胆在殿上东张西望，像似很吃惊的样子，彼此说明缘故。星胆只说了父亲阴灵保佑，说毕，不由哀哀痛哭起来。舜英也只向他叫了声："哥哥，你瞒得我好苦呀!"简直忍不住，和星胆相抱而哭。幸得光燮兄妹从中解劝，星胆才把悲声收住，便转来劝着舜英。舜英尽量把眼泪流干了，看天气已经不早，大家才出了玉龙寺，回向绵山石洞去。（玉龙寺杀死四个和尚，连那三个香火道人也宣告失踪，并且薛家坡也不见了姨太太香珠及芸香、韵香两个丫鬟。这两件奸拐谋杀的案件发生起来，地方上总该担着干系。但是玉龙寺已寂无一人，薛家姨太太生死未卜，家中的婢仆怕将这案子说出些证据来，须牵起绝大的波澜，也就将星胆、璇姑同姨太太到玉龙寺去的种种情事瞒起，两处俱没有当事人追求官府。地方上实在因为这两件案子更闹得大了，再不能隐匿不报。总之那时的法律尚属萌芽，凶手拐贼都不得着半点线索，还不是由官府方面讹诈薛家婢仆及地方上几个钱，鼓文弄墨，令捕役们捉羊捕鹿，拿获几个小贼，屈打成招，销去这两个大案。（这些情节，虽然无关重要，然而我做小说的不有个交代，恐怕有人说我在这地方出了漏洞。）

且说星胆、光燮、舜英、璇姑四人回到绵山石洞，见了狄龙骏禀说如此。狄龙骏流泪满面，取出海峰的人头，待星胆、舜英将空岩的首级在他父亲尸骨面前祭奠已毕，且将他父亲暂厝在石洞后厅上。把空岩的人头抛弃了。光燮、璇姑在石洞之中向星胆、舜英慰唁许多节哀的话，便在狄龙骏面前请假，要回到山西，看视他的父亲方继武。

狄龙骏暗暗向光燮、璇姑两人叫了声可怜，且不答他，转来向星胆说道："你父亲的冤仇已昭雪了，你曾对我说薛瑾遗妾香珠同芸香、韵香两个丫鬟在玉龙寺失踪了。知是红莲教徒，做下不法的事。参想光燮、舜英几乎也被红莲教人劫去。这两件事在你心里浮沉了许久，你总该要到红莲教中一行，探听他们要劫去光燮、舜英的缘故，并访查香珠、芸香、韵香的下落。要问我红莲教人匿迹在什么地方，想我帮你一同前去。我当时要答复你的话，只因有另一种事，扰乱我的情怀，没有急切地答复。我费了几许的思索，直到现在才是答复你的时候。红莲教的教徒匿迹云南金马山地方，声势虽不强壮，妖氛却异常浓厚，你一个人是去不得，我在势不能帮你一行，就得令方家兄妹和舜英同你前去。你们若不露出真名，借着化装的妙用，且有乾坤镜、阴阳剑、雌雄剑不离身边，只要遇事略机警些，待人略谨慎些，便能瞒得过红莲教人的耳目，没有什么危险。总之红莲教的火焰也合该扑灭在你们手里。"

星胆听完这话，两眼注视璇姑，舜英也闪动秋波，不住地望着光燮。只见光燮前来禀报："师父令弟子兄妹同柳世兄到金马山去，何敢违拗师父的命令？但是弟子此刻想起我的父亲，仿佛看见我父亲心惦想着我。弟子此心一动，恨不能立刻飞到山西得见我父亲，其余的事，也不暇顾问了。"

璇姑也接着说道："怎么哥哥所说的话，就同我心坎里挖出来的样子？"

狄龙骏道："你父亲这时还惦想你们？也该前来看望你们了。"

光燮道："弟子仿佛看见父亲惦想我。这两夜以来，都见我父亲向我哭泣，父亲想我又不来看我，弟子不回山西，如何便得见我父亲呢？"

璇姑也接着说道："弟子在这两夜以来，和我兄长是同样的幻梦，弟子就想立刻回去，看我父亲，哪里等得及我父亲前来？这缘故连弟子也有些解说不开了。"

狄龙骏听罢，心里阵阵刺痛，忍不住洒下几点英雄泪来，很悲怆的声音叫了声："苍天苍天，儿女情长，怎使着英雄气短？"

光燮、璇姑看他师父神气不对，陡然说出这几句话来，暗暗吃惊不小，不约而同问师父说些什么。狄龙骏含泪道："你们要到山西去看你父亲么？谁知你们早回来十日，还得同你父亲相逢一面。如今你父亲已死，要相逢除非在梦中相逢了。我劝你们还是到云南去，虽然帮助星胆扑灭红莲教的火焰，实叫报雪你们不共戴天的冤仇。"

璇姑听到这里，一缕芳魂早在身体上飘落无定，花颜失色，扑簌簌早挂下两行血泪来。光燮如同痴呆了一般，只顾乌黑黑的眼珠在他师父面上出神。便是星胆、舜英也因凭空掉下这么大的祸，想起方继武平时待他们的好处，两人四目也有些红肿起来。

狄龙骏又拭泪说道："我不忍对你们便说出方老英雄冤仇，怕你们听了，心里必很难过，但是终须要给你们知道，就不若索性早点见告给你们吧。璇姑身边一面乾坤镜，你和舜英身边分佩着两柄八宝雌雄剑，本是你方家传家的至宝，想不到你父亲这次被害，追原祸首，总结怨在这乾坤镜上。这雌雄剑和乾坤镜是你祖父建侯公从一座枯井里得来。建侯公在乾坤镜上很铲除白莲教、红莲教中许多不法的教徒，这是建侯公很有价值的英雄史，你们必然知道很详细。建侯公既在这乾镜上享着鼎鼎的大名，上怨所归，竟结下你父亲的祸根来，伤了他的性命。

"当初徐鸿儒主持白莲教。这白莲教的势力异常膨胀，谁知天下事有奇必有偶，有个徐鸿儒创兴白莲教，就有个田广禄暗创红莲教。他们两教人的潜力，虽与吃人不吐骨子妖魔相似，但来历很是不错。徐鸿儒和田文禄由冰炭而成胶漆，红莲教的门徒，虽不及白莲教披靡天下，但法力比较白莲教稍高，行迹亦比白莲教人诡秘。他们有多大的法力，便犯下多大的罪过。若由官府方面，破坏他们的潜力，将他们擒住了，用国法来处决他们，哪怕处死得极惨酷，他们两教的教徒，只有叹息委诸气数，一不怨天，二不尤人。但听得有江湖上人，不问是谁，帮助官府，扑灭他们的朋党，这怨毒就结到谁身上来，子子孙孙，都不容易和解。白莲教的首领，虽直接死于官府，实间接死在建侯公的手。红莲教的田光禄，也算死在建侯公的乾坤镜上。白莲教的首领既诛，党羽日就擒杀，当初的势焰越大，后来扑灭得越迅快。并且官府事后知道破坏白莲教方法很多，不独那一面乾坤镜，简直擒死白莲教徒，没个有幸得容身的所在。所存者是类似白莲教的邪法，然亦不敢明目张胆，谣言惑众了。红莲的邪法，本来比白莲教还强，教徒的手腕又比白莲教徒厉害，当时漏网者很多。连建侯公也想不到红莲教人尚有未经铲除的余孽，为子孙将来的后患。

"我这时打探得红莲教在金马山已活动了，并且主持红莲教的是田光禄的徒弟薛天左。我想乾坤镜又不在你父亲身边，雌雄剑又由我传给你和舜英二人了，就踟蹰到薛天左要到山西寻仇，很有些替你父亲心惊梦怕。准备到你家中去，劝你父亲且到我这里避避风头。谁知我到你家看时，只见一个四十来岁的南方人同你父亲对面讲话，我向那人请示姓名，那人不肯说。只说我师父同方君的仇怨甚深，我特来替师父报复前仇。我又问尊师是谁，同方君有什么冤仇，那人又不肯说，只说当初方君的拳术上略留点交情，我今天也没有报仇的事了。我师父当初被方君打败，这是我师父丢面子，我今天若再被方君打败，不能给我师父报仇，把我师父的面了更丢尽了，我还好意思将我们师徒的姓名在事先说出来么？我当时只道他的话是真，因你父亲少壮时，练习得浑身气力，无可用处，和江湖上人三言两语不合，就动手厮打起来，被他打伤或打败的人，实不在少数。看这南方人，眉毛上很有精彩，不待说，是个内行角色。转存着怜爱他的心思，暗想两虎相斗，必有一伤，若那南方人被你父亲打伤了，很是可惜，并出名调停其间。

"那南方人很显出怏怏不快的神气，你父亲却对我说道：'他对老兄现出这样神气，是因老兄代我说情，怕我精力衰颓，不是他的对手，所以才对他这样说法。不过我已上了这一把年纪了，就打死了，我也死得过了。有那样糊涂不明的师父，就有这样鬼鬼祟祟的徒弟。师父怕老不敢前来，却叫这壮大的徒弟前来，我算占了上风了。'那南方人听他的话，随向我冷笑道：'如果方君肯说服老的话，我就从此罢休，不要再种下徒子徒孙不解的冤仇。若方君句句要占我上风，要请尊驾参一句公道。'我听了南方人的话，疑心他防备我暗中帮着你父亲的意思。事情已和解不来，我若帮助你父亲，便不合情理，且料南方人未必是你父亲的对手，只得让开一边，看他们到天井中，站立门户。谁知还未交手，那南方人忽然用手在头发上一抹，便有许多火球从头上射出来。说时偏迟，其时却快，火球射到你父亲身上，一瞥眼便不见南方人的踪迹了。那些火球在你父亲身上焚烧，顷刻间已烧得皮骨飞扬，连尸首都没有了，我才猛吃一惊，这分明是红莲教徒使的妖法，来替田文禄报仇的。"

欲知后事如何，且俟十六回书中再续。

第十六回

燕叱莺嗔街头逢美婢
鸾囚凤槛帐底唤文君

话说狄龙骏又接着向下说道："这类火球，是红莲教徒最拿手的妖法，很不轻易练成。练成了这妖法，在红莲教中，必占有重要的位置。不过碰到乾坤镜和雌雄剑这两件东西，他们这妖法就没有用处，那东西怕你父亲身边现带着雌雄剑或乾坤镜，不敢冒昧下手，吃你父亲察觉了，这么做作一番，瞒过你父亲和我两人的耳目，冷不防用火球将你父亲烧得骨化灰扬，跟后又起了一阵狂风，连残灰都刮得乌有了。我想到你父亲一身的英名，竟是这样结局，对着那湛湛青天，能不洒却一瓢的泪？在当时只知是红莲教人害了你父亲的性命，并没有估定这红莲教人便是田光禄的徒弟薛天左。后来看厅上遗下个小小包袱，据你家仆人说，这包袱是凶手遗下来的，我拿着那包袱一望，好像没有多少东西，解开包袱，看里面放着一套红莲教徒的服装并一把师刀。那师刀上嵌着天左二字，才想那东西就是现在金马山红莲教的首领薛天左。我几次想到金马山去，给你父亲报仇，就因身边没有乾坤镜和雌雄剑两件东西。又有小乙的娘，到我石洞中来，向我说道：'方继武果然被薛天左暗害了，冤有头，债有主，薛天左不应该死在你手，你就有乾坤镜雌雄剑放在身边，也犯不着你到云南去。将来红莲教的余孽定铲除在你那四个徒弟手里，你等他们回来，过几天时，就打发他们到金马山去，改装易姓，混入红莲教门，自然有他们诛杀薛天左的时候，要你忙些什么？你不能出面到金马山去，便去也没有用处。'我想小乙娘的武术虽然及不上我，但她是个有道力的人，自从你父亲替我们介绍以来，我就相信她是个女中诸葛，她对我所说的话，事后没有一句不是明如镜见。我现在将你父亲的冤仇，已告诉你们了，只是你们一路到金马山去，要节里略礼，不可轻易露出自家的行藏。"

光燮、璇姑听罢，只得忍恸拜受。四人都改易男装，扮作卖解人的模样，一路到得金马山来，只延搁三日工夫，可见他们练气的本领到了步履如飞的成绩。涉水登山，已非同小可。

在金马山一座市镇一所街道上，看见有许多男男女女，七言八不齐的，在那里阵阵嘈嚷起来。你道是什么缘故？原来那里有一片胭脂店，专卖妇女的胭脂花粉，站柜的是个十七八岁油头滑面的小伙子。胭脂店中利用这样人站柜，是因他们有这脸蛋子，能讨得女孩儿的欢心，借此好招徕买胭脂的主顾。并且这小伙子又会说得几句叫女孩子听了开心的话，因此那地方一般女孩儿们，你也要到这店里买些胭脂，她也到店里买些花粉，大有应接不暇之势。

这天有一个丫鬟到他店里来买胭脂，看小伙子拿出来的胭脂还嫌色泽欠鲜，小伙子嘻嘻地说道："我这店里的胭脂，本来是一等一的货色，姐姐不信，不妨在唇上点一点，就看出它的好处来了。"

那丫鬟笑道："且将这胭脂点在你唇上给我看。"

小伙子真个拈了块胭脂，在自己唇上，点了又点，倏地把个嘴凑到那丫鬟唇边说："这胭脂点在我的唇上，没有意思，也看不出这胭脂的好处。请姐姐把我唇上的胭脂，吃到你的唇上，颜色就格外显得鲜红，不红也卖不到钱。"

在旁的妇女听罢，都噗地笑起来了。那丫鬟娇羞满面，登时转了怒容，向小伙子骂道："死不了个杀千刀的，你弹子大个人，也想讨姑奶奶的便宜。"接着便听得扑的一响，那丫鬟早伸手一巴掌，打得小伙子脸上红肿起来。

这时主人不在店里，小伙计觉得脸上有些麻辣辣的，也就恼羞成怒，指着那丫鬟骂道："你这千人唤万人骑的泼辣货，你敢向我放肆？你仗着是红莲教人的走狗，你站稳了，你们这红莲教，违背国法，省里知道要杀头的。"

那丫鬟也骂道："你这杂种小东西，应该拿着姑奶奶开心？看你这个鸟样儿，敢得罪我们红莲教人？你这瘟店可是天王爷爷开的？"

这当儿早惊动街上的人，大家前来看热闹。那小伙子转吓得没话说。丫鬟一面要罚小伙子在大街跪一炷香，下次不许他对女孩儿们公然无礼，一面回头告诉看热闹的人，说她自己有理。忽然丫鬟分开众人，走近前一把将星胆拉住说："这不是……我在这里被人家欺负了，爷见了也该替我不平。"又向那小伙子道："且饶恕你这鸟东西吧，我要同这位爷去说几句心里话呢。"

这时璇姑也见那丫鬟好生面善，忙同光燮、舜英走得前来。璇姑向那丫鬟问询道："原来是韵香姐姐，你家姨太太呢？可在这地方没有？可怜这位爷想她得很。"

韵香向璇姑望道："你是谁？"忽然笑起来说，"是了是了，我带你们见太太去。这两位也是你们同来的人么？"

光燮、舜英嗫嚅答应了几个是字。星胆道："姐姐放尊重些，你这样扯着我，成何体统？"

韵香笑道："这总怪你们北方人，不懂得我们南方人的风俗了。我们女孩子，见了男人，总该同这男人扯扯手，才算有礼，若是放尊重些，就显得彼此生疏起来。现在我们的老爷不在家中，爷爷尽可放心去会太太，要谈机密话是很容易的。"边说边领着星胆四人，出了街镇，走到一座山庄，看见有许多人排班也似的排列在大门口，佩刀带剑，身上并没有穿扎红莲教的制服。

韵香对那些人道："这四位都是姨太太的乡亲，要入红莲教门，到太太房里点个名。"那些人便将刀剑向星胆四人扬着，倒把他们转吓得趑趄起来。

韵香笑道："众爷爷休得害怕，这是教中人对你行礼，不要把焉字当作是个马字。"

星胆、璇姑、光燮、舜英四人，方才放心，随着韵香走进了门。又真许多人前来查问，韵香总以前言对付，那些人都同他们各行了个握手礼。直行到最后一进，韵香将他们送到她自己的耳房里。原来这一进是香珠、芸香、韵香住的，除了教主薛天左，其余的教徒不敢轻易进来一步。韵香请星胆四人在她房里坐下，便走入厅中。去不一会儿，却是芸香来了，说道："众位爷来得好，可把太太想坏了，太太请众位爷在房里见。"

星胆、璇姑、光燮、舜英四人随着芸香跨入那太太的房门，果见炕沿坐着个二十来岁的香姝，娥眉怠展，星眼慵抬，身上穿着红绿绿的衣裳，见了星胆，也不知她是悲是喜。请星胆四人坐定，暗暗向光燮、舜英问询一番。

香珠含着满胞眼泪，向星胆低声说道："是我辜负了你，叫我今天本没有这张脸见你。"说了这两句，不由双泪如潮，哽咽得半句也说不出。

星胆转抚慰着她道："你也不用如此烦恼，我既然怪你，何苦来赶到此地寻你？我看你并不曾死，心里总还欢喜。忍小节而全大志，这是你的作用。前路茫茫，安知你我没有亲爱的日子？"

香珠忍着泪又望光燮、璇姑、舜英说道："我这次被薛天左带到金马山，破身失节，总为的你们二人。幸得柳爷同你们都来了，我的死期不远，我死以后，柳爷有时忘记我，你们可以替我时时提着他，不要忘记了我这薄命苦鬼。每逢清明中元佳节，请他在郊外爇一瓣香，烧几张纸钱，唤着我的小名，临风洒一掬同情之泪，我就

114

受用不浅。可知我死后的魂儿灵儿，哪一时肯离开他的左右?”

星胆道：“姨太太这话，太藐视我了。我不知是哪件事讨你的厌？竟对我说出这怄人的话。难道我当初同你相识是专要占据你这身体？你们女人家，总是生就这样死心。”

香珠摇手道：“轻一些，我同你们谈的话正多哩。”说着，叫芸香、韵香站在房外，防着外面有人前来窃听。姨太太又向光燮、舜英二人问道：“你们可是姓张?”

舜英会意，知是香珠叫她改换名姓的意思，便指着星胆说：“这是我长兄张锡纯。”又指着光燮说，“这是我二哥张锡嘏。”又指着璇姑说，“这是我三哥张锡书，我的名字就唤作张锡朋。”

姨太太不由笑了笑，捧出名簿，叫他们各在那上面签了名字，彼此低声谈叙多时。原来姨太太香珠同芸香、韵香两个丫鬟那夜在玉龙寺三宝殿上看风，被红莲教首领薛天左，冷不防使用起缩身法来，将她们三人的身体缩得同初出娘胎的婴儿相似，一齐揣入怀中，使起飞行法，连夜回到金马山，仍用法追还她们的原形。香珠因他的法力大得骇人，自己虽练习一身本领，若冒昧同他们比较起来，实不啻飞蛾扑火，只问他是什么人，什么事到玉龙寺来，把我们主婢三人带到这地方，又是为的什么。

薛天左见她毫没有半点违抗的神气，便抬出他的大名来，说是红莲教的薛天左，本来同玉龙寺空岩和尚也算是朋友，因为到山西去结果了方继武，报复当初田教主大仇。后来在玉龙寺会见空岩和尚的徒弟惟静、惟智，探听得方继武有个儿子方光燮、义女方琴姑，软困在玉龙寺隧道之下，哪一所房间，哪一个大衣橱内。我当时听得这样话，就想将光燮、璇姑两个讨回，斩草除根，结果这两个人的性命。惟精、惟智不敢做主，非得他师父空岩和尚回来，他师父肯将光燮、琴姑让给我，他们不敢回说个不字。空岩和尚的性格我是知道的，他若是求你，同你有交情可讲；若是无求于你，就同你没有交情可讲。我想惟精、惟智的话，就是空岩和尚的话，惟精、惟智既不敢擅自做主将光燮琴姑让给我，我要在空岩面前，讨回这两个人，实在很不容易。回来就同我徒弟青阳商议，与其讨不到光燮、琴姑，到教中处决，就不若将他们两个从那大衣橱里盗得前来，便吃空岩知道了，我们又不怕他，那有什么要紧？青阳曾随我到过玉龙寺，那隧道里的机关他完全知道。我当夜便带领他玉龙寺去，总以为暗盗光燮、琴姑是手到擒来的事。我到玉龙寺，月光下一眼看见你们三人，在那里瞭望着。最令人注目的，是你这个好模样儿，一落眼就深深嵌入我的心坎。就将你们带到这地方来，只叫青阳单身到隧道里去盗劫琴姑、方燮。凭苗青阳的法术，不是盗劫不来的。但我现在因青阳尚未回来，却怕他万一发生意外的祸变，我倒有些后悔了。不过我就放过琴姑、光燮两人，也未尝不可。只怕他家里有的是乾坤镜这件东西，我若放他们不死，容留他们养成羽翼，将来冤冤相报，总该有前来寻仇的时候。今天我同你成了好事，若果青阳不能将光燮、琴姑盗回，明日晚间，我到玉龙寺去，当面同那个空岩和尚为难，不怕他不将这两个人交给我手。

香珠道："你这话未尝说得不是，只是凭天良觉有些讲不过去。你师父的怨仇已报，人家兄妹可是被难的人了，你偏要斩草除根，结果他们的性命。凭你这样的法力，即令王法不能奈何你，天理也就容你不得。"

薛天左笑道："天理良心，在现今世界中，若说到这四个字，包管你一步也行不去。我的一生幸福，都是从不存天理良心四字上得来。如果我处处存着良心，毋论不能继兴红莲教宗，便继兴红莲教宗，与我又有什么好处？有许多人口口声声说是天理良心，他们的意思，就同我反对得很。天生我们这样人物，只是今生快乐到了极顶，什么良心天理，哪还顾得许多？好人我适才说的光燮、琴姑两人，你心上果然要我赦免了他们，我就看你情面，且寄下他们性命，再设法取着乾坤镜这件东西，就不怕他们前来寻仇了。"

香珠扭头道："你赦免他们也好，不赦免他们也好，你不存天理良心，与我有什么相干？你要我答应你什么事儿？你还不肯存着一点儿天理良心？"

薛天左笑道："我叫你答应我这件事，你就做我的太太，我取得乾坤镜这件东西，我断能依你。"旋说旋向芸香、韵香努一努嘴。芸香、韵香晓得是薛天左支开她们的意思，才走出房来，薛天左已扑通把房门关了。芸香、韵香被关在房门外，只不知香珠答应薛天左什么事儿，便有几个女教徒，收拾两个房间，叫芸香、韵香住下。

第二日，薛天左起身，走到厅上，不但没听到得苗青阳盗回光燮、琴姑两人，连半点儿的消息也没有。薛天左不由踟蹰起来，晚间到玉龙寺去仔细一探听，才知惟静、惟精、惟一、惟智四个和尚，也在昨夜被人暗杀，空岩且不知去向。又到地道下去查看，苗青阳尸首躺在那里，那大衣橱倒在地下，扃锁双启，里面连个人影子也没有。但不知是谁杀了苗青阳，擒了空岩及四个徒弟，把光燮、琴姑带到别处去了。回来告诉香珠，唯有香珠心里却是十分明白，薛天左只存着防范光燮二人的心思，这两日没有什么动静，心里也就略稳帖些，且将教中琐碎事务托香珠管理，自己却又转到山西寻访一回。谁知他的对头，已到了金马山了。

欲知后事如何，且俟十七回书中再续。

第十七回

薛天左帐外泄真言
许香珠愁边使妙计

话说香珠同柳星胆、舜英、方光燮四人叙谈多时，又低声说道："我在那夜时候，曾含笑对薛天左说，我是山东人姓许，被空岩和尚把我们主婢拐到玉龙寺，略教授一点儿武艺，其实我没有半点儿心在和尚那里。就因和尚做事不存良心，无端要玷辱人的名节，坑害人的性命。薛天左心里虽未必听信我这番话，面子上却不好意思怎样地违拗我，反说我心术可靠，要将教中的琐屑事务叫我管理，欲买我这一颗心。在他第二次从玉龙寺归来的时候，曾问我空岩和尚如何不在玉龙寺，他四个徒弟怎么被人暗杀，我徒弟苗青阳也杀死在那地方，衣橱中并不见有什么人困在那里。我说：'玉龙寺的和尚说话很刁滑，我在寺中，也只知空岩和尚软困方家男女的事，并不知软困在什么地方。若说是空岩和尚将他四个徒弟杀死，并杀了苗青阳，将方家男女带到别处去，这事在情理上看来，都很不确。'薛天左点点头，照他的理智推测起来，说：'世界上有大本领人很多，古语说得好，强中更有强中手，安知没有武术界中人物本领强似空岩和尚的，同他结下冤仇，将他擒住了，就在那时间，劫了方家男女，杀了苗青阳，并杀了惟静四个贼秃呢？不过方家的乾坤镜未到我手，我在结果方继武的时候，没有检点至此，及今细想起来，心里总有些后悔。'"

香珠说完了，大家又谈了许多关心的话。舜英低声道："太太这时知道那化名方琴姑的就是愚妹柳舜英了。承太太的情义，设法要挽救我和方世兄的性命。虽然理想和事实有些不同，但太太这番情义，总使妹子感激不尽。我们这番前来的意思，太太已完全明白，用不着我们再说了。雌雄剑有两柄，雌剑在我身边，雄剑放在方世兄身上，乾坤镜是一面，拆开来却是两面。乾镜由我兄长带来，坤镜揣在我璇姐怀里。论起这两件东西，要算稀世法宝，用它制杀使习妖法的人，比封神榜上广成子的番天印、哪吒三太子的乾坤圈还要厉害十倍。雌雄要用本领使出来，必须要谙习会使这剑法的人，才显得它的好处。乾坤镜却比雌雄剑又不同了，不拘什么人，都会使用，一不用念咒，二没有什么使用的方法，用乾坤镜照着使用法术的人，这使用妖法的人，当然是逃不了。即不然，毋论把乾坤镜放在什么地方，给使用妖法的人看见了，也就再休想逃脱他的性命。如果我们知道薛天左到山西去，要盗劫乾坤镜，就好将这镜放在方府，容容易易给他盗着了，他在使妖法的时候，看见这面镜子，难得他还有逃脱的希望么？于今他已到山西去，我们再将这镜子送到山西，给他盗着，似这么处置他的死命，又怕理想与事实有些错误了。只好等他回来，再处置他的死命，好为方仁伯报雪冤仇。在太太的意思以为怎样？"

香珠听了，尚踟蹰没有回答。星胆看出她的意思，便向她低声问道："姨太太知道这红莲教共有多少党羽呢？当日方世兄的祖考建侯公，疾恶如仇，本同红莲教妖人在势不两立的地位。方世兄善承建侯公的遗志，不但要报雪不共戴天的大仇。他的志愿，非将红莲教的余孽完全扑灭了，总觉将来死在九泉，无颜得见先人一面。子子孙孙，都在江湖上说不起话。"

香珠点头道："我所踟蹰不即发言，就因为这些缘故。论红莲教的党羽，不下数百人，就中谙习法术的人，尚属有限几个。因为红莲教的妖法，最是难学，不下过二三十年的工夫，还要资质灵敏，绝学不得红莲的真法术。在近几日我曾听薛天左说：'近来入教的教徒，有在二三年前入教的，有在去年今年入教的，虽有时也穿着红莲教的制服，真是驴蒙虎皮，一些儿能伤害人的法术都不曾领会得。如果在这一二年或二三年的工夫，要学别的本领，虽然不能成功，至少也略懂得伤人的一点儿皮毛。可是用来学我们红莲教的法术，连个伤人皮毛也没有。但这句话是第一机密。我要你做我的太太，不劝你学红莲教的法术，并知道你爱我彪壮俊伟，对我的心肠靠得住，我才在情人面前卖弄我们红莲教的功夫艰巨，这件事若传扬出去，上至官府下至小百姓们，更有谁畏怯我们的党羽众多男女教徒的妖法都厉害呢?'

　　"我问他：'怎样的法术能伤害人？怎样的法术不能伤害人呢？'他指着两张机凳说道：'这是两张机凳，在我们红莲教的人，法术没有练得伤害人的地步，要这两张机凳，变成两只虎，这两张机凳，也能随心所欲，立刻间便变成两只虎，一般张牙舞爪，齿巉巉目眈眈，扑到人面前来，露出要吞噬的样子。究竟论起原质来，仍是两张机凳，不是两只虎，所以论到这法术的功夫，不能将原质当其他的东西使用，这两只由机凳幻成的猛虎，也只能吓人，不能伤人。譬如这是一把豆子，我们红莲教的人法术，没有练得伤害人的地步，要这一把豆子变成十万雄兵，也能随心所欲，立刻间便变成十万雄兵，一般也摇旗呐喊，舞刀弄枪，扑到阵前来，雄赳赳气昂昂，显出要杀人的样子。究竟论起原质来，仍然是一把豆子。所以论到法术的功用，不能将原质当其他的东西使用，由这一把豆子幻成的十万雄兵，也只能吓人，不能伤人。这种不能伤人的法术，换过来说一句，就是变戏法。江湖上走马卖解中人，会变这种戏法的很多，所学也就是这种类似我们红莲教，不能伤人的法术。'

"我又问他：'然则你在红莲教中，班辈又老，资格又高，你的法术能伤人，自然能将这东西原质真当其他的东西使用了。'他说：'要用原质真当作其他的功夫使用，谈何容易？就是法术练得极顶的人，也没有这般本领。能伤人的法术，并不借外物作用，仍由我心肝五脏练出来的真功夫、真法术，才能伤害人的性命。这种真功夫、真法术，便有人指导窍要，岂是十年八年，所能练成的么？'

"我又说：'你们红莲教，多有谙习献身法、缩身法、隐身法、飞行法，难道这几种功夫，也难学么？'他说：'缩身法最是难学，非法术上到了七八分火候，没有这样能耐。因为这缩身法，也不借外物的作用，飞行法专借符箓的录用，有了那样符箓，寻常人俱能在空中飞驶，岂仅我们红莲教人，能在空中飞行的？献身法、隐身法，也都是变戏法的作用，你所说这四种法术，除去缩身法，论其他三种法术，在本质上都不能伤人，都借外物作用，不得谓之红莲教的真法术。缩身法是能伤人的法术。'我又说：'你还对我虚情假意，说出这些骗我的话，你是爱我的，想我做你的妻子，何苦用缩身法，伤害我们主婢三人呢？怪不得我空岩跟前打熬的气力，这时总觉软洋洋的，半点儿气力也没有了。'他说：'我是爱你，不肯伤你性命的，所以使用这缩身法，仅把你们平时练出来的气力，都弄得乌有了，要是想伤害你们的性命，只须一月工夫，你没有归还原样，这性命就押到阎罗王案前去了。你学本领，是要保护你身体的安全，有我这红莲教的首领保护你，你就有多大气力，也用不着了。'

"我又说：'你在红莲教中，算你是个首领了。我做首领的太太，我的造化可也不小，但是红莲教练得能伤害人的法术，只有你一人么？'他说：'我们红莲教，分天地人三班，天字班的老前辈，只我师父和我师伯两人，我师伯去世得早，没有传下徒弟，我师父的门下人很多，能列在地字班的，也只有我们师兄弟五个，法术只略有上下，人字班中，都是些变戏法的教徒，没有真能伤害人的人物。你试打开名簿看时，地字班中第二名，就是我的二师弟朱峄元，第三名就是我三师弟贺也五，第四名是我四师弟贺也六，第五名是我五师弟燕鹏。'我说：'这几个人，我都认识，前二天，你们在大厅上吃酒，我在屏门窥探，那络腮胡子，同刺猬一般，面皮像煮熟了的一只大蟹，那可是你二师弟朱峄元？那个大眼睛、长眉毛、鼻孔掀天、胖胖的脸儿，可是你三师弟贺也五？那个黑炭似的面皮，两眉倒竖，两眼圆睁，口里吐出两个大牙，可是你四师弟贺也六？那个瓜子脸、紫棠色的面皮，在颧上有一颗毛茸茸黑痣，可是你师弟燕鹏？'他问我：'怎么知道的？'我说：'有什么不知道，朱峄元不是同你并肩坐着么？贺也五在你的对面，贺也六坐在朱峄元对面，燕鹏不是坐在横头，拿着一把酒壶斟酒么？'他笑起来了，说：'我们虽习得这样好的法术，哪里及得上你们女孩儿的心思细致。'

"我这日听他所说的话，都印入我的心窝儿里。你们要下手将薛天左结果了，算是替方老英雄报雪大仇。然而他们师兄弟五人，有一个未死，将来贻害无穷，你们都具有行侠仗义的心胸，不能再给红莲教的余孽左道惑众，荼毒天下后世的人。并且这几个人，有一个人存在一日，冤冤相缠报无休歇，终为你们的后患。不若慎重其事地想个计较，把这五个东西一网戮尽，公仇私仇，都已昭雪，这是英雄快心的事。这五个东西在红莲教中要算五个龙头，其余人字班中的教徒，见这五个龙头伤害了，正所谓龙无头不行，他们的红莲教的势力，就该立时瓦解。即令仍在暗中兴妖作怪，但红莲教最厉害的法术既已失传，这些变戏法的东西，一经把他们变的戏法拆穿了，他们也只好在江湖上变戏法讨生活了。白莲教前头的鞋子，还不是红莲教徒后头的样子？请你们仔细想想，我这话说得对不对？"

光燮、璇姑一齐低声说道："我父亲的大仇，固当昭雪，对于红莲教的余孽，固当翦除，凡事该听太太的吩咐。"

香珠道："你们可有什么好法子帮着我筹划筹划。第一不能打草惊蛇，若这五个人走脱一个，那就煞费踟蹰，恐怕你们将来还保不住没有性命的危险。好在你们的面目薛天左都未会过，你们都对他说是我的乡亲，也瞒得过他的耳目。"

星胆、光燮、璇姑、舜英四人听了，便你一言我一语低声说了好一会儿，都觉得不甚妥帖，还是香珠后来想出个法子，笑着说道："大略不用这一条计，要怕事情发生变卦。"当时便将用的计告诉他们。

舜英道："这个怕没有用，请太太还须从长计较。"

香珠道："那东西的性格我是知道的，他的行藏诡谲，但杀害人的手段是其所长，防备人杀害他的心思是其所短。"众人方才点头。

香珠即将芸香、韵香两个丫鬟叫进来，说："快送张君兄弟们出门去。"

不表芸香、韵香两个丫鬟送着星胆四人出门，再说薛天左那日从山西回来，走到香珠房中急道："乾坤镜终盗不到手，方继武还有个女儿方璇姑，大略就是琴姑的义姐方光燮的妹子了。我这番在山西打探得很明白，只听你的话，又没有去寻这三个鸟男女，了结方家这本糊涂账。"

香珠笑道："你不要在我跟前撇清，那是我当时对你说的几句不经之谈。凡人固然要问一点儿天理良心，大丈夫恩怨也终须了了。这一本糊涂账，你不了结清楚，乾坤镜又没有盗到手，你将来怕性命上要发生危险。你死了叫我还依靠谁人？我不能禁止你不寻这三个鸟男女了账。但是你杀了方继武，琴姑、光燮又在玉龙寺被人劫去了，总算藏匿得无影无踪。你就在这几日间，寻遍山西各府州县地方，也没处寻着。"

薛天左不由笑起来说道："你这一猜，倒猜到我的心坎里了。果然我此去山西，固然没处盗着乾坤镜，差不多这十日以来，踏遍山西，也寻不到这三个鸟男女，你真是生就的水晶心肝玻璃人儿。"

香珠道："在七日以前，来了山东省姓张的，是亲兄弟四个，他们同这韵香丫鬟认识，韵香在前面街镇上买胭脂，遇着他们说，我在这地方做了红莲教首领的大太太，那姓张的因为各练得一身本领，落拓无归，很愿意投入我们红莲教中，做一番惊天动地的事业，托韵香介绍来见我，对我认是乡亲。说也好笑，我哪里认识他们呢？但他们对我谈了半天，满口吹着空气，都说他们有了不得的本领，我只得叫他们在簿上签了名，等你回来，将他们叫进来，随你的意思，是否能传给他们的几套戏法？"

薛天左无可无不可地把名簿翻了翻，便叫韵香快出去，将那姓张的兄弟唤进来。韵香去了半天，回来禀道："那姓张的兄弟，当日说的地址找不着，还恐怕他们这几天，因教主没有回来，又另投到别处去了。"薛天左听了，也就不把这件事放在心上。

直到第三日，忽然门上人持了个红帖前来，薛天左看那红帖上，下写"门生张锡纯、张锡嘏、张锡书、张锡朋顿首拜"一行小字，便吩咐门上人，将这姓张的兄弟传进来。

欲知后事如何，且俟十八回书中再续。

第十八回

玩鸡蛋英雄显绝技
举炉鼎小侠运神功

话说薛天左看那红帖上写着门人张锡纯、张锡嘏、张锡书、张锡朋顿首拜一行小字，随吩咐门上人将这姓张的兄弟传进来。不多时，便有人唱报张家兄弟来了。见面时都很恭顺，说明千里相投，决意要拜在薛教主门下。

薛天左看这四个人风流俊伟，潇洒出尘，飘飘然都有神仙之概，心里非常爱慕，口里却不肯一拢即合，转向他们笑道："张君昆仲都是北方人，各有惊人的武艺，要学功夫，怎么投到我这里呢？我的徒弟没有个北方人，张君昆仲如何同他们混得来？"

那个化名张锡纯的柳星胆听了说道："我们兄弟前来殷勤求教，既不能邀得教主的欢心，我们请就此告辞。"

薛天左忙止着笑道："也罢，既是张君昆仲瞧得起我，辛苦投到我门下，也很不容易，我就收你们做徒弟都使得。不过我门下的人，文有文的好，武也有武的好。文不能倚马千言，武不能力敌十人以上，殊不合入教的资格。我的太太曾说张君昆仲的本领了得。在下不知张君昆仲可能献出一点儿来给我赏鉴赏鉴？"说着便向两边人字班的教徒说道："快请你二师叔、三师叔、四师叔、五师叔前来，赏鉴张君昆仲的本领，也使他们开一开眼界。"

薛天左说这话的意思，是因自己是个斯文人出身，只苦习得白莲教的法术，对于武艺两字算个外行。由他考中的教徒，都是些脑袋上顶着半个秀才，笔底下合做几句状子，不酸不咸的落魄书生。要拣选武术界及格的人，就非得请他师弟朱崆元、贺也五、贺也六、燕鹏四人衡定不可。其实他们这四个人的法术，极神秘亦极厉害，若说到武艺两字，不过敌得过江湖上那些不三不四的英雄好汉罢了。不过他们武术界朋友很不少，耳濡目习，却也能衡鉴人功夫的深浅。

　　当时那两个教徒将朱崆元、贺也五、贺也六、燕鹏四人请到厅上。大家相见已毕，薛天左又吩咐两个女教徒去叫芸香、韵香请太太出来，也好见识见识她乡亲的本领。一会儿芸香、韵香也到厅上，厅上人分别男女，站在两边，没有不把个眼珠注视张锡纯昆仲四人身上，也有人似乎不相信四个温柔俊雅的少年真能懂得一些武艺的。

　　星胆便向那化名张锡朋的舜英说道："在我们兄弟算你最小，却要你先显出一点儿来，你自己要认真做去，不用给师父笑话。"

　　舜英就大厅上看了几眼，说："这厅上的地方太小了，不好显出我的本领，还是在厅外献丑吧。"薛天左说很好。舜英又说道："且慢，要在天井中显出我的本领，须用五百个鸡蛋，每隔一尺的地方，放一个鸡蛋，须把这地上一个一个的鸡蛋放好了，才是我显出本领的时候。"

　　薛天左即令人取来五百个鸡蛋，如数分放在地上，围成个圆圈。只是天井中间，有个三只脚的铁香炉，那香炉看有五尺来高，估来有一千斤的重量，在那香炉左近尺内的地方，没有放着鸡蛋。

　　舜英走到厅外，一只脚站在个鸡蛋上，跟后那只脚接上来，也站在个鸡蛋上，一路走过去，看她两只脚都不离个鸡蛋。起先还是从容地走着，以后就一步快似一步，两脚不停留地在那里绕圈子，身体如游龙相似，看她两脚无论跑到什么地方，总不离个鸡蛋，走过一个圈子是这样，连走了十来个圈子也是这样。圈子越走越小，那步法越走越快，越快越多变化，把这五百个鸡蛋，一个一个都踏遍了，没有一脚落尘，也没有一步走错。厅上薛天左和朱崆元、贺也五、贺也六、燕鹏及众人见了，都同声叫起好来。就在这声好叫出的时候，舜英已一步从天井中间穿到厅上来，向薛天左唱了个喏，再看天井里五百个鸡蛋，仍然摆成许多圈圈儿，没有一个被踏碎的，也没有一个移动了摆列的方向。

朱崆元便向薛天左说："这张老四的武艺，可以在红莲教中坐一把椅子了。"

这句话才说出来，那个化名张锡书的方璇姑听了笑道："四弟这是提气的功夫，把周身的气力，都运到上身，两腿两脚，都没有分毫气力，在这一圈一圈分裂成圆的五百个鸡蛋上溜跑，这算得什么稀罕？要显出我的本事，看我两脚朝天，把身子倒过来，两个拳头当作两只脚跑，拳头是滑的，鸡蛋也是滑的，我用两拳当作两脚，在这五百个鸡蛋的围圈都跑过了，有一拳不着在鸡蛋上，有一个鸡蛋没有碰到我的拳头，有一个鸡蛋被我这拳头碰碎了，或碰得移动分毫，就算我没有本事。"薛天左师兄弟及厅上男女众人听了，都笑起来说好。

燕鹏道："且住，张老三你这把弓休拉满了。"

璇姑笑了笑，把身上的束带紧了紧，握起两个拳头，就在厅上使个鹞子钻天式，钻出厅外。跟后换了个倒掩珠帘的身法，头向下脚向上，两个拳头立在两个鸡蛋上，稳稳重重。那两个鸡蛋，就同粘在两个拳头上似的，摇也不摇，又同生铁铸成的铁蛋，碰着她两个拳头上，恰又动也不动。璇姑两拳当作两脚，一路从一个一个的鸡蛋上走过去。看她两个拳头，都不离个鸡蛋，起先也是从从容容的，以后一招也快似一招，两拳不停留的，在一个一个鸡蛋上绕圈子，身子也像游龙一样迅快。看她两拳无论着在哪个鸡蛋上，总像行所无事的样子。兜过一个圈子是这样，连兜了十来个圈子也是这样。圈子越兜越小，那两拳也越着越快。稳重时比泰山还稳重，轻捷时比飞鸟还轻捷。把这五百个鸡蛋一个一个都着过了，没有一拳落空，也没有一拳溜滑。厅上薛天左师兄弟及男女人众都不由拍手叫好，如同半空响了一阵焦雷。

就在这一阵好叫出来的时候，璇姑陡然使了个海燕回风式，一撇身便穿到厅上，向薛天左也唱了个喏。再看天井里那五百个鸡蛋，仍然摆成这许多圈圈儿，没有一个被踏碎的，也没有一个移动了方向。

朱峭元又向薛天左说："这张老三的武艺，可以算得我们红莲教里的大拇指了。"

这句话刚出口，那个化名张锡嘏的方光燮听了笑道："四弟这提气的功夫是顺提，能把周身的功夫，运到脐腹以上，两腿两脚没有分毫的气力，所以在这一圈一圈分裂出行的五百个鸡蛋上溜跑，没踏碎一个鸡蛋；三弟这提气的功夫，是倒提，转把周身的气力，倒提到两腿两脚上，两个拳头，没有分毫的气力，着在那些鸡蛋上面，穿来闪去，都算不得什么稀罕。若显出我的本事，要把这五百个鸡蛋，一个一个靠起来，我把这五百个鸡蛋，当作是条毡毯，在上面不住地打筋斗，做出种种的架势，我这种功夫，一不是顺提，二不是倒提，有一个鸡蛋被我碰碎了，或碰得略有些移动，也算我没有本事。"薛天左兄弟又说声好，早有人把五百鸡蛋，一个靠一个罗列在距离那香炉五尺来远的地方，摆成毡毯的形样。

贺也六忽然说道："张老二，你的筋斗落地，还是仅用两手落地呢？"

光燮道："打筋斗仅用两手落地，那是空心筋斗，一个筋斗打过去，是两手落地，再一个筋斗翻过来，要用两足落地，这种筋斗，本不足为奇。可是在这许多鸡蛋上打起来，单用倒提的功夫固不可，单用顺提的功夫又不能，必须运气的功夫，能在刹那间使四肢百骸之气，倏散倏聚，倏实倏虚，这种功夫才不易学成。若在这许多鸡蛋上仅翻着空心筋斗，这仍是倒提的功夫，如何算得稀罕?"说着，也把束带紧了紧，就在厅上一路筋斗打出去。

众人留心看他筋斗打出来时，只是两个指尖落地，而翻转来，又是两个足尖落地，及至打到那许多鸡蛋上，那筋斗一个快似一个，从对面打出去，又从背面翻过来，不是两指尖着在鸡蛋上，就是两脚尖踏在鸡蛋上，连打了百多次，越发迅快得什么似的。把看的人眼花都有些缭乱起来，只觉他的身躯上下翻转，看他两指尖着在鸡蛋上，倏忽便是两脚尖踏在鸡蛋上了。厅上薛天左师兄弟及男女众人无不畅快，那阵喝彩的声音真似排山倒岳一般。也在这一阵喝出来的时候，光燮便停住筋斗不打了。却在那许多鸡蛋上面，又做出猿猴献果、金鸡独立、鸳鸯拐、连环腿种种名目，便是一个乌鸦展翅的身法，回到厅上。口不喘气，面不改容，也向薛天左唱了个肥喏。再看摆成毡毯模样的那五百个鸡蛋，没有一个被碰碎的，也没有一个移动了方向。

薛天左便向朱峻元对众人说道："这张君锡暇的本领，要比锡朋君高强，单论起本领来，可以算他是我们红莲教的大拇指了。"

朱峻元道："我若没有学得祖师的法术，亲眼看见他的本领好到这样地步，不愿拜他为师，还要拜谁为师呢?"

他们正在赞扬的时候，那个化名张锡纯的柳星胆听了笑道："二弟这种运气的功夫，顺提倒提，都有几分火候了。只是只手空拳，身上没有什么重量的东西，就在这鸡蛋上面，翻它千把个筋斗，这算是什么大不了? 要显出我的本领，得再加上五百个鸡蛋，把这一千个鸡蛋，一个靠一个的，都摆在香炉左边五寸的地方。我两脚站在鸡蛋上，做那霸王举鼎的种种架势，给师父看，才看出我的本领。"

薛天左说声好，又令左右采办五百个鸡蛋，把那一千个鸡蛋一个靠一个，也摆成毡毯式模样，靠在那铁香炉旁边。

贺也五笑道："要办这一千鸡蛋，好像大师兄太太生了孩子，要请大家吃鸡蛋了。"

天左也笑道："就是我太太要生孩子，也要等过十月以后，哪有这么快？"几句话说得众人都笑起来了，香珠仍像行所无事的样子。

星胆将身子紧了紧，慢条斯理走到鸡蛋上，用手将炉耳拨了拨，摇头说道："我要用运气的功夫，若用顺提，即使能举起这么重的香炉，两脚不着力，这香炉早已随身倒下来。若用平力，把这香炉举得舞起来，看这许多的鸡蛋，不是被我脚上的气力踹碎了，就是滚蛋滚蛋，滚碎十七八个蛋了。如果用把气力运下去，无论两腿两脚着了力，这一千个鸡蛋，不是踹碎，就是滚碎的。并且气力运下，两膀没有力，如何举得起这么重的香炉？"厅上众人被他提醒，就很觉他的话说得在行，有些替他捏着一把汗。

星胆陡然变了脸色，说："诸位休笑我张锡纯空口说着这些白话，就在这鸡蛋上举起香炉来，不过全仗浑身又轻又活的一些气力，这算什么本领？看我提着这个香炉耳朵，把香炉举起来，当作兵器使用，这才好乐子呢。"

厅上众人格外凝神望去，果然星胆提着那个炉耳，炉的全身也应手而起，在鸡蛋周围地方，举着香炉，舞了许多的架势，就同在平地上舞着的一样。这是星胆当初吃了三峰道人换骨金丹以后，又经练过二年运气的功夫，才练得一身又稳又活这么大的神力。这种功夫，岂同小可？厅上薛天左师兄弟及男女众人看了，那一阵一阵拍手声喝彩声，真是雷轰电掣的麻烦起来。

这一阵一阵彩声喝过了，星胆仍依照旧迹，把香炉放在原处，安安闲闲到厅上来，也向薛天左唱了个大喏。再看香炉左边，摆列一千个鸡蛋，一个个都放在原处，没有一个被踏碎的，也没有一个移动了方向。

朱崆元向他说道："啊呀，你们这功夫是在哪里学得来的？即如玉龙寺的一般和尚，只比你多会些罩功，身体比你们要来得迅快些，若论这运气的功夫，我差长四十六岁，尚没有看见及得上你们的。"

燕鹏接着笑道："说到提气的功夫，同张君昆仲一样巧妙的，我只听说过有一个，这人就是我们云南人氏，还是个红花女子。但我只听说有这一个女子，就没有亲眼看见这女子的功夫也能巧妙到张君这样的地步。"

星胆正要问那女子姓甚名谁，住在云南哪一处地方？却被薛天左的话打断了。薛天左道："且不管那女子的功夫怎样，凭张君这样好的本领，就在祖师执掌教法的时候，若得张君，也不怕那山西方建侯了。仲昆君的本领，要算我们红莲教里四根擎天玉柱，太太有这样好乡亲，在太太的颜面上，也添了不少的光彩。"

星胆道："这也不算是真本领，要看真本领，除非在对打对刺的时候，才看得出好的来。愚兄弟不妨再在师父面前献一回丑。"

薛天左点头道："这很是内行人说的话，显本领同显法术的一般，不在对杀对刺的时候，就不易看出功夫好到怎样。要看功夫好到怎样，就非在对杀对刺的上看不为功。"

这时早有人将厅上的鸡蛋收起。星胆向薛天左讨了四把单刀，便同光燮、璇姑、舜英四人，围到厅外，星胆和光燮一对，舜英和璇姑一对，就在两边对杀起来。

欲知后事如何，且俟十九回书中再续。

第十九回

显法术教徒中计
放金镖穆女诛凶

话说柳星胆向薛天左讨了四把单刀，带着光燮、璇姑、舜英走出厅外，星胆和光燮组织一对，舜英和璇姑组织一对，双方各立了个门户，光燮提刀来扑舜英，璇姑也挥刀来战星胆，就在厅外厮杀起来。表面上各人都显出以性命相扑的样子，恶斗得很是厉害，然而他们的刀法，却处处知道照顾回护，在明眼中人看来，就知他们这种对杀对刺，原是作友谊的比赛，谁也没有性命的危险。在先对刺对杀时，尚辨出是四个人，四把刀，以后招法渐渐来得迅快，真个矫若游龙，捷如飞鸟，只见着东一闪西一闪飞掷腾拿的白光，发起一团桶口大的花，哪里还分出什么刀儿人儿呢？厅上薛天左师兄弟及男女众人，看他们杀得出神，铿铿锵锵的刀声击得作响，都不由脱口叫妙。

薛天左便喝一声稍歇道："我们师兄弟已看出你们的刀法，不要再杀下去了。"薛天左喝了这一声，他们即同时各抽回了大刀，再看仍是四个人，四把刀，各回到厅上，向薛天左都唱了个喏。

贺也六便对薛天左道："他们这四位的刀法，要算出神入化，在我们红莲教中，自然算他们的刀法最高强了，我听得河南嵩山大刀李栢，也能使出一手好的刀法，现在李栢已死，听说他有个儿子，也学得李栢的刀法。究竟李栢的儿子，和他们的刀法比试起来，谁显得功夫的深浅？可惜我是耳闻李栢儿子的刀法，没有亲眼看见他试到怎样好的刀法来，就不能妄加褒贬。"

燕鹏便接着贺也六的话说道："四师弟曾说嵩山李栢那个儿子，我也在河南听见过的，不过没有看他显得怎样好的刀法，我因到河南燕须山访个朋友，在那边很耽搁了两天，那地方有个花家村，村上有六条好汉，联成党羽，在那里称兄道弟，背地里都做些杀人放火的勾当。燕须山一带的人家，没有个提着那六个强徒不是心惊梦怕。这李栢的儿子李鼎曾在花家村卖弄了一次本领，很将那些强徒惩戒了一番。那些强徒要想邀他在花家村开立场子，教授他们的武艺，李鼎曾向他们说：'大家以后不在地方上为非作歹，我可以同你们亲近亲近。'大家听了答应不迭，并且对天发誓，从此改过向善。李鼎遂真个在花农村盘桓盘桓，闲时亲自指点他们的武艺。哪知过了几时，那些强徒违背他的教训，在外县地方做了两次盗案，李鼎气恼他们仍旧不安本分，他有本事把这六个强徒一个一个捆起来，邀集地方上人，公同议决。直议了两天，便将花家村六个强徒活埋处死。事毕以后，李鼎也就回嵩山去。可惜我迟到燕须山半月，没有看见李鼎是个甚模样儿，也没到嵩山去访他。就怕他虽有这样好的本领，却是个直肠子人，未必肯投入我们红莲教宗，便访他也没有用处。"

方光燮当听得嵩山李栢儿子李鼎的话来，暗想李仁伯是我父亲同道的朋友，江湖上有方大刀李神剑方李相提并论。记得五年以前，李仁伯曾带他儿子李鼎到我家中来，替我父亲拜寿。那里李鼎才十七岁，不但品貌绝尘，并且武艺超众，诚为浊世的佳公子。我比李鼎长两岁，曾同他刀边话契，酒后谈心，彼此的性格也合拢得来。如今事隔五年，李仁伯已仙游了，我父亲又死在仇人之手，我在这地方，恰不知李鼎的近况怎样。想起五年前的情愫，这光景就同在眼前的模样。

方光燮正在这里着想，却见薛天左向星胆笑道："你们的本领真够，难得你们投到我这里，如平白地给我添了羽翼一般，我就老实不客气，忝叫你们几声徒弟了。"

星胆、光燮、璇姑、舜英四人听了，忽然都现出为难的神气，像似有什么话要说出来，又不肯便说来的样子。香珠早已识窍，便近前向薛天左笑道："我这几个敝乡亲，都有这点儿能耐，虽羡红莲教的五位首领法术高强，要投入红莲教宗学习法术，也该认个仔细，断没有听得某教某首领法术高强，并没有亲眼看见你们的法术，好到怎样，就认真便拜你们为师的道理。"

薛天左听了香珠的话，自诩懂得他们四人的用意，是没有看见自己的法术，是否值得做他们的师父，随即点头笑道："要我使出法术，一个人使起来，是不容易看法术的功夫深浅，叫我怎么办呢？"

香珠道："就不若你们师兄弟五人，各使出法术来，作友谊的比赛，叫敝乡亲看你们红莲教的法术，一个胜似一个，更显而易见了。并且你对我也使过法术给我看，但我也不知你们师兄弟五人的法术，全有你这样的程度？我也想求你们各显点儿法术，给我见识见识。"

薛天左听了沉吟道："我们师兄弟五人的法术原没有上下，要拿它作友谊的比赛，偶然逢场作戏，没有什么不可。但一时叫我们显出什么呢？"

朱崏元道："有有，我们师兄弟五人，按着五行生绝的法理，显出些给他们瞧瞧也好。"

贺也五、贺也六不约而同地说道："这样的比赛，第一个我先赞成。"

燕鹏道："我们师兄弟五人，论次第是大师兄居长，就请他先来一个吧。"

薛天左应了一声是，叫人把厅外的香炉移到另处放着。师兄弟五人齐到厅外，按着东南西北中央五方立着。厅上共有四五十人，都一字形分排在廊檐下。星胆、光燮、舜英、璇姑四人各分立在廊檐下。

薛天左站在天井中间，向燕鹏笑道："你站在北方壬癸水部分上，我站在中央，看我用着戊己土的法，破你这壬癸水法。"

燕鹏只是点头道："好。"说时迟那时快，薛天左口里不知念些什么，用手在鼻准上一拍，即见两道金龙也似的虹光，从两鼻孔里射出直向燕鹏扑来。燕鹏尚未还手，接着便见站在东方甲乙部位上的朱崆元，竖起左手，不托一声，一个掌心雷从左手心打出来。接着即见一团青气，将金光逼住了。就在这时候，又听站在西方部位上的贺也六口里念念有词，喝一声疾，这疾字才出口，猛听得呼啦啦风声作响，一道白光，从贺也六耳中射出去，将那青光逼住了。说也奇怪，在白光逼着青光的时候，青光好像仇人遇见冤家，那金光见了白光，也好像被困的军旅，遇到一支救兵，金光和青白二光，都在空中游斗。那青光反有些支持不来了，无论没有克制金光的能力，反被这道白光逼得什么似的。站在南方部位上的贺也五见了，伸手抹着头上的发，便有大大小小的火球，向他顶发上滚出来，直向那一道白光滚去。说也奇怪，那白光碰到火球，好像被烫得难受似的，在半空招摇无定。那青光便自鸣得意起来，又紧逼着金光，不肯放松一些。谁知那只是白光被火球烫得难受，在空中上下回护。正在不可开交的时候，站在壬癸部上的燕鹏见了，口里也念念有词，喝一声敕，张口便喷出一道黑云来，直上天空，便见有密麻似的雨珠，只向那火球回旋的地方落下，雨珠溅在火球嗤嗤作响，那火球并没有现出畏葸退缩的样子。忽然那青光、火球、金光、白光、黑云都不见了，只见两道光芒，十字形照在那里，霎时风停雨歇，现出一个太阳来。接着更听薛天左、朱崆元、贺也五、贺也六、燕鹏的声音，同时都像杀猪似的怪叫，五人都站立原定方向，都是手不

135

能动，足不能行，如同受了定身法的模样，身上都笼罩水练也似的光芒。

原来是柳星胆、方光燮、璇姑、舜英四人，曾同香珠商量，这乾坤镜和雌雄剑的妙用，就是破袭这类的邪法，除去破袭这类邪法，遇到不谙习邪法的人，或谙习邪法的人，没有使出什么邪法来，虽有乾坤镜、雌雄剑，也不能奈何他们的分毫。必须在他们使出邪法的时候，才显得乾坤镜、雌雄剑的妙用。薛天左师兄弟没有使出邪法的时候，虽谙习这类红莲教的邪法，还不是同寻常人一样，这乾坤镜、雌雄剑两件东西，就譬若两道符录，这两道符录本可以破灭邪法的，没有人显出邪法来，这两道符录，还不是等于废纸无用么？所以星胆四人同香珠商量到这一层，要替方老英雄报复大仇，论私仇自然是薛天左了。再进一步说，凡在红莲教中的首领，皆算方家不共戴天的仇人。若仅叫锄杀了薛天左，在光燮、璇姑总算报雪杀父之仇了，但薛天左四个师弟不除，岂偿方家仇视红莲教的志愿？并且留下薛天左师弟四人，红莲教的火焰终无从得以扑灭，且为将来一大巨患。要锄杀薛天左，扑灭红莲教，就非得一网将他们红莲教里五个龙头打尽了，使红莲教真能伤害人的妖法失传，那些人字班的教徒，没有什么可怕的法术，这荼毒人群的红莲教，终不难土崩瓦解。要将他们红莲教五个龙头，一网打尽了，就非得骗诱他们同时各显出法术来。用这阴阳镜、雌雄剑，去破袭他们不为功。要在薛天左回来的时候，对他们积极进行，反使他们心疑有了防备，不若缓图个计较，延挨几日工夫，不即不离，骗诱他们自愿上这圈套，较为稳当。这是香珠同星胆、光燮、璇姑、舜英四人，较量着手的妙计。

星胆、光燮、璇姑、舜英既见了薛天左，在薛天左兄弟五人，要他们四人各献出自己功夫来，这是他们红莲教收徒弟的规矩，献出他们四人的功夫，就显得出红莲的首领不肯收没有本领的徒弟。

星胆、光燮、璇姑、舜英四人，拿话逗着薛天左师兄弟五人，同时各显出法术来。在薛天左师兄弟的意思，以为他们四人的路数，要我们师兄弟同时玩出些法术来，作友谊的比赛，也显得他们四个有本领的人，不肯投入没有惊人法术的红莲教宗做弟子的。薛天左师兄弟五人，还抱着这两种的意思。岂知这一来，已中了人家的巧计了。

星胆、光燮、璇姑、舜英四人，已步步得手，看他们师兄弟五人，在那里各使出法术比赛，都知道这是报仇的时候了。这边星胆早取出一面乾镜，璇姑取出一面坤镜，各举手向厅中照着。那边光燮早祭起雌剑，舜英祭起雄剑，各转身几步，也举手向厅中照着。这边乾镜和坤镜的光，分而复合，那边雌剑和雄剑的光，也涣而复萃。两道光芒十字形向庭中射去，恰好薛天左、朱崆元、贺也五、贺也六、燕鹏五人，被这十字形的两道光芒笼罩着，不约而同地都倒抽了一口冷气，各人看各人使出来的法术，都已销形灭迹，身体都被这十字形的光芒笼罩得一些也不能动弹了。他们都不由哇呀一声怪叫，再想使出别的法术来。岂知他们不想使出别的法术，倒也罢了。才转到这样念头，同时都打了个寒噤，不但没有施展法术的份儿，各人都不禁索索抖个不住，两腿都像摇铃似的，身体也是软洋洋的，好像一些筋骨也没有了。

厅上的男女教徒见这情状，各人看过那姓张的兄弟四人本领，很不平常，并有这样的能耐，居然破坏教中五位首领的法术，将五位首领弄到这样地步。那些人触动城中失火殃及池鱼的观念，明来怕是不中用，相顾错愕了一会儿，也就各自避开一边。厅上除了香珠、芸香、韵香三人在那里观望，还有个男教徒，年纪只在二十以内，温文尔雅，风度翩翩，像似斯文人的样子。

那男教徒当向星胆、璇姑、光燮、舜英四人叫道："玉兰久有此志，不惜舍身投入红莲教宗，想学成他们的法术，好为世界上除了这五个害群之马，给未曾受害的人除害，给已曾受害的人报仇。无如玉兰的入教日子太浅，没有学成怎样厉害的法术，终不能处置红莲教中这五个东西的死命。难得众位前来，破坏他们五人的法术。玉兰愿给众位出力。"

说到其间，玉兰便掏出两支火眼金钱镖来，才喝一声着，这支镖由正北向正南穿去，穿过燕鹏的颈项，还能穿过薛天左的肋胁，由薛天左肋旁边穿过去，那支镖从穿贯了贺也五的胸腹。这一镖打出去，恰好打了三个血洞，跟后又听得喝声着，原来玉兰已穿到东廊下，第二支镖打出手，是由正东向西打着，那支镖穿过朱崆元的面部，由朱崆元面部穿出去，却又穿过贺也六的面部，余劲犹雄，还将西墙壁钻了个窟窿。把星胆、光燮、璇姑、舜英四人都看得惊诧起来。星胆心想玉兰不是女子的小名么，化装投入白莲教宗，想乘间剪除妖类，总算我们的同志了。听她的口音，也是云南人氏，并非男子的腔调，莫不是在燕鹏口中，所说那个云南女子么？

欲知后事如何，且俟二十回再续。

第二十回

小侠快歼仇剑飞血溅
英雄难报德玉殒香埋

话说柳星胆边想边看薛天左、朱崆元及贺家兄弟燕鹏这五个教领，每人被金钱镖打了个血洞。约停过片刻工夫，才听得哎哟了数声，五个人同时都是两手一张，向后便倒。原来金钱镖这样武器，同现今的枪弹一般厉害，仓促间把枪弹打在人身上，那人若没有知道，不觉得中了弹，约停了片刻，才发觉苦恼。用金钱镖打人，若在仓促间一镖打到身上，哪有防备？不觉得中了镖，也要停一会儿工夫，才会发觉苦恼。当时朱崆元、燕鹏及贺家兄弟，都被火眼金钱镖打中了要害，倒地叫了两声，也就押到阎罗殿前去了。只有薛天左伤中肋胁旁边，并不曾死，肋胁下映出鲜血来，两只眼珠睁得圆笃笃的，脸上登时变了红色，咬定牙齿，好像痛得难受似的。

星胆、璇姑便收了乾坤镜，光燮、舜英也收了雌雄剑。这时转无暇问那女子是云南哪里的人，几时投入白莲教宗，是否为燕鹏所说闻名未曾会面的那个女子，便一齐走到薛天左面前，看薛天左还不曾死，光燮哭道："我父亲阴灵不泯，今日孩儿要替父亲报仇了。"旋说旋将薛天左的两脚，倒提在手里，两手一分开，薛天左的身体，也就立刻被他撕成两半。大家都流着泪向北拜了数拜。璇姑更是泪下如雨，遂将薛天左尸体用秋月剑剁得稀烂。

忽然星胆叫声奇怪，香珠、芸香、韵香都没有了。正要问及玉兰，并不见到玉兰的去向，大家疑惑万分。这当儿忽见芸香、韵香两个丫鬟从里面走出来，泪流满面向星胆哭道："太太已投井死了。"

星胆、璇姑急道："怎么怎么？太太如何投井死了呢？"

韵香道："方才太太看你们将五位教领制服下来，便把我们拉到里面去。我们疑惑太太想从里面收拾些金珠细软，等爷爷们将这五个教领锄杀了，随从柳爷远走高飞，再度她的甜蜜岁月。岂知太太走到那口井边，忽向我们说道：'柳郎当初不以我微贱见轻，许我做他的姨太太，事前已不可追悔，事后总该替他保全这身躯，不再去嫁人了。谁知这薛天左真是我命中的魔鬼，我为要设计，保全璇姑娘兄妹的性命，才肯把这身躯又给薛天左玷辱了。像我这样沉沦苦海女人家，在先已被薛家坡薛秀才糟蹋了我的贞操，如今又吃薛天左糟蹋了一场。我是已经破身失节的女子。原说不到自己的贞操，但我已心嫁柳爷，这身躯已不是我有的了。他们的性命，这次虽不由我保全，但他们锄灭红莲教的教领，给方老英雄报复大仇，这功绩也算一半成全在我手里。纵我成全了他们的志愿，而追悔第二次失身的隐痛，终觉无颜侍奉柳爷的枕席。天幸他们的大功将要告成，我去这地方一步，没有死所。我死以后，要借你们的口，传话到柳爷耳中去，请他不用为我这薄命人烦恼，我但愿这尸体化成血，化于水，点点不落尘埃，来生仍好还我一个女孩儿清白身体。待他百年以后，有缘和他再见吧。'我们因太太说出这样寻死的话，正待向前苦劝，谁知太太一闪身，已跳入井中死了，叫我们心里如同刀子刺着的一样。"

星胆璇姑听完这话，又不禁流下泪来。便是光燮、舜英听了，觉得香珠死了也太可惜。但是星胆的意思，以为自己心里虽不承认她真个做我的姨太太，然她在我们身上竭力成全我们报复大仇，此恩此德，总该衔感不忘。我不承认她真个做我的姨太太，怕污蔑我的人格，增重我的罪过，总想拜她做我们的义姐，将来她若不肯再去嫁人，这是我柳星胆所最当钦佩的。如果她还想嫁人，我们也不好劝止她，还得替她寻择个相当的夫婿，叫她做个太太，常此也同我们相守相顾，疾病相关。谁知她真个要寻这条死路，这总算她的糊涂主意，叫我听她的话，怎不烦恼？星胆如此一想，更禁不住辛酸泪落。

璇姑在旁急道："柳世兄不用烦恼，我问芸香、韵香二位姐姐，香珠太太投井多时呢？芸香哭道没有多时。"

星胆被璇姑提醒了，同光燮、璇姑、舜英、芸香、韵香五人走到后进，果然那里屋隅有眼水井，星胆向那井栏望了望，可以从井栏跳下去。要在井底下抱着人纵上来，非得把井栏搬开不可。星胆搬开井栏，向下跳去，好大一会儿工夫，没有见星胆纵得上来。大家相顾错愕，以为星胆运气腾身的功夫，抱着香珠从井底纵得上来，不算得什么稀罕，怎的这会儿还不见他上来呢？又等了一会儿工夫，才听得哧地一响，众人打算星胆抱着香珠上来了。谁知还是星胆单身纵出，腿膝以下，俱淋漓得像落汤鸡子一般。众人急问道："敢是井中人已经咽气了么？"

星胆流泪道："可怜已死去了，口鼻部俱没有一丝游气，伸手摸在她的胸膛上，更不觉有些跳动。我在井中凄怆了多时，要想把她的尸体抱出来。但她生时的意思，但愿她这尸体，点点不落尘埃，来生仍好还她一个女孩儿清白身体，我只得忍一忍心肠，顺从她的志愿。后来摸到她的额角已经破裂，谅她投入井中，井水尚浅，额角碰到井底上，所以才死得这么快，看她心性太褊急了。这次我又没有片语安慰她的心灵，使我蒙着薄幸之名。井水一泉，竟为掩骨埋香之所。照这情形想起来，毕竟是香珠误我，我误香珠，真同拿着把刀子，剁碎我的心肝模样。"璇姑也甚悼芸香、韵香，哭得像泪人一样。光燮、舜英跟着也流了几点眼泪。

忽听得呼啦啦一阵风响，风声过处，接着便见有好几条白额猛虎从外面跳进来，舞爪张牙，像似要来吃人的样子。星胆大叫道："大家不用畏怕，这是红莲教人字班的教徒变的戏法。这种猛虎，是能吓人，不能伤人的。"旋叫旋取出一面乾镜，璇姑也取出一面坤镜，光燮、舜英的八宝雌雄剑，还未制出，谁知那几条猛虎，已去得无影无形了。

星胆叫芸香、韵香从香珠房里，收拾些金银细软，又向她们说道："我们可以带你们回去，你们有这点东西，凭你们的眼力，就是将来嫁个田舍郎，你们的幸福也就不小，你们可愿意么？"

芸香、韵香都哭道："太太已死，我们愿从柳爷方小姐终身，无面回家乡去了。"

星胆道："这个我不收你们的缘故你们总该原谅我，我对你们的意思不错，送你们回山东去。"

芸香、韵香看星胆的神气非常坚决，也就没话说，到香珠房里去。好半会儿，没见她们出来。璇姑便到那房里去看她们怎么收拾到这些时候。星胆、光燮就在庭院中谈说香珠的事。忽见璇姑从香珠房里走出来，舜英跟在后面，手里拿着一封信，向星胆扬着。星胆接信在手，看那信封上写着"张君锡纯亲拆"六字。且慢拆开，便向璇姑、舜英问道："芸香、韵香两个如何还不出来呢？"

璇姑道："谁在香珠房里看见这两个丫鬟的？"

舜英道："在香珠房里，只看见这封信放在梳妆台上，兄长可先拆开看个仔细。"

星胆将信将疑拆开信封，只见上面写道：

　　玉兰本为滇产，嫉教如仇，此事此心，有如明镜。深幸君家昆仲，得以歼除巨恶。玉兰何敢徼天之功，以为己有？本当相助君等一臂之力，将入教的教徒一概歼除。但

142

玉兰既曾伴入教宗，深知那些教徒，大都着迷未悟，非全无心肝者可比，要求君等格外宽恩。但能办到使红莲教宗真法失传，其余教徒，一概不必深究。以后玉兰当力诚伊等改邪归正，如再有在地方上招摇惑众，胆敢仍对君等肆无忌惮，玉兰决定办到人赃两获。芸香韵香两婢女，且由玉兰带去，奉侍吾母晨夕，请勿为念。来日方长，有缘再见。此上张君锡纯核。

穆玉兰敛衽

星胆看罢，又给光燮、璇姑、舜英看了一遍道："我们因想到玉兰是位翩若惊鸿的女侠，得此一信，不独玉兰行径已明，便是芸香、韵香两丫鬟也算有了着落。我们此来，只愿给方仁伯报复大仇，不使红莲教的火焰荼诺人类，谅玉兰非轻诺寡信可比。玉兰既有此能力，使彼等改邪归正，我们原不用多杀无辜，妄结怨毒。"

大家就此出来，忽然迎面来了一人，星胆四人看那人的面貌很熟，是红莲教里的教徒，那人一见星胆四人前来，便把脚跟立住了。星胆忙叫着那人问道："你认得穆玉兰么？"

那人听说穆玉兰三字，才从容说道："小人是穆小姐家仆，同小姐一齐入教的。"

星胆问道："你知道穆小姐住在云南什么地方呢？"

那个道："穆小姐不准小人说，便打死小人，也不敢说的。"

星胆又问道："你们人字班的教徒齐到哪里去了？方才我们在里面看见的猛虎，这是谁人变的戏法？你是穆小姐的家仆，怎么穆小姐放出火眼金钱镖时，我没有看见你在厅上呢？"

那人道："穆小姐看人字班的教徒都溜之乎也，便吩咐小人去警告他们，说：'众位爷爷的法术，都很厉害，不要在暗中捣乱众位爷爷。'那些人如何信得小人的话？后来穆小姐出来，看他们都使着隐身法，聚集在前面地方，穆小姐曾对他们劝告了好大一会儿。内中有一教徒，心里不受穆小姐的教训，在暗中变作戏法。穆小姐听得风声紧急，方才察觉了，问他为什么胆敢违背教训，用纸虎去捣乱一阵？他回说自家的戏法已破，并没有吓坏众位爷爷。穆小姐掏出一支金钱镖放在手里，对他说道：'下次你们敢违背我的教训，这东西就是你们的模样。'旋说旋将金钱镖在掌心搓了几搓，恰搓成个小小的铁饼。那些人都相诚无言。因为当初看穆小姐是个男子，现在穆小姐曾对他们说出姓名来，便是在先燕教领也曾知道穆小姐的大名，曾当作爷爷们面前说过这样话，就不认识小姐的真面目。小姐也没有在那五位教领面前显过怎样好的本领。可是那时穆小姐，虽说出自己的来历，他们还有几个不相信，看穆小姐又显出这样的本领，他们变的戏法，无论什么隐身法、献身法、撒豆成兵、剪纸为人、嘘气为风、刻木为虎，这一类的戏法，都欺瞒不了穆小姐的耳目，哪一个不栗栗危惧，愿受穆小姐的指挥？所以小姐对他们说明条件，只许他们将来在江湖变戏法，营生活口，不许招摇不法，恫吓人群，那些人才恍然大悟。穆小姐即转替他们到里面，写信向众位爷爷求情，顺用隐身法，将芸香、韵香姐姐带出，托两个最相信得过的女教徒，送到那地方去，侍奉太夫人的茶水。吩咐众教徒解散了。穆小姐到官府有事去，叫小人前来，等候爷爷们出来，给她详细说出这几句话。及至见众位爷爷的面，心里却有些害怕，待要想回避，又不敢违拗小姐的命令。小人的话已说完了，就请从此告别。"说到这里，忽然不见他的踪迹所在。

星胆向光燮、璇姑、舜英三人说道："大家都听见了么？看见了么？大家要明白法术本无邪正，用得邪便为邪法，用得正便为正法。凭穆玉兰这种女中豪杰，若由她主持红莲教，这红莲教亦何至荼毒人群？并可为地方上造下无穷的福。"

口里虽这样说，但他们还疑穆玉兰的话，万一尚有疏虞，难成事实。在金马山地方，暗中探访许多时，不但那些教徒真个改邪归正，读书的读书，卖艺的卖艺，简直云南偌大一省地方，多是夜不闭户，道不拾遗。官府和人民，都称扬穆玉兰及张家兄弟的功绩。星胆四人也曾留心探听穆玉兰的地址，总没有个知道。便有时遇到卖艺的教徒，仔细问询他们，他们都说由穆小姐吩咐过，不敢多说。

星胆等四人又向他们道："你们怎的怕她到这样地步？"

那些人又说道："我们不但怕她，并且感激她的恩典，我们各人有什么困难，要去求助她，她都有法子替我们解决。我们既是醒过的人，细想从来用邪术害人，没有不失脚，得到个好结果的。我们寒时有衣穿，饥时有饭吃，由穆小姐到官府方面从事宣传，说红莲教的法术是能吓人，不能伤人的。我们的法术已被她揭穿了，即有一二没有被穆小姐提醒的人，也不敢做这违法害人的事了。"

星胆、璇姑、光爕、舜英四人听了那些人的话，益觉穆玉兰的为人不可及，来日方长，未必和玉兰没有相见的机会，大家就此回到绵山复命了。

这些事迹，虽属近于迷信之谈，但故老遗传，多言江湖上玩把戏的变出来的戏法，殊属眩人耳目，骇人听闻，什么平地栽瓜，什么井水钓鱼，若非亲眼所见，几不相信天地间真有此等奇事。这都是当年流传下一种类似红莲教的法术，世世相传，遞降而下，若较当年红莲教人变的戏法，已算一代不如一代了。

这部阴阳剑的故事，到此已算告终。

胭脂盗

序

　　《胭脂盗》是先夫顾明道未完的遗著。先夫在日，专写小说，已经出版了好几种。内中最受读者欢迎的，要算是《荒江女侠》了。但这些已经出版了的，都是先夫早期的著作；而这部《胭脂盗》便是他晚期的著作。读者既读了他早期的著作，这晚期的著作便也不能不再加一读；何况这又是未完的遗著，又有名作家姜鸿飞为之续成。

　　《荒江女侠》不过是一侠女而已，而胭脂盗则有多人，不像荒江女侠样的单调；所以读了荒江女侠而觉得满意，那么，读此《胭脂盗》，必定更为满意，这是可以断言的。

　　现在的社会，正是雀苻遍地，民不聊生，乡里之间，常有打家劫舍，城市之中，时闻越货杀人。然而，这些匪徒，他们如此，无非是图一己之私利，和此胭脂盗中之一群，身为盗匪而心存侠义者一比，其相去真不啻霄壤呢！处此时代，读此小说，谁能不喟然兴叹！

　　先夫所以写此小说，他是早已望清了现代社会，他决心要为这乱世黎民，给予一点精神上的安慰，所以就绞脑汁，呕心血来写此小说。可惜尚未完成，遽就溘逝，先夫之志未竟，其在九泉自然也不能瞑目的。我早想为先夫补成，可惜我没有生花之笔，终于搁置着，无可奈何。

近代作家姜鸿飞先生，他竟大发宏愿，把先夫未完之稿为之补成。①姜先生文笔优美，固不用多所介绍，但这小说，成为锦上添花，那是确切的事实。我在这里敬向姜先生做一个诚意的致谢。

先夫老友严独鹤先生，不忘隔世书友，毅然介绍与百新书店为之出版，这种厚情，也是值得在此致谢一下的。

三六年七月七日顾田希孟序于沪上

---

① 姜鸿飞续补的是第九回以后的部分。

第一回

桃花坡李翠娃劫镖
迎宾馆梁国器惊艳

马上横飞闪电光，一堆雪影刃如霜。

可知神臂弓开处，箭杆翎花异样长。

　　这首诗是著者从清初汪景祺《西征随笔》里选录出来的。刀光箭羽，虎虎如生，字句隐约中，可以见到有燕赵侠士，呼之欲出。却不知记的是巾帼英雄、胭脂女盗。所谓"闪电光""一堆雪""神臂弓"等，都是那时候的江湖女侠，身怀绝技，干出不少惊人的事情，可愕可惊，亦香亦艳。

　　原来在山西省的平阳，东控太行，西界黄河，南接梁宋关，北连汾晋，背负真陕，襟带代燕，真是古时所谓河中的武之地，地势非常险阻。而那地方，民风也是非常剽悍喜斗，类多杀人不眨眼的魔君。少壮男子在街头格斗殴杀，数见不鲜。就是一般女子亦皆知兵事，视战斗如家常便饭，一般往往出去放马劫掠，土人称为"胭脂盗"。但对于本地大户却毫不侵犯，合着"兔子不吃家边草"的一句俗谚，因此当地人却没有一个人说她们坏话的。而县衙里的胥吏都得着重贿，即使有过路客商遭着胭脂盗的行劫后，告到官里去，那些胥吏无不曲为庇护。

151

那地方严禁乐户，有一些娼妓都是私下接客的，淫风很盛。桑中淇上，男女间的情事常常演出离奇曲折的案子来。有几个妓女对于技击之术也很娴熟，加入胭脂盗，去干杀人越货的勾当。一般面貌姣美的少年男子往往反被她们玩弄，做了她们的情俘呢。

有一天，正在四月清和之天，在平阳那条通到郊野的官道上，有一匹马飞奔而来，马后的尘土扬起了数尺。马鞍上坐着一个少年，相貌俊秀，而肌肤白皙，如处子一般，一望而知是个江南人氏。头上戴着一顶遮风的小帽，帽上嵌着一粒精圆的珠子，松松的大辫。身穿一件蓝缎子的夹袍，外罩黑色一字襟的小背心，脚踏薄底快靴，手挽丝缰。坐着一匹银鬃马，有一个小小包裹拴在马后，包裹里露出一个剑鞘的柄儿。大约他带着武器，作为随身防卫之具了。

这时候夕阳西坠，天色渐暝，半空中的乌鸦一阵阵地噪着，飞回巢去。远远的青山一叠，如屏如嶂，也都有紫色的云气罩着，若隐若现。官道上也有几株垂柳，在春风里飘拂着它们的柔丝，似乎要绾住行人的心一般。那少年一边纵马疾驰，一边也在留心瞧着看两旁可有什么客店可以下榻借宿。可是居民甚是寥落，人家很少。后来他跑了一段路，一眼瞧见远远地在树林那边，有一个酒帘子高高地挑起，迎风招展，像是向人家招呼的样子。他心里便觉安慰得不少，催着坐骑，跑近林边。

只见有几间矮屋筑在林旁，果有一家酒店，挂着一块黝黑的牌子，上有"迎宾"两字。少年知道这酒店是招接过路客商的了，便勒住马缰，跳下马来。恰好门里已有一个酒保走出，见有客人，便上前招呼道："客官，前面已无宿投，天色已黑，就请落在小店里吧。"说着话，便来代少年牵住缰绳。

少年点点头，踏进店去。见店堂里静悄悄的没有什么人，只在左首柜台里面坐着一个年逾四旬的妇人。面貌生得平庸，偏敷着脂粉，鬓边还插着一朵花，身穿一件淡青竹布的衫子，滚着黑色如意形的边，手里拿着一根牙签，正在剔着牙齿。见了少年，便说道："客官请选一个上房吧，今天凑巧都空着哩。"

这时，那酒保已将少年的马牵到后面去上料，代少年卸了行李，忙又走来引导少年。走至后面，跨过一个小小天井，朝南有三间客室。开了左首一间客室的门，走进去，布置很是简朴，除炕床外只有一桌数椅，并没有富丽的陈设，比较江南的旅馆，却不可同日而语了。

那酒保便问少年这一个房间可好下榻，少年也只有同意了。坐定后，酒保把行李代他已放在炕上，早去掌上灯来，向少年问道："请问客官尊姓？可是江南人？"少年答道："我姓梁，正是江南常州人。"酒保带笑说道："小人听得出口音的，这里很少江南人，真是难得遇见，有缘，有缘！梁先生要用什么菜？可要喝一些酒？小店有的是上好高粱和汾酒。"少年点头微笑道："汾酒是有名的，那么来一斤汾酒吧。你们可有什么美味的菜？"酒保一连串地报了几样，且带笑说道："这些菜在此地可算是好了，但是恐怕总不及江南。梁先生，请你将就点几样吧。"

少年笑了一笑，好在只有一个人吃喝，也不用多的菜，点了一样辣酱鸡和两样冷盘就算了。隔了一会儿，那酒保早将酒菜送上。少年坐在房间里独酌，酒保却不退去，站在一旁侍候，只是笑嘻嘻瞧着那少年的面庞，相视不释，状甚闲暇。

少年喝了一杯酒道："你们这店里怎样如此冷清清的，只有我一个孤客？你也空着没事做吗？"酒保道："本来这里的生意很好，客房常常住满。只因近来附近出了一件大大的盗案，所以旅客顿时减少起来。这几天店里尚没有生意做，今晚也只有你梁先生一人呢！小人左右没事做，所以在一旁侍候。"少年问道："出了什么大大的盗案？你既然无事，告诉我听可好吗？"

酒保便带笑说道："梁先生，你是江南人，大概不知道这里的事情的。要知在我们平阳地方，有一种胭脂盗，都是杀人不眨眼的魔君，飞檐走壁，往来倏忽，专门盗窃富商大官的不义之财，就是官吏也奈何她们不得的。前天有一个京里来的客商，带了不少珍宝钱财，请了一个保镖的，名唤双刀将艾霸，保护同行。路过这里，恰巧被胭脂盗侦探明白，便有几个胭脂盗合了伙，去抢劫他们的镖车。双刀将艾霸虽然厉害，却遇了'神臂弓'，当场中箭而死。那客人所带的钱财一起被劫。他是京里认识达官贵人的，所以告到平阳县，要追回盗赃。平阳县虽知胭脂盗厉害，但因在自己地方上闹出了一血案，那客人又有些来历的，他不得不吩咐捕役严加缉拿了。然而这里的捕役都是酒囊饭袋，有什么本领去和胭脂盗对垒呢？但这案情传播出去，一时客商们竟视为畏途，不敢上这里来了。那发生盗案的地方就是在桃花坡下，客官方才到这里来时，也经过的。那边桃树很多，在开放的时候，一片红英，如天上云锦一般，煞是好看。可惜现在时候已过了。"

酒保说到这里，那少年点点头道："怪不得我刚才来的时候，官道上冷清清的，难得有人遇见，原来新出了盗案哩。'胭脂盗'三个字，我路上似乎也听人谈起，却不知究竟怎样的厉害，连那保镖的也敌不过他们吗？"

酒保道："梁先生，我索性告诉你吧。你不知道，胭脂盗并不是男子汉大丈夫，而都是些妇人女子，其间尤多十七八岁的小姑娘，一样都有很好的本领。我方才所说的'神臂弓'就是著名的胭脂盗，一般男子的武术尚远不及她哩。你相信我的话吗？"

少年拿起酒杯，又喝了一口酒，吃了一些菜，说道："'胭脂盗'这三个字，香艳中带着一些辣椒气味、恐怖性质，别地方真没有的。我今天大胆经过这里，却没有遇见胭脂盗，可说是我的侥幸呢。但我虽然是江南人，却也学习得一些剑术，胭脂盗若来，我也要和她们决一雌雄，不甘退避三舍的。"说到这里，哈哈大笑。

那酒保刚又要接口时，早听外边有妇人的声音喊道："胡二，你怎的还不出来？休要在里面胡说八道，惑乱人心！辣酱鸡已煮好了，快来拿去吧。"酒保一听外边呼唤声，不敢怠慢，连忙回身跑出去了。

一会儿便托了一大盆酱鸡前来。辣油、麻油拌着浓浓的酱，那鸡的颜色半红半黑，热腾腾的，真是特制的佳肴。酒保见壶中的酒已干，便问："客官可要添一斤吗？"少年点点头，酒保便又去添一斤汾酒来。

忽听后边有胡琴的声音从风中传送过来，少年的心里不由一动。他知道外边的旅店里尚有私娼，可以供客人的娱乐。方才因为这店冷清清的，一些生气都没有，自己也就不想着这件事了。莫非这里也有什么歌妓的吗？他这样一想，便昂起了头，听胡琴的声音。

酒保见少年听到胡琴的声音，便走近他的身边，低声问道："梁先生，你一个儿独酌，不觉得寂寞吗？"少年回头说道："觉得怎样？不觉得又怎样？"酒保笑笑道："梁先生，你若觉得寂寞时，我可以去唤一个小姑娘来陪你谈谈，可好吗？"

少年口里嚼着一块鸡，把头颠晃着说道："不错，此刻倒很需要的。不过你们此地的胭脂，我一路过来，也看过了不少，都是些庸脂俗粉、野草闲花，哪里及得我们江南金粉、苏州女子柔如水呢？如有姿色好的，你不妨代我唤来，倘然没有时也不必了。"

酒保听了少年的说话，不禁冷笑一声道："梁先生，你们江南人地方好，当然不论男女都是俊美的多，可是你也不要过分自夸，目空一切。你以为北方没有好女子吗？好！我就去唤一个来，你若看得中时，请你多赏些缠头之费；若不中意时，老大的耳刮子尽你打。"少年点点头道："很好。"

那酒保就高高兴兴地跑出去了。一会儿便听里边胡琴的声音已停止，接着外面听得步履声，门帘一掀，酒保已引着一个十六七岁

155

的小姑娘走进房来，跟着一阵香风，送入自己的鼻管。

少年放下酒杯，向这位小姑娘仔细端详时，见她额上打着前刘海，脑后梳着一条漆黑的大辫。鹅蛋的脸儿，长长的柳眉，一双水汪汪的眼睛黑白分明。睫毛很长，琼鼻樱唇，生得没一处不可人意儿。只不过那两条柳眉太长了一些，似乎带着一点杀气。脸上施着脂粉，两颊的胭脂涂得很红，身穿一件淡蓝绸的夹褂子，月白色的长裤儿，加着足下窄窄的三寸弓鞋，瘦不盈握。站在面前，果然艳丽动人，和以前所见的北地胭脂，又觉大不相同了。

她手里还拿着一柄胡琴和一块粉红色的大手帕，对着少年凝眸一笑道："客官，你要我来侑酒吗？"少年带笑说道："很好，很好！我一个人在此独酌，甚感无聊，就请姑娘来陪我谈谈吧。"那酒保早已端一张凳子过来，恰和少年一折角。少年一摆手，请小姑娘坐下，吩咐酒保添一副杯箸来，好让小姑娘陪饮几杯。酒保忙去拿上一副筷子和一只酒杯来。少年提了酒壶，便代她斟酒，她慌忙立起身来道谢，又拿起酒壶代少年斟个满，然后低倒了头坐下。

酒保早退出去了。少年又对着小姑娘的粉脸瞧了一眼，然后问她道："小姑娘，你姓什么？叫什么？家里在什么地方？在这店里接客可有几时？你年龄很轻，大概还不久吧？"那小姑娘低声答道："我姓秦，名唤玉燕，在这里接客没有多时呢。客官尊姓可是梁吗？还没有请教大名。"少年答道："不错，我姓梁，名叫国器。是江南常州人。"

玉燕微笑道："这里难得有江南人到的。我一瞧梁先生的模样，一听梁先生的声音，便知是江南人了。"梁国器笑笑道："你们对于江南人觉得怎样？也有好感吗？"玉燕道："这也是无所谓的。我们这里离开江南很远，自然彼此很难遇见，物少则贵，自然我们对于江南人也觉得特别看重了。"梁国器哈哈笑道："你把我们江南人当作东西看待吗？"玉燕又笑了一笑道："对不起，这是我用的譬喻，

156

请你原谅。"少年道:"很好,你要我原谅吗?那么你代我歌一曲好不好?"玉燕点点头道:"梁先生要我唱,我当然是情愿的,但请你不要嫌我嗓音不好。"梁国器道:"不要客气,你一定唱得很好的。"

玉燕便将那方粉红色的手帕铺在膝盖上,又将手里的胡琴调整一下上面的丝弦,对梁国器说道:"我来唱一支《望郎归》吧。"

说毕,马上遍启朱唇,唱出一串银铃似的声音,果然又清脆,又激越。歌词十分热烈,而歌声也和南方靡曼婉转的不同,真是北方之音了。梁国器一边听着,一边击节。

歌词很短,没有几句就唱完了。玉燕见梁国器似乎听得很有味,便再唱一支《诉衷情》和《我怨郎》。这些歌曲当然很是俚俗的,所谓民间的情歌,似乎难登大雅之堂,可是也像那《郑风》采兰、赠菊之什,朱熹所谓男女相与咏歌,各言其志,倒都是抒发真性情,在歌词里自有一种奔波的热情,刺激青年人的心。加在玉燕檀口里唱出,煞是好听。胡琴的声音和歌声也很调和。此时的梁国器也觉得胡然而天,胡然而帝,陶陶然地忘记了其他的一切了。

玉燕一连唱了三支曲,又问梁国器道:"你听得不讨厌吗?要听时,我再可以唱的。"梁国器点点头道:"玉燕姑娘,你唱得真是好听!雏凤声清,余音绕梁,佩服,佩服!大概你的喉咙很干了,喝一杯酒吧。"玉燕闻言,谢了一声,举起酒杯来,喝了两口。梁国器又请她吃菜,玉燕也不客气,举起筷子来,夹了一块辣酱鸡,送到口里细嚼,又把那胡琴放在旁边。

梁国器道:"你会喝酒吗?很好,你陪我喝几杯,谈谈心,不必再唱了。"玉燕道:"啊哟,梁先生的酒量大概很好的吧?我是不会吃酒的,喝不到三杯就要醉了。只可以陪你喝两杯。"梁国器道:"很好,你就喝两杯也好。"便提起酒壶,代她在酒杯里斟个满。他自己就喝了一杯。

酒保又走进来,问他可要添什么菜,梁国器吩咐再添一样生炒牛肉丝来，然后再喝一些小米粥。酒保退出去。梁国器见玉燕喝了酒，颊上更是红得像玫瑰一般，他就伸过手去，一握玉燕的纤手，觉得柔荑入握，软绵绵的好如没有骨头一样，便笑笑道："像你这样的北方人，倒也和南方人差不多，不过姿态刚健一些罢了。我心里很喜欢这样的。"玉燕笑笑道："梁先生，你果然欢喜吗？还好，没有使你憎厌我。"

梁国器又道："我听得人家说，这里的胭脂盗怎样的厉害，我终有些不相信。现在瞧了你这个样子，更使我不相信了。在《水浒》小说里虽有什么一丈青扈三娘、母大虫顾大嫂、母夜叉孙二娘等女强盗，但我以为这是小说家言，未可尽信。即使有几个略知武术的女子，也属平常的，不过好事者流加倍写得她们有声有色罢了。所以，现在这里的胭脂盗恐怕也是人家过于代她们夸张。我不信柔美的女子竟会变成杀人不眨眼的魔君，除非我自己逢到了，方才可以明白真相呢。"

玉燕微笑道："梁先生，人家所说的倒不是夸大之言，你不是本地人，自然不知道个中情形。但你既已到了这里，说不定早晚总要遇见的，以后你自然知道了。"梁国器道："我有宝剑在身，绝不让胭脂盗妄逞威风的。"玉燕听说，对梁国器脸上注视了一下，说道："梁先生，你谙武艺的吗？"

梁国器点点头道："不能说精谙，略知一二罢了。"玉燕道："你没有遇见胭脂盗呢，倘然遇到了，交起手来，恐怕你一定不能够得到便宜的。梁先生，你莫要轻视我们平阳的女子啊！"梁国器笑笑道："倘然胭脂盗都像你一样的温和美丽，那么我情愿多遇着几个，让我也好多见些胭脂颜色。"

玉燕听了这话，把一双妙目扫了梁国器一眼，默默的不说什么。梁国器觉得自己酒也够了，这汾酒很厉害的，再喝下去必要大醉，玉燕也不会多饮，不必一个人狂喝了。一眼瞧见那酒保站在门口探头伺候，便吩咐他道："你与我撤去吧，粥也喝过了。"于是酒保进来撤去残肴，又送上两杯茶来，悄悄地退去。

梁国器听听外边没有声息，便拉着玉燕的手，说道："他乡游子，客邸无聊，难得有你这样婉娈的小姑娘，请于今夜灭烛留髡，能让游子销魂真个吗？"玉燕低倒了头不响。梁国器知道自己的目的可以达到，巫山一片云，正好做个荒唐之梦，一解旅途寂寞。

恰好酒保前来冲水，梁国器说道："这位玉燕姑娘可算是解语之花，你们平阳地方倒也有好女子，今夜我要她留侍一宵了。"酒保笑笑道："梁先生，现在可知小人不是骗你了，秦姑娘可以陪伴，只要你多出些缠头之资，大家快活。"梁国器道："我虽然是个出门人，但行囊尚不羞涩，一定不白许你们而使你们失望。"酒保听了，便对玉燕说道："姑娘，你听得吗？今夜好好伺候客人吧。"霎了一霎眼睛，就退出去了。

梁国器便将房门关上，剪去了一些烛炱，又向玉燕脸上望了一望，走到她身畔，将她玉臂轻轻一抬，玉燕早随着他走起身来。二人一同走至炕边，梁国器将炕上自己的包裹移过一边，剑柄触着墙壁，铿然有声。

玉燕瞧着剑柄，微笑道："梁先生挟有三尺龙泉，果然能武。"梁国器笑笑道："你和我此刻不必用武，枕席之乐又与干戈之间迥不相同。"一边说，一边伸手来抱玉燕。玉燕宛如小鸟依人地投入他的怀里，觉得她身轻如燕，真是不愧此名。遂将炕前帐帏放下，又伸手去解玉燕衣服上的纽扣。玉燕急忙倒身闪避。梁国器以为她害羞，到了此时，情不自禁，怎肯让玉燕闪避开去，早将一手把她紧紧拥在怀里，一手又去解她襟上的纽扣。刚才解得两个，玉燕把手去拦开。

梁国器觉得玉燕身体虽轻，腕力却也有几分，便道："玉燕，春宵一刻值千金，现在正是夜间苦短的时候，你既已答应伴我同寝，却还不及时早遂于飞之乐，何以又要这样的不胜腼腆呢？奇，奇，奇，奇！"梁国器一边说，一边又用力伸手再去解她纽扣，拥她的一手又在她胳肢下呵起痒来。玉燕怕痒，不觉咯咯地笑了数声，一颗蟑首钻到梁国器怀里。梁国器乘势向她的颊上吻了一下，印得自己嘴边有了一堆深深的胭脂痕迹，他自己还不觉得呢。

在这时，玉燕身上的纽扣又松了一个，忽听"当"的一声，从玉燕怀中有一件东西直落到地上。玉燕低低喊一声："啊呀！"梁国器定睛看那地上的东西，在烛影摇红里，一道寒光直射到他的脸上来，不由使他心里陡地惊骇。原来是一柄五寸长的小小短剑。

第二回

秦掌柜黑夜追娇女
红姑娘白日留嘉宾

在千娇百媚的玉人儿身边，忽然落下这样可怖的东西来，如何不使梁国器大为骇疑！幸亏他本谙武术的，胆子自然大一些，非怯书生可比，马上指着地下的短剑，对玉燕说道："咦！你怎的怀中藏着这东西？显见你不怀好意，快快直说，姓梁的也绝不会着你的道儿！"一边说，一边跳过去，从他的包裹里抽出一柄长剑来，按住剑鞘，脸上顿时露出一重严霜，一变方才欢笑之容了。

玉燕却不慌不忙，从地上拾起那柄晶莹耀人的短剑来，剑柄是黄金制的，更是黄澄澄地照眼。她把那短剑托在手里，向梁国器带笑说道："是我一时不慎，惊犯了梁先生，请你原谅。唉！我现在不得不说了，但说了出来，你莫要惊恐。你方才说很想遇见胭脂盗，可知立在你眼前的人就是那话儿，你还不知道吗？"

梁国器一听这话，更是惊骇莫名，指着玉燕道："你……你……你就是此地的胭脂盗吗？奇怪，奇怪，那么你要把我怎样呢？我既然遇见了胭脂盗，当然要和你斗个高低，决不肯俯首受戮。此地的胭脂盗真多，连在旅店里的土娼也是了，岂有此理！"

玉燕听了梁国器的话，不动声色地慢慢儿说道："梁先生，你有多大本领，要和胭脂盗决斗吗？但我见了你，却没有勇气和你厮斗。"梁国器又是一怔,道:"为什么呢?"玉燕把手中短剑向窗边桌子上放下,双手空空地走到梁国器身边,把纤手在他肩上轻轻拍了一下,带笑说道:"梁先生要斗吗?请你以后同别的胭脂盗去厮拼,我却舍不得向你下毒手呢。"

梁国器给玉燕的手一拍,又听了她有情之言,他的一颗心依旧软了下来,也把自己的宝剑放在一边,对玉燕说道:"你到底预备怎么样?快请告诉我听。"

玉燕道:"你莫性急,待我老实告诉你知道。"遂挽着梁国器的手,一同在炕边坐下,笑了一笑道:"好人,你该明白,我若要害你的性命,早已乘间取去了你的首级,还肯和你这样的温存周旋吗?好人,你放一百二十个心,我虽是一个胭脂盗,却是对于你一些没有恶意的,你相信我的话吗?"

梁国器见玉燕态度甚是恳挚,听她的檀口里又叫出"好人"二字,更是骨软身酥,又把手握住她的柔荑,说道:"那么你何必怀藏着短剑呢?"玉燕道:"这是我妈教我这样的。"梁国器道:"谁是你的妈?"玉燕答道:"就是在此店内的女掌柜,大家都唤她秦家妈的。"梁国器道:"就是那个坐在柜店里的妇人吗?"玉燕点点头道:"是的,但她并不是我的生身母。"梁国器道:"那秦家妈果然不是你的生身母吗?那么你的父母又是谁?"

玉燕道:"这个连我自己也不知道,说起来时也话长,隔天有机会,我再告诉你。总而言之,那秦家妈逼我为娼,无非要把我当作钱柜子看待。店中有了客人,常要唤我出来侑酒,代她多少捞摸些金钱。她的欲壑是没有止境的,今晚,她又叫我来侍奉你梁先生。"

梁国器道:"那么你的身世倒也很可怜的。秦家妈既是你的假母,当然只知道要钱,也不来顾虑你了。但你既然说应酬客人,何必要怀藏这东西呢?"他说着话,又把手向窗边桌子上放着的那柄短剑一指。玉燕道:"你还不知道,我妈的心狠毒非常,她才是个胭脂盗中的老前辈呢。"梁国器听了这话，又大吃一惊，连忙问道："你的妈也是胭脂盗吗？啊呀！这里真是产生胭脂盗的所在，方才我倒失敬了。"

玉燕又道："她见了你是江南来的旅客，以为你的行囊一定丰富，所以格外垂涎，要把你杀害，完全夺下你的行囊。但我因为见你是一个很好的君子人，我们俩虽然萍水相逢，异省之人，你对我又很是多情，使我的心早已软了下来。何况你又是我素来爱慕的江南人，自然对于你更没有恶意了。老实说，若是换了别的人时，恐怕我早已刺刃于他的腹中了。"

梁国器听玉燕说到这里，不由咋舌道："啊哟，好险啊！如此说来，你们这家店真是个黑店了。我刚才说孙二娘、顾大嫂等都是小说中的人物，却不料你们这里竟有这样类如十字坡的黑店，不知道可也有人肉馒头卖吗？"玉燕微笑道："不错，这里是一家黑店，常常要伤害孤单的旅客的，但人肉馒头却没有卖。"梁国器道："这倒还好，否则我要呕吐了。但你既然不愿意干这生涯，那么何必又听你妈的吩咐呢？"

玉燕道："我方才已告诉你，我的妈是一个半老的胭脂盗，她的本领非常了得。我是她养大的人，处于积威之下，怎敢不听从她的说话呢？"梁国器点点头，又说道："那么你今晚预备怎样对待我？"玉燕对梁国器的脸上瞧了一下，然后说道："咦！我早已说过，不情愿伤害你一丝半毫的，你难道还不相信我吗？"

梁国器摇摇头道："不是，我是代你设身处地而想的。倘然你不伤害我，而不劫取我的钱财，那么你明天怎样向你的妈去交代这件事呢？"玉燕道："这又是一个问题了。我宁死不愿伤害你的，我要放你逃走，我只说你的本领怎样大，斗不过你便了。"梁国器听了这话，情不自禁，又把玉燕搂在怀中，很快活地笑了一下道："你这样爱我，叫我怎样报答你呢？"

玉燕把她的头倚在梁国器的肩上，说道："悉凭你怎样的报答吧。我问你，为着什么事情赶到这里来？你是要到什么地方去的？"

梁国器道："我要到太原去找访一个仇人，却不料在这里遇到了多情的胭脂盗，叫我把这颗心不知安放在哪里才好了。玉燕，多蒙你这样一片深情地对我，我更要代你担忧了。"玉燕道："你担忧些什么？"梁国器道："你若把我放走了，倘然你的妈不相信你的说话，而察知你的虚伪时，你不要大大地吃她亏吗？所以我想，你若然决心爱我而不伤害我时，最好你也要就此他去，和你的假母永远脱离，不知你的心里怎么样？"

玉燕听了，点点头道："不错，我的妈近来待我越加严酷了，横竖她不是我的生身之母，我就跟了你去，一同寻找你的仇人，也好帮你复仇。"梁国器大喜道："你能够跟我同去时，这是我的幸事了，那么我们几时能走？"玉燕马上立起身来，说道："我们要走就走，倘然迟了些时，我的妈也许要来侦察，这事便难办了。"

梁国器听了这话，顿时精神兴奋，又抱住玉燕，和她深深地接了一个吻，说道："好，我们预备走吧。你可有什么东西要带吗？如若不需要时，我想还是不要回房去惊动你的妈吧。"玉燕道："除了一些衣服首饰之外，也没有什么东西了。"梁国器道："那就不必带了。这些东西只要有了钱，将来都可以添办的。"

于是他就去检点他的包裹，把宝剑缚在背上，以防不测。玉燕也将那柄短剑系在腰际，立刻开了后窗，跳到外面的天井里去。

这时已是三鼓时分，天上满天星斗，四下里却没有什么人声。玉燕认得路，她当先领导，跳到屋面上去。越过了一条短短的围墙，下面就是马厩，梁国器的坐骑便系在厩中。二人轻轻跳下地来，到厩中去牵出那匹马来。玉燕就开了侧边的小门，牵到了外边，在黑暗里转了一个弯，已到了官道上。玉燕把手向西边一指，说道："望那边去就是上平阳的大道了。"

二人遂一同跳上坐骑。玉燕虽是个女子，却也惯于驰骋，又兼她路途熟悉，所以梁国器让她坐在前首，他反而坐在后头，又将包裹系在马腹下，听凭玉燕怎样去奔逃。玉燕一抖缰绳，纵马疾驰，一马双驮，在官道上跑了一大段路。

刚才过了一座小桥，忽听背后空中"唰"的一声，飞过一支响箭来。梁国器又是一怔，只见玉燕脸上也已变色，对梁国器说道："我的妈来了。"

梁国器回头看时，星光下见官道上远远地有条黑影一般地蹿来。他心里暗想：这条黑影一定是秦家妈追来了，但是自己的马跑得也不算慢，何以会被她追及呢？可知秦家妈的飞行功夫高出人上了。

玉燕虽然加上一鞭，催着坐骑快跑，可是任凭这马跑得怎样快，背后那条黑影愈近了。只听秦家妈厉声大喝："玉燕，玉燕，你这没良心的娼根儿！非但不听我的话，竟敢私放客人夜奔。我早听得马蹄之声，便心中起疑，出来看时，却被你们逃走了。现在你们想逃到哪儿去？老娘已追及你们，快快下马纳命吧。"

此时玉燕皱着眉头，对梁国器说道："我妈虽然厉害，我们到了此时，也只得硬着头皮去和她拼一下子了。"梁国器点点头道："不错，待我先上去和她斗一下子，倘然斗不过时，你再来助我。我想凭我们两人之力，总可以击退她了。"玉燕道："你还没有知道我妈的厉害呢！你究竟有多少本领，我也没见过。你既要去和她决斗，一切须要小心，她的杀手鞭你不可以不防的。我手里只有一柄短剑，也难抵御呢。"梁国器道："我理会得。"

二人立即跳下坐骑，同时秦家妈已像旋风般地追到了身后，梁国器便把自己背上的宝剑拔出鞘来，迎上前去。只见秦家妈用黑布扎着头，手里横着一支竹节钢鞭，恶狠狠地对梁国器说道："乳臭小儿，你竟敢拐逃我女儿！江南人到底不老实的，先吃我一鞭。"说着话，"呼"的一鞭向梁国器头上打来。梁国器知道她的厉害，忙用力举剑向上一磕，想要把秦家妈的钢鞭磕去。但是秦家妈的钢鞭沉重如山，休想磕得动分毫。幸亏自己用了十二分的气力，方才勉强挡住，否则自己的头颅早要被钢鞭打得粉碎了。

这竹节钢鞭在十八般武器中本来要算在短兵器内，称得大哥哥，和虎头双钩差不多一样厉害。而使用钢鞭的人，尤须有绝大的腕力，方才可以运转若飞。从前小说里唐朝的尉迟敬德，是一位骁将，跟随唐太宗东征西讨，立了不少汗马的功劳，都是靠着他手里的一支竹节钢鞭。秦家妈是一个妇人，而能使用这种家伙，她的本领怎样的厉害，也就可以不言而喻了。所以梁国器刚才挡住她一鞭，而秦家妈的第二鞭又已向他下三路扫来。梁国器急忙向左边跃避，乘隙要想还刺一剑，然而秦家妈将她手里的钢鞭渐舞渐紧，好如一条黑色的怪蟒，把梁国器裹住，休想有一丝半毫的间隙。

梁国器虽然已把自己所习的梅花剑使开来，可是钢鞭的来势非常凶猛而沉重，自己的宝剑和她钢鞭相遇时，总是震得虎口迸痛，流出血来。所以他只有招架之功，并无还手之力。不到十余合，早已杀得汗流浃背，实在吃不住了。幸亏玉燕在后望见，她知道梁国器的剑术平常，还不及自己的本领，此时若不救助，性命休矣。只得硬着头皮，挺着手中的短剑，跳过去说道："妈，你不要伤害这客人，女儿不孝，向你来赔罪了。"

玉燕低着头，走近秦家妈的身边，好像要向秦家妈磕头赔礼的样子。突然间，身子望前面一跳，扑向秦家妈的上身，一柄剑金光灿灿，早刺到秦家妈的咽喉边。原来这是玉燕使用的狡计，她知道自己万万敌不过她的妈，所以要想乘她不防，刺她一下的。

秦家妈果然不防到玉燕有这么一着的，短剑刺到她的咽喉边时，她慌忙将头一偏，躲避过了这一剑，但是她的咽喉已被剑尖擦去了一些皮，有一丝血沁出来了。她退后一步，又骂道："娼根儿，你倒很狡猾的，向我下起毒手来吗？今晚我必要取你的命！"说着话，

166

"呼"的一鞭向玉燕身上打来。此时玉燕一击不中，早向梁国器手里取过他的宝剑来。她心里也预备同她的妈拼一个你死我活了。

梁国器站在旁边，瞧玉燕和秦家妈交手，他就觉得玉燕的本领远胜自己了。她右手舞长剑，左手舞短剑，剑法神速异常，倏忽之间已成两条白光，和秦家妈的鞭影搅在一起，撩得梁国器眼睛都花了，暗暗惊叹。他希望玉燕可以得胜秦家妈，那么自己可以脱险，玉燕也可无恙。

谁知斗到三十合以上，玉燕的白光渐渐压低下去，只见一团黑影紧绕玉燕的娇躯，毕竟秦家妈厉害，玉燕抵敌不住了。幸玉燕轻如燕，跳跃的功夫很好，腾挪闪避，尚没有吃她的妈一鞭。梁国器心中十分焦急，再想上前去助战时，自己手里的宝剑已为玉燕取去，赤手空拳，怎能再去和人家死拼呢？

他正在为难之际，玉燕苦战秦家妈不下，身上险些儿被秦家妈打中一鞭，杀得她香汗淋漓，气喘力竭。不得已虚晃一剑，跳出圈子，向后边树林里便逃，口里还喊道："梁先生，你快快逃走性命吧！"秦家妈喝一声："哪里走！"挺着钢鞭，飞也似的追去，一霎眼都不见了影踪。

梁国器透了一口气，暗想："秦家妈如此厉害，玉燕也是凶多吉少的。俗语说得好，三十六着，走为上着。此时我还呆立在这里做什么，还不快快逃生吗？"也顾不得玉燕了，赶紧跳上坐骑，向前跑去。但是客地生疏，又在黑夜中，天南地北的，不知走向哪里去才好。他跑了一大段路，前面望见有一些人家，像是一个村落的样子。在沉寂的空气中，他似乎听得背后又有了喊声。他回头看时，虽然不见有什么影踪，可是他已如惊弓之鸟，心虚胆怯，以为秦家妈又追上来了。她的飞行术非常高强，自己骑了马，反而给她更大的目标。况且马蹄的声音很响，更使秦家妈容易追踪而来。

他这样想着，坐下马已跑到了村口。他想：向这村子里的人家去躲避一下吧。遂跳下马来，丢了自己的坐骑，背了包裹，很快地走进村中去。

这里虽然是一个村子，可是人家并不多，却只有七八家，寥寥可数。其时已过四更，村中的人家都已闭上门，在黑夜甜乡里寻梦，只有旁边一家人家从篱落里望进去，尚有一小点暗淡的灯光从窗子里透露出来。他知道里面有人，不敢伸手打门，恐防惊动了人家，非但不甚方便，且恐又被追赶的秦家妈听见了声音。好在自己有轻身的本领，所以从篱内中轻轻跃进。篱内是一个小圈，有两株梧桐，还有许多花木，在黑暗里也瞧不清楚。

他绕道转到右边那间有灯光的室前，见有四扇短窗，一齐闭着。他不知道里面睡的什么人，不敢惊动。正立在窗下踌躇之时，忽见侧面有一条黑影迅速地扑到他的面前，不由心中一惊。连忙定睛看时，乃是一个很苗条的女子，手里拿着雪亮的双刀，向他娇声喝道："你是谁？在这时候偷偷摸摸地到人家来做什么？莫非要想盗窃？哼！那真是买眼药跑到石灰店里来。"

梁国器心中暗想：怎么平阳地方尽为能武的妇女，又和江南大不相同了。听她说的话，恐怕她有了误会。自己的宝剑已给玉燕拿去，此刻手无兵刃，怎好抵御呢？所以他连忙退后三步，说道："姑娘请不要误会，我是黑夜逃生的旅客，无路可奔，潜踪来到这里。因见室内有灯光，望门投奔，又恐冒昧惊动人家，因此跳垣而入。幸恕孟浪之咎。"

那女子一听到江南的口音，便将双刀垂下，柔声问道："这话可真吗？你从哪里逃来？"梁国器道："我从迎宾旅馆秦家妈那边逃到此间的。秦家妈要害我的性命，请姑娘救我一下，感德不浅。"女子听了梁国器乞援的话，遂又说道："原来如此，那么请到里边去坐吧。秦家妈十分厉害的，说不定她也会追踪而来。"一边说，一边便引导梁国器回身走去。

梁国器不管好歹，跟着她走。转了一个弯，前面有一小小回廊，走进回廊，右边有一扇房门，半开半掩着。那女子回头说道："请到房中去小坐吧。"梁国器答应一声，立即随在她的身后，搴帷而入。见是一个陈设雅洁的闺房，又使他不由一怔。沿窗又有一张小桌子，两旁有两张椅子，桌上有一盏灯，兀自吐着残焰。

此刻他借着灯光，见到那女子的芳姿了：眼波眉黛，玉貌红颜，和玉燕仿佛一样，而两道春山般的眉毛，却并不像玉燕的带有杀气，身材又比玉燕长一些，皮肤细白得和江南女子一样。身上穿着一件桃红绸的紧身，墨绿布的裤儿，艳丽动人。脚踏三寸大红弓鞋，又和玉燕一样纤细。手握着的一对绣鸾双刀，青光闪闪，耀人眼睛。梁国器瞧着这双刀，便知这女子的武艺也不平常。

女子把双刀插入鞘中，挂在壁上。又到室隅去一掀绣帐，从炕上取出一件月白绉纱的夹衫来，披在身上。一摆手，请梁国器放下包裹，在上首椅子里坐下，她就坐在他的对面，带笑说道："今天我的妈和哥哥、嫂子等都在外边，没有回来，只剩我一人守在家里。睡到下半夜，醒了以后，不知怎样的再也睡不着。忽听窗外有很轻的脚步声。任你什么人走得怎样轻，总是逃不过我的耳朵。我以为有什么梁上君子光临我家，虽然只有我一个人，但我并不是一个弱者，要想把来人擒住，问问他是不是吃了豹子胆，敢到红石村李家来太岁头上动土。所以一骨碌从炕上取了我的双刀，暗暗开了房门，绕到窗前来。却不知你是一个逃奔性命的旅客……"

那女子的话没说完时，只听门外有人高声喊着道："李家嫂子，方才可有一个江南的旅客逃到你们这里来吗？"梁国器一听这声音，便知是秦家妈来了，不由心惊胆战，吓得他脸色惨白，一时无处躲避。

第三回

慈母爱娇女促成鸳鸯侣
落花逐流水初试云雨情

那女子一边将房门关上，一边将手向炕上一指，意思叫梁国器躲到帷里去。梁国器宛如饥不择食一般，立刻跳起身，钻到帷后，坐在炕上，两足下垂，把重帷掩蔽住自己的身体。

女子又把他的包裹藏去，门上早叩得十分响，她只得推开半扇窗，问道："外边是秦家妈吗？"又听外边接口道："你是云姑娘吗？快快开门，有人逃到你家里来吗？"女子答道："我妈已出外，不在家，我也睡熟，没有人逃来。秦家妈，请你到别处去寻吧。"又听秦家妈说道："那厮的马在这村子外边，一定逃到这村子里来的。别人家我都问过了，都回答没有，所以我疑心在你家里。"女子连忙说道："秦家妈不要胡说，我一人在家，怎能容留陌生的男子？给我妈知道了，不是玩的。"又听秦家妈说道："咦！你家里又没有，那厮逃到哪里去了呢？莫非他故作疑兵之计？待我追向前边去吧。"跟着，门前便没有了声息。

梁国器心里方才稍定，那女子便请他坐下，问他道："客人尊姓？"梁国器答道："我姓梁，名国器，江南常州人。因有事到太原去，路过这里，想不到遇见了胭脂盗。多蒙姑娘救我，感激之至！还未请教姑娘芳名？"那女子微微一笑道："我家姓李，世居在此红

170

石村中。我名小云娃，因肌肤生得白皙，人家都唤我'一堆雪'。我妈名叫翠娃，现在已有四十岁了。我父亲李杰，早已故世。只有一位哥哥，名唤德山，别号'插翅虎'。还有一位嫂嫂，他们昨天都到亲戚家中去了。曾言今晚黄昏时赶回的，但至此时还没有归家，只剩我一个人在这里呢。"

梁国器听小云娃这样说，知道他们一家人大都会武术的。"插翅虎"这三个字是《水浒传》上的诨名，小云娃的哥哥有此别号，一定也是非常了不得的人物。想不到自己到了这里，到东到西，都遇见有本领的人，莫怪那旅店里的酒保在我面前极口夸张胭脂盗的厉害呢。于是他就对小云娃说道："姑娘，多谢你告诉我。"

小云娃也问他怎样到此。梁国器便将自己落店后征妓侑酒，遇见秦玉燕的事情以及玉燕如何吐露真情，放他脱险，相随同行，以及秦家妈闻声追来，自己如何和玉燕先后抵抗，玉燕便逃，秦家妈追入林中，自己又如何乘机兔脱至此，缕缕奉告。小云娃听了微微一笑道："原来其中还有这么一段事情，恭喜，恭喜！你总算逢凶化吉，没遭到人家的暗算。玉燕待你可谓多情了，你此刻想念她吗？何必同她一起奔避？"说罢，又是一笑。小云娃的笑甚是妩媚，笑的时候，颊上有两个深深的酒窝，贝齿微露，洁白如雪，这又是玉燕所没有的了。

梁国器未尝不深感玉燕，当然他对于玉燕被秦家妈追逐而自己不能和她同奔，引为一件憾事。秦家妈此刻又来找寻自己，但不知玉燕可曾得脱，是死是生？秦家妈能不能放过她？这还是一个谜呢，然而自己却不能对小云娃说。

这时雄鸡四唱，天色快明。小云娃也不再睡了，和梁国器对面坐下，说道："梁先生，你是江南人，却不知道这里的情形和外边大异，稍一不慎，即遭杀身之祸。你方才没有遭到秦家妈的毒手，还是你的幸事呢。"梁国器笑笑道："还要多谢云姑娘庇护之德了。"

小云娃微笑道："这也是梁先生的幸运，今晚我哥哥凑巧不在家中，若然给他知道了，他是不情愿留一个外省的陌生客人，而得罪那秦家妈的，恐怕不能容许你梁先生在这里了。"梁国器道："这真是我的便宜事了。"

二人说话时，纸窗已白，晨光熹微，小云娃把桌上的残灯吹熄了，又带笑向梁国器说道："天色已明，不知那秦家妈追到哪里去了。"梁国器自觉自己是一个孤男，坐在人家的闺房里，不甚稳妥，恐怕瓜李之嫌。且闻小云娃说她的哥哥、嫂嫂和妈妈都是能武术的人，既和秦家妈相识，恐也非善类。不要也遇见了什么胭脂盗，一波未平，一波又起，那么自己不免要陷身虎穴，终难逃走了。他这样一想，便觉得似有芒刺在背，心神有些不安，要想急于离开这地方了。便对小云娃拱拱手，说道："今宵我是仗着姑娘的庇护，竟得绝处逢生，感谢之至！现在天已亮了，恐怕我的马还在村子前，所以我要向姑娘告辞，早早上道了。"

小云娃向他摇摇手道："你不要早出去，秦家妈找你不着，而她的女儿倘然又潜逃无踪，她岂肯就此甘休？她的党羽很多，一定要派人在各处要道上探望守候的。此刻你倘是急于出去，难免不被他们碰见，只要他们一通知秦家妈时，你岂不就要有大大的危险吗？"梁国器听了这话，眉头一皱，又问小云娃道："依你怎样办呢？"小云娃道："你不如今天白昼暂且躲藏在我家，待我去找你的马前来。到了晚上，我可以引导你走路，送你出去，只要过了平阳，便没事了。"

梁国器还没有回答时，忽听得外边门上又有剥啄声，他以为又是秦家妈来了，面上顿时又惊慌起来。小云娃也有些惊讶。接着又听门外有妇人的声音喊道："小云娃，你还睡着吗？我们回来了，快快开门。"小云娃一听声音，脸上顿时也露出惊慌的神色，忙对梁国器说道："不好了！我母亲和哥哥、嫂嫂等一同回家了，那你就更难出去呢。"梁国器道："这将如何是好呢？不如以实而道，你母亲和哥哥也许肯帮忙的。"

小云娃把小足一顿道："你不知道他们，一时说不明白，我哥哥生性又是鲁莽得很，见了陌生男子在家里，立刻就要动手，还容你有分辩的余地吗？这件事一定不可以告诉他们。请你委屈一些，躲在我房中，不要给他们见面。"说着话，又把手向炕边一指，梁国器只得又避匿到帷后去。

这时门上敲得格外响，又听她嫂嫂赵氏的声音说道："云妹妹怎么睡得这般沉酣？天亮了还不醒吗？"此时小云娃只得把房门虚掩上，走去开门，迎接她母亲和哥嫂等进来。梁国器匿在小云娃房中，心里甚是不安，好似怀着鬼胎一般。听得外边人声自远而近，幸亏都走到隔壁室中去了，声音说得不十分高，所以他听不清楚。

隔了些时，小云娃方才走回来，一拉梁国器的手，叫他不要藏在帷中了。指着靠里的一张椅子，请他坐下，对他说道："我以为他们昨晚不归，今天也许不回来的，谁知他们昨晚赶夜路，因此天亮时已归家了。幸亏他们已是疲乏，都要休息，不会到我房里来的，你放心吧。我想你一夜没有安睡，又受了惊吓，此刻可觉得疲倦吗？肚子可饿吗？"梁国器点点头。小云娃道："我家蒸的糕还多着，待我去蒸热了，请你点饥吧。"梁国器道："谢谢姑娘。"

小云娃嫣然一笑，走出门去了。不多时端着一盘糕走进来，仍把房门掩上，将糕放在桌上，并放下一副筷子，请梁国器吃。梁国器见是一盘热腾腾的枣子糕，虽然这东西在江南地方看起来不作为珍品的，可是在这个时候，自己正用得着这东西，宛如光武帝在滹沱河边吃麦饭一般，其味不佳而自佳了。他就谢了一声，把筷子夹着糕吃。小云娃站在旁边，笑嘻嘻看他吃。

梁国器吃了许多，吃得已饱，也就放下筷子不吃了。小云娃便将残余的糕收去，又送上一杯热茶来，轻轻地对梁国器说道："有屈你耐心在我房里坐一会儿吧，我还有一些家事去干呢。少停午饭时，我再会送饭给你吃的。只要你不走出这房门，大概可以无事。吃过饭，我再来陪你。"梁国器说了一声"多谢"，眼瞧着小云娃走出房门去了。

他一个人坐在房中，想想自己所经过的事，太离奇了！恍恍惚惚，如堕在云雾中间，一时莫名其所以然。又瞧着壁上的一对绣鸾双刀，心里暗想："这里的女子年轻，姿色好，武艺高，也算是不可多得。而对待人家尤有一种热烈的情绪，和江南妇女比较，便有些不同了。难道她们一会儿虽然是个杀人不眨眼的魔君，一会儿却又是柔情若水的丽人？这真是奇了！方才听小云娃说，她的哥哥有很好的武艺，大概她的母亲和嫂嫂也是不弱的。这地方民气的强悍，于此可见一斑，所以就产生胭脂盗出来了。

"我倒不明白小云娃一家做什么的，不要他们也是胭脂盗啊。然而像小云娃和秦玉燕那样的多情女子，即使是胭脂盗，也令人觉得多可亲、少可畏了。那玉燕的本领也非常高强的，我已见过她的出手了。她为了我而牺牲她们母女的情分，情愿跟着我私奔，这倒和古时的红拂女差不多了。可惜我没有像李靖那样的戡乱致治之才，徒然辜负了她的热情。而且不幸，她又和我中途分散，被秦家妈苦苦追赶，不知她究竟能不能逃到别地方去。倘然我此后不能再见她的面，心中总不免要常常想起此人了。

"现在遇见的小云娃，也和玉燕一样韶年玉貌，有过之无不及。而她的本领虽然还没有显出来，而只要瞧了她手里的一对双刀，即可知道不是寻常裙钗了。我此番到太原去，正要访问我姊姊的仇人，为我亡姊复仇。但是一看到外边本领高强的人这样的多，小小女子尚且精通武艺，非我能敌，那么我所得到的一些武艺也像井底蛙一般，不知苍天之大。恐怕要单凭我一人的力量，去歼灭仇人，也不是容易的事了。若得有她们同去相助，那倒使我的胆子壮得不少哩。"

　　梁国器这样胡思乱想，不觉已至午时。只见小云娃又端了一大碗饭和一盆子肉，又有两个卤蛋切着片，放在盆里，一起用盘子端着，悄悄地送到房里来，对他说道："梁先生请用午饭吧，他们也快要起来了。今天是我烧的饭，这里一则没有好吃的东西，二则我也不便多拿进来，请你将就吃了一顿吧。"梁国器向小云娃拱拱手道："多谢云姑娘这样的照顾我、爱护我，真使我感激得不知所云了。姑娘还要说什么客气话呢？我只有甘受你了。"

　　小云娃坐在旁边看梁国器用午饭，梁国器很快地把一大碗饭吃完，又吃了两块肉，还剩下两片卤蛋。小云娃问他可要添饭，梁国器谢谢道："我已饱了。"小云娃把蛋留在房中，又把残肴收去。又端来一盆热水，拉下她自己所用的毛巾，请梁国器洗面。她把手向梁国器嘴边轻轻一指，带笑说道："我在早上忘记给你洗脸，你昨夜嘴边所留的东西还没有洗去呢，请你不要再保存吧，人家瞧见了，也许要发生误会哩。"说着话，又是微微一笑。

　　梁国器伸手在他自己嘴边一摸，便见手指上有一些红的胭脂，就想起昨夜和玉燕甜吻的事了。当着小云娃的面，不由脸上一红，也不好说什么，只得就用毛巾去洗脸，洗去这胭脂的痕迹，心里却总是有些惘然。

　　小云娃又出去了。梁国器仍坐在房内，听听外面人声纷杂，知道小云娃的哥哥、嫂嫂等都起来了，正在那里忙着洗面吃饭。他心中总不免有些惴惴然："因为自己一人匿迹在小云娃房中，倘然他们中间，有一个人有事走到这房里来时，叫自己如何是好呢？不但自己要遭受祸殃，恐怕也要连累小云娃呢。小云娃好心救了我，反去带累她吗？于心何安！所以自己总是要赶紧设法脱离这地方为妙。可恨自己不明途径，没有小云娃引导，不敢胡乱行走，落入秦家妈的手里，自取其祸。"他只好忍至晚上，让小云娃来引他出去了。

好容易挨近天暮，听听小云娃哥哥李德山的声音，早已杳然，大概又出外去了。又听他们母女、姑嫂三人在那边房里叽叽喳喳的，不知说些什么话，自己听不清楚，只好不去管它了。他又静坐了许多时候，小云娃又进来陪他谈谈。一会儿，天色已黑，小云娃去掌上灯来，又出去和她的嫂子去端整晚餐了。梁国器很无聊地坐着，见小云娃又送晚餐进来，他又偷偷地吃过，小云娃收了碗盏去。他听听外面小云娃的母亲翠娃和她媳妇说话的声音很多。一会儿，听得小云娃的哥哥李德山又在外边敲门回来了。

梁国器身体虽然坐在这里，他的一颗心却只想怎样能够脱身虎穴，远走康庄。挨了一刻时候，见小云娃进来了，把房门关上，剔亮了灯，坐在梁国器的对面，对梁国器说道："请你耐心再等候一刻，我等他们睡熟了，可以送你出去。此刻我对我母亲说有些头疼脑涨，似乎略有一些寒热，所以要早些安睡了，这样我方可以脱身来伴你啊。"说罢，又对梁国器笑了一笑。梁国器道："这要谢谢云姑娘了，我倘然出险而去，对于云姑娘救助之德，铭之心版，永矢不忘。他日南归的时候，路过这里，一定再要来正正式式地拜谢的。"小云娃说道："梁先生，你对于这地方恐怕已有戒心，将来还会到这里来的吗？我想也很难的了。"

小云娃说了这话，脸上的笑容立刻尽敛。梁国器听了，心里也觉得有些难过，想不出用什么话去安慰她。静默了一会儿，梁国器听听外边人声渐静，更鼓已起，便对小云娃说道："这时候云姑娘可以伴送我出去吗？"小云娃道："请你再等一刻，免得惊动了人，就不好办了。"梁国器只得又耐心坐着，心里要想问问小云娃的哥哥做什么职业的，但又不敢详细去问。

小云娃却把秦家母女的事告诉他听："原来，秦家妈的丈夫秦烈是一个著名的独脚强盗，在这里开设那家迎宾旅店，已有十年之久了。虽然是一家黑店，却并不像《水浒传》里所说的将蒙汗药酒来

176

迷倒客人，而杀了客人做人肉馒头。他也和寻常旅店一样，把好酒好菜去款待客人。不过遇有行李丰富的客商，下在他们店来时，他就等到他们动身时，就要跟踪而往，在半途向客人下毒手，尽夺客人的行李，那就变了无踪盗案，使人家不致疑心他的店了。

"他自己出去盗劫时，总是在老远的地方，取的贪官污吏、巨室富家之财，并不在自己地方犯案的。他得来了钱财，又喜欢帮助人家，结交朋友，挥金如土。因此，虽然干了许多年数的盗跖生涯，而他家中并没有积蓄多少钱财。后来听说秦烈死在外边，那店就让他的妻子秦家妈开下去。秦家妈的武艺和她的丈夫半斤八两，一样都长高出人上，善使一支竹节钢鞭，人家送她一个别号，唤作'女尉迟'。

"她独自管了这店，便和她丈夫的做法不同了。她为要招致客人，自己养了一个小姑娘，使她为娼，侍奉店里的客人。一方面又可博取客人缠头之资，一方面又可窥探客人的虚实。倘然客人真有钱时，秦家妈就要在店里暗中把客人害死了，夺了他的行李，把死尸埋藏。这样就不免要泄露出去了。幸亏她的丈夫生前朋友多、交情深，县衙里的人都能包庇他家的。

"后来，秦家妈又领了一个养女，就是你所遇见的玉燕了。十分爱她，把平生的武艺传授与她，因此玉燕的本领十分高强。年纪渐渐长大，秦家妈因为以前的一个娼女患病身亡，无人替代，就叫玉燕去伺候客人了。梁先生，你爱玉燕美丽吗？"

小云娃说到这里，梁国器笑了一笑道："我哪里知道其中的事？你们这地方的情形实在太奇特了，我江南人更不容易知道。"小云娃对他脸上瞧了一眼，再说道："江南人，好个江南人！你可知道就是为了你是江南人，所以你的性命能够保留呢？我老实同你讲吧，这里的男子对于江南人以为文弱无能，大都加以鄙视的。但是此地的女子对于江南的男子，都很能怜惜。这因为此地的男子十九强悍成性，不解温柔，而且容貌丑陋的多，哪里及得到你们江南人肌肤白皙、容貌清秀，使女人家看在眼里、喜在心里呢？"小云娃说了这话，又对梁国器媚笑了一下。

梁国器此时心头也觉怦怦而动，却不便去接口。小云娃继续说下去道："那玉燕就是为了这个缘故，而不忍把你杀却，反而把她母亲的阴谋泄露给你知道，而她自己又肯跟了你同行。否则换了别地方的人，恐怕她的匕首早已在你欢笑的时候，刺入你的胸口了。"梁国器点点头道："云姑娘说得不错，这是我的侥幸。可惜玉燕的本领不及秦家妈，以致败逃了。"

小云娃道："若把玉燕的武艺去和秦家妈比较，当然是敌不过的。但是你可知道玉燕的本领也很不平常吗？她在外边很有一些名气，大家对于玉燕这个名字不甚熟悉，而都唤她的别号叫作'飞飞儿'的。因为她的轻身功夫非常高强，恐怕秦家妈也不能再胜过她。此番她因和你一起双奔，所以跑得慢了，而被秦家妈追及。倘然她一个人奔逃时，出如狡兔，疾如飞鸟，恐怕她能够逃走的。"

梁国器道："这是最好了，我也不愿意让她去遭秦家妈的毒手。"小云娃道："梁先生，你这句话说得很好，飞飞儿一定感谢你。不过我的话还没有讲完哩。"梁国器道："请你再讲下去，我倒听得很有味儿。"小云娃道："你可知道飞飞儿怎样得到这个别号？"梁国器道："我当然不会知道的，请云姑娘告诉我听。"

小云娃又道："在蒲州地方有座七级宝塔，非常高峻。前年传说塔顶上有条巨蛇，要吞食塔面鹰巢的鸟卵。有一天，塔顶上有两头巨鹰和那条巨蛇恶斗，良久不解，看热闹的人不计其数。那时候飞飞儿也在其中，她一时高兴，提着宝剑，束紧衣裳，一层层跃到宝塔顶上去，相助巨鹰和那蛇恶斗。被她斩了那蛇，一层层飘身而下，好似斩妖仙子，自天而下，因此大家都称她飞飞儿了。"梁国器道："玉燕有这样好的技艺吗？果然不愧此名，那么她也许可以从秦家妈手里脱逃的了。"

小云娃又道："不是我在背地里说人家的坏处。飞飞儿本领虽好，但因她生性好杀，年纪虽轻，死在她手里的人却很多了。人家不免对她有些戒心。曾有一次，她和这里一个胭脂盗别号'半天雷'的，发生火拼的事。半天雷被她刺瞎了一只眼睛，两家遂积下嫌隙呢。"梁国器道："玉燕如此残忍吗？又使人家不敢和她亲近了。昨天她没有害我，真是天大的幸事呢。"

二人刚在喁喁细谈，忘记了一切，忽听房门外起了足声，小云娃的母亲翠娃慢慢地走来，问道："小云娃，你不是说头痛吗？怎么还没睡眠？和哪一个讲话啊？"二人一听这声音，不由大吃一惊，脸上失色。梁国器吓得没处躲遮。小云娃没奈何，只得教他睡到炕上去。一条鸳衾已铺好在上面，小云娃掀开鸳衾，教他脱了外边衣服，快快钻到被窝中去藏身。梁国器也没了主意，听了小云娃指使，赶紧将外面长衣脱下，又把脚上快靴脱去，很快地钻到被窝中去了。小云娃慌忙将梁国器的衣服、靴子和包裹一齐藏去，又把炕前的帐帷下了。

这时，门上已笃笃地敲着，小云娃的母亲急欲入室了。小云娃硬着头皮去开了房门，让她的母亲翠娃进来。翠娃踏到房里，对小云娃紧瞧了一眼，说道："你不是说要早些安睡吗？为什么还没有上炕？一个人在此和谁讲话？我方才在廊下经过，似乎有两个人在房中呢，真奇怪！"小云娃闻言，脸上红了一红，说道："我不过自言自语了两声，同谁去讲呢？"翠娃笑笑道："既然没有人，也很好。你既患头痛，早些睡吧。"小云娃道："要睡的，母亲也去睡吧。"翠娃道："我睡了一个早晨，精神已回复，此刻倒不想睡。你哥哥和嫂嫂也在他们自己房里谈笑呢。"说着话，就在梁国器坐过的椅子上坐下身来。

小云娃见她的母亲不走，她也不好睡眠，只得坐在炕上，一手

179

拉着帐帷，屏蔽着梁国器，不使她的母亲瞧出什么破绽来。翠娃并不想去，她对小云娃说道："好娃娃，你睡吧，我坐在这里陪你一刻。"这句话平时倒也欢迎，此刻却真的不愿意听。小云娃低倒了头，装出头痛的样子，又对她母亲说道："你去吧，我睡了。"翠娃道："你只顾睡，我在这里坐一刻，陪你一会儿。"小云娃心里恨恨的，不好立逼她母亲出去，只得挨延着，自己也不脱衣上炕。

翠娃道："那天桃花坡做的事闹得太大了，恐怕有破案的危险。我和你哥哥虽然未雨绸缪，把那些东西送到别地方去藏匿，只恐万一他们……"翠娃的话还没讲完，小云娃早拦着说道："母亲，我头里很是疼痛，不要讲这事吧，好在哥哥总有主张的。你去吧，我要睡了。"翠娃听她的女儿几次三番催她去睡，而女儿却迟迟不睡，不知什么道理。所以她偏不肯走，仍旧大马金刀般坐着不动。小云娃见她的母亲不去，她也不肯上炕去睡。

这样又停了一刻时候，翠娃见小云娃仍不睡，又说道："好娃娃，你快睡吧。我今晚偏要等你睡了方走哩。"小云娃听她母亲这样说法，心中非常焦躁，这事情弄僵了，看来今晚自己不睡，她母亲不会出去了。等到几时去呢？没奈何，只得将外面衣裙脱去，说道："我真的睡了，母亲你总可以走了。"翠娃道："你脱了衣服不睡，要受凉的，快到炕上去吧。我再坐一会儿去，至于你的房门，我可以代你带上的，此地还怕有外人敢来抒虎须吗？"

小云娃业已卸去外衣，身上只穿着那件粉红绸紧身，其势不睡已不可能，只得脱了弓鞋，爬到炕上去，将她的身子钻到被窝里去，对她的母亲说道："我不是睡了吗？你总可以去了。"翠娃仍旧坐着不动。

那梁国器本来钻在被窝里，气也不敢透，心头小鹿乱撞，恐怕被小云娃的母亲瞧出破绽。自己动也不敢动，十分难过。听听小云娃的母亲兀自坐在房中和她的女儿闲谈，并不离去，当然心中非常不安宁，盼望小云娃的母亲快些出去，自己可以安然脱险，离开这个地方。后来听小云娃的母亲硬逼她女儿睡眠，便觉得十分尴尬。

但是，等到小云娃的身体也钻到被窝来时，使他不禁有了异样的感觉，而忘其所以然了。他觉得小云娃的娇躯又温又软，顿时使他心里摇摇起来。况且有了小云娃做他的屏蔽，他的身体可以不再蛰伏不动了。此时他好像已到了温柔乡里，把自己的头枕在小云娃的大腿上，而他的一双手也在被窝里蠢动起来。

小云娃发了急，把手将梁国器一推，她自己也完全睡到被窝里，对她的母亲说道："我的头痛又厉害起来了，我怕讲话，母亲你去吧。"将头也用鸳衾蒙住，不再理会她的母亲。翠娃见小云娃有些着恼，她终猜不出在她女儿的被窝里有一个江南梁生隐藏着，所以她也只得立起身来，走出房去，又代她女儿将房门紧紧带上。

小云娃听得足声已远，将头钻出被窝来，透了一口气，说道："这番真累死人了，不知我母亲怎样会走来的！"梁国器接口说道："险啊，险啊！幸亏没有给你的母亲瞧出破绽，否则，我这条命还能够活吗？"小云娃道："便宜你！快快起来，穿了衣服，送你出去吧。"

然而梁国器起初果然要走，但到了此刻，他又不想走了。不但罗襦襟解，芗泽微闻，而且翡翠衾暖，巫山非遥。他既然不是个鲁男子，且又初次和异性这样的接触，自然恍恍惚惚的，要像《红楼梦》贾宝玉那样的初试云雨情了。所以他也不管身居何地，小云娃是不是杀人不眨眼的胭脂盗，反而双手抱着她，要向她求欢。

第四回

小英雄处处遇艳
胭脂盗个个多情

男女之间自有不可思议的吸引力。小云娃是个处女，但她素来爱江南人的，何况像梁国器这样的英俊少年，在平阳这地方是难得遇见的。她心中如何不喜欢呢？自己业已到了同枕合衾的地位，也觉心头荡漾，不能自持，芳心脉脉，愿意接受梁国器的要求了。这晚，梁国器如鱼得水，陶醉在小云娃的怀抱里，竟忘记了出去的事情。春宵苦短，等到他一觉醒来时，天已大明。

小云娃也已醒来，睡眼惺忪，带着七分媚态，对梁国器嫣然一笑道："怎的怎的？我昨晚要你离开这里的，怎么糊糊涂涂的……"说到这里，不说下去了，又露出几分娇羞的样子。梁国器将手勾住小云娃的香肩，对她说道："都是你的母亲所赐的，不然我怎得和你同圆好梦呢？你现在觉得江南人果然可爱吗？"小云娃啐了一声道："便宜了你，还不识得吗？你何不去追求飞飞儿？"梁国器笑道："你可是不忘记她吗？这就叫作有缘千里来相会，无缘对面不相逢。大概我和玉燕到底是无缘，所以被秦家妈黑夜赶散，而和你十分有缘，反会曲曲折折地相好，谅是三生石上姻缘早定呢。云姑娘，我一辈子不会忘记你了。"

小云娃道："此身既已属你，俗语所说，一日夫妻百日恩，我希

182

望你果然将来不要忘记了我。因为我这颗心、这个人早已归于你了。"梁国器笑了一笑道："云姑娘，你放心吧，像你这样的好姑娘，我决不会忘记。但是所可虑的，不知道你母亲和哥哥的心里又怎么样？"

小云娃顿了一顿，又说道："我母亲倒还可以和她讲话，只有我哥哥却是很难对付的。我和你的事只得暂时不告诉他们。"梁国器道："我今天怎么样呢？"小云娃道："今天只得仍请你藏在房中，不要出外，待我再想法送你出去。可是我此刻更不舍得和你离开了。"说罢，笑了一笑。梁国器道："我当然也不舍得离开你云姑娘的，可是一则我尚有要事，将赴太原；二则也不能长日蛰伏在你的闺房里，如鸟处在樊笼一般，身子不得自由。这个还要请你云姑娘为我设法的。"小云娃听了，静默了一会儿。

梁国器把手紧握着小云娃的玉手，说道："我有一句冒昧的话，不知你中听不中听？因为我此番到太原去，千里迢迢，不辞跋涉，就为的是要寻找我姊姊的仇人，为姊姊复仇。而我的技艺自知尚非上乘，倘然你能够同我一起前去，那么我得了你的帮助，一定能够手刃于仇人的腹中了。"

小云娃听了，蛾眉一皱，口里说了一声"哎哟"，然后说道："你要我学飞飞儿一样，和你黑夜双奔吗？我虽然也愿意如此，但是我却舍不得我的母亲。母亲是十分爱我的，我怎能够背了老人家而和人私奔呢？并且也不愿再蹈飞飞儿的覆辙。"梁国器也皱着眉头说道："那么这事真难办了。"小云娃又道："你不要发急，待我慢慢儿地想法吧。现在时候不早了，我要起身哩，否则我母亲又要来看我，那不是玩的。你不妨多睡一刻吧。"

于是小云娃把梁国器推开一边，穿衣起来，跋上弓鞋，下炕去，仍把帐帏下着，且将梁国器的长衣和靴子等取出来放在一边。她自去开了门，到厨下去取水洗面。

这时候，她的嫂嫂和母亲果然都已起来了。翠娃瞧着小云娃残脂剩粉的面庞，问她道："你昨夜睡后，头里痛得怎样？今天可好些吗？"小云娃心中有些虚怯，背转了脸答道："母亲，今天已好了，你放心吧。"

她的嫂嫂已在厨房里烧好了一锅的热水，小云娃就舀了一盆热水，回房去梳洗。等到她梳洗毕，梁国器也已从鸳衾里披衣坐起，走下炕来。小云娃又去舀了一盆热水，给他洗脸漱口，照常把三餐茶饭偷偷地送给他吃。

这天下午，梁国器独坐在小云娃的房里，想想昨宵的情景，一半儿喜，一半儿忧。喜的是红粉多情，销魂真个，自己好像刘郎误入天台，得享艳福，这真是难得的事；忧的是自己和小云娃发生了肉体上的关系，小云娃准和自己在热恋之中，叫我怎能够温柔了一夜，立即丢开了她，而飘然远行呢？倘然淹留在这里，那么不但自己的事没有做去，而恐夜长梦多，前途是祸是福，尚在不可知之数呢。

他这样想时，心中仍觉不安。再听听外面说话的声音很多，好像又到了几个客人，在商议些什么事，所以小云娃也无暇进房来陪伴他讲话。又隔了一刻，听得许多人一齐出门去，屋子里顿时沉静得多。又听房门外履声细碎，早见小云娃推门而入，顺手把房门掩上了，走到梁国器的身边，把一只手搭在他的肩膀上，双目凝视着他的脸上，对他带笑说道："对不起得很，方才外面来了客人，我没有工夫到房里来了。知道你一个人必然要感觉到寂寞的，但也是无可奈何。且喜我母亲和哥哥、嫂嫂等都出去了，又要等到黄昏时回来，只有我一个人守在家里。"

小云娃的话没有讲完时，梁国器早一笑道："你倒老是看家的。"小云娃道："今天我本来也要出去了，可以留下嫂嫂在家。但因为你的关系，所以我又讨下这个好差使了。"梁国器不由笑了一笑道：

"果然是个好差使，但是你又不能走开了。"

小云娃道："我倒想得一个计较在此了。今天傍晚时候，我可以先送你到一个地方去，暂且安了身，等到我母亲回家以后，我再来看你一次。"梁国器道："你送我到什么地方去呢？仍旧是没有用的啊。"小云娃道："你再听我讲下去吧。因为我可以借此向我的母亲诡言，女伴约我到太原去一行，要求他们放我出去。倘然得到了我母亲的允许，我不是就可以和你同赴太原去复仇吗？"

梁国器点点头道："照你这样的办法，果然是很好的，我可以听你的话。但是你所说的地方是在哪里，妥当不妥当呢？"小云娃道："我来告诉你吧。那地方是离开这里不过十里路，唤作朱家村。那边有一个女伴，姓朱名红英，别号'锦上花'，也会武艺，和我的情谊很笃。她家里只有一个双目失明的老母，什么事也不管账的。我把你送到她家里去时，她一定能够照顾你，而不泄露一句话的。我在我母亲和哥哥面前，就以推诿说，朱红英要我伴她到太原去。他们知道朱红英是我的好友，十有八九能够允许的。我想了多时，方才想出这条路来呢。"

梁国器大喜道："很好，很好█████你的吩咐。"说着话跳起身来，抱住小云娃，又和她接了一个甜吻。小云娃把他推开来，又对他脸上看了一下，带笑说道："你要仔细一些，不要嘴边又带有胭脂，跑到人家去，给人家说笑话。"梁国器将手向自己嘴上一抹，又问道："你看有没有呢？"小云娃摇摇头道："幸而没有。"梁国器道："没有就好了。"

二人遂又坐着谈话。谈了一刻，小云娃又到厨房里去烧四个鸡蛋，蒸一些枣糕，拿进来给梁国器用点心。她自己也和他对面坐着，陪他同吃。梁国器见小云娃对于他这样的殷殷多情，心里自然更是感激。又隔了一会儿，天色渐黑。小云娃掌上了灯，又端整晚餐，同梁国器吃毕，留下碗盏也不洗了，要送梁国器到朱家村去，便将梁国器的包裹拿出来交与他。她自己扎束定当，背系绣鸳双刀，开了后门，和梁国器悄悄地溜出去了。

走出了红石村，果然没撞见一个人，梁国器额手称幸。他跟着小云娃走去，觉得小云娃走得很快，谅她的轻身功夫也不在玉燕之下呢。

转了几个弯，过了两顶桥，见前面有一个村庄，有两三灯火从丛树里漏出来。小云娃回头对梁国器低声说道："朱家村到了，但我有一句话叮嘱你的，就是你少停见了朱红英的面，千万不要说出秦家妈和飞飞儿的事。这事最好少一人知道，免得另生枝节呢。"梁国器点头答应，紧随着小云娃走进村中。

到得一家门口立定，两扇柴扉紧紧闭着，门前有一株桃树。小云娃伸手在门上轻轻叩了两下，只听门里面有女子的声音问道："是谁呀？"小云娃答道："是我，红英姊姊快请开门。"接着柴扉向两边分开，门中站着一个女子，见了小云娃，但道："云妹，你怎的在这时候跑到我家里来？"小云娃把手向她身后立着的梁国器一指道："红英姊，我送这位客人到府上来的。"

朱红英听了这话，不自□□□她不认得梁国器，不知小云娃为了何事，便让他们走进来。又关上了柴扉，引二人穿过中庭，走到东面一间室中去。乃是一间客室，灯光下瞧去，虽然纸窗芦帘，尚是清洁。朱红英不认识梁国器是谁，但因小云娃的关系，当然要招呼他一同上坐。又过去献上两盏香茶，对小云娃说道："这几天我们没有见面，我正在挂念你。不知你们是不是平安顺利？你母亲和哥嫂等都安好吗？这位客人又是谁？"

朱红英说话时，梁国器默默地坐在一边，静观伊人的丰姿，也是十分娟秀，不输于玉燕和小云娃两个。不过芳龄比较大一些，约有双十年华，颊上有一个小小红痣，平添不少美丽。穿着淡蓝的褂子，头梳风髻，插上一支凤钗，真是北地胭脂之尤。暗想自己这一次到了平阳，二日之间竟遇见了三个少女，姿色都不平凡。而玉燕和小云娃都能武艺，尤为难得。现在这位姓朱的女子既和小云娃是好友，当然也会武术的了。想不到平阳地方能武的少女随处可以遇见，物以类聚，无怪胭脂盗也会应运而生，这里可以称得"英雄县"了。

梁国器心里忖度着，小云娃却已带笑对朱红英说道："谢谢你，家母和哥嫂等都好，没有闹出什么岔儿来。今天他们出去了，我引导这位江南客人梁国器先生到府上来，想和姊姊商量，允许他暂住一二天。我还要禀明母亲，伴他一同到太原，去寻访他姊姊的仇人呢。此刻，我母亲也没有知道我和梁国器君相识，而我哥哥的脾气又是你素来知道的，所以舍间不便留梁君下榻，想起姊姊和我爱好，府上又没有他人，不虞泄露，遂引他来拜见姊姊，恳求姊姊庇护，务请你勿却为幸。"

小云娃说了这话，朱红英又看了梁国器一眼，然后带笑对小云娃说道："云妹妹，你背着家人，和陌生的男子结识，要藏到我这里来吗？将来给你母亲知道了，定要怪我的，使我不能够答应你了。"小云娃道："好姊姊，你这话真的呢，还是假的？我想姊姊是爱我的，绝不会拒绝我的请求。况且你府上是千稳万妥的，所以我在事先没有和你商量，马上就送梁君来了。无论如何，求姊姊一定要答应我的。"

朱红英见小云娃发急，便扑哧一声，笑了出来道："云妹妹，你放心吧。你要我办的事，我哪有一件会不答应你呢？这位梁君可以藏在这里。我虽瞧在你的面上，自然也要好好地款待他，你放心好了。"

小云娃听朱红英已答应了她的请求，也就欢容满面地说道："谢谢姊姊！我明天下午再来，决不有负姊姊的。"说罢，她又对梁国器说道："红英姊不是外人，你也要把姊姊侍奉好了，她绝不会亏待你的。你千万不要独自走开，明天饭后我再来看你，告诉你一切。"梁国器谢了一声。

小云娃不敢耽搁，连忙和朱红英分别，走回自己家里去了。当她走出门的时候，又回头望了两下。梁国器当然在她的芳心里大有恋恋之心呢。

梁国器又换了一个地方，心里不免有些怙悷。朱红英却陪他在室中坐着闲谈，问问他的家世，梁国器不敢多说，约略讲了一些。且说自己到太原去，路过此地，巧遇小云娃殷勤招待，十分感激。却把秦家妈要害他的事瞒过不提。他也不敢向朱红英探询小云娃的详细来历，深恐言语之间出了岔儿，反为不妙。朱红英和他谈了一刻江湖上的事，就在这客室里下榻留寝，她自己便回房去了。

梁国器觉得身子有些疲倦，脱了外边的衣服，坐在炕上去。不知怎样的，辗转反侧，胡思乱想，竟是难入睡乡，不成好梦。他闭了眼睛，想想前后在迎宾旅馆的一梦，歌声剑影，好像尚在自己耳目之间。而昨宵和小云娃翡翠衾暖，蝴蝶梦圆，自己和小云娃的一种温柔旖旎之情，真个平生之所未经。忆前情而神往，不由那颗心兀自剥剥跳了起来。

蓦地见一个女子走了进来，他不由一惊，定睛看时，原来就是朱红英。身上穿着粉红色的睡衣，手里托着一盏莲子汤，走到他的身边来，向他带笑说道："梁先生还没有睡着吗？梁先生第一次到这里来，我在匆促时间，没有好好儿地招待，真是抱歉。方才我烧的莲子汤，忘记拿出来请客人吃。现在自己回到房里，刚上炕睡了，忽然想起，所以马上盛了一碗来，请梁先生吃。"

梁国器连忙坐起身来，说道："啊哟哟！红英姊这样优待我，真是不敢当了，多谢红英姊。"一边说，一边伸手接过莲子汤，马上就吃。朱红英坐在炕边看他吃。梁国器吃完了这莲子汤，咂着舌头赞道："又香又甜，其味大佳！这个时候，我的肚子里也有些饥饿，正用得着这东西，谢谢红英姊。"说了这话，把空碗递还她。

朱红英接过碗，却不就走，把碗放在旁边的桌子上，仍坐在炕边，对梁国器带笑说道："你们江南人真讨人欢喜！你方才听了小云娃称呼我的名字，你就学着她，叫我姊姊了。其实我的年纪也比小云娃没有长一二岁，你把姊姊称呼我，我真是不敢当的。因为有你这样的好弟弟，恐怕我无福消受呢。"

梁国器道："红英姊言重了。你有了这样的一个弟弟，我恐怕辱没了你，怎么你反说无福消受呢？"朱红英道："你还不明白吗？这是要云妹妹来消受你的。"朱红英说罢，低垂粉颈，红上香颊，似有无限柔情。梁国器听朱红英这样说，却未便回答什么，心里却又有一些异样的感觉了。

两人都默然了一下，还是梁国器先开口道："夜深了，红英姊穿着单薄的睡衣，不要受冷吗？请你回房安睡吧。"朱红英把手伸过去给梁国器摸道："你说我冷，我却不觉得，你摸摸我的手，究竟冷不冷？"梁国器只得又伸手一握朱红英的柔荑，说道："我觉得你有一些冷了，请你回房去吧。"

朱红英听梁国器连连催她回房，粉靥上有些微愠，说道："梁先生，你方才想说谢谢我，难道还不晓得我的好意吗？我在这个时候穿了睡衣，送莲心汤给你吃，可算是爱你的了。又恐你一人独宿，未免寂寞，所以来陪伴你的，你怎样反叫我去睡呢？这里本是现成地有着炕，难道客人反要拒绝主人，把闭门羹饷主人吗？"

梁国器听朱红英这话，意思很是明显，自己心里不觉有些惴惴然起来，暗想："我是一个光明磊落的丈夫，平日称不二色的。但是到了这里，连番艳遇，使自己好像落了迷魂阵一般，身不由主起来。昨夜和小云娃一时冲动，云雨荷塘，这重公案尚没有解决，此刻却又来了一个朱红英，将要把情丝抛到我的身上来，这真是尴尬之至了。我若然不答应她，也许要逢彼之怒，不利于我，若然糊里糊涂地去接受她这样不明不白、荒乎其唐的爱，那么我不但是对不起小云娃，而且恐怕一夕之欢，将要引起以后的许多祸患。我还是谨慎的好，万万不可再陷入了难解难分的爱河里面，发生绝大的情波，以致断送了我自己的有用之身，被他人嘲笑呢。”

所以他就向朱红英正色说道：“红英姊，你把这样的好意待我，人非草木，孰能无情？我当然是深深地感谢你，喜欢你的。但我是小云娃把我送来的，我不愿意因此而或者要使你们两人中间发生不欢的事，也使我辜负了小云娃，同时也辜负了你。红英姊，你既然是一个多情之人，这个也许顾虑得到，请你依旧爱小云娃，因此而原谅我的苦衷吧。你的深情美意我已心领了，谢谢你。同时我也觉得对你非常抱歉的，只得等待日后图报吧。”

梁国器这话说得十分婉转，朱红英听了，低倒了头，倒觉得有些进退维谷。她此时也恍然觉得，自己若然要强逼梁国器，那就未免太对不起小云娃了，所以她默默无语。忽听此时隔壁房里有人喊起来道：“红儿，你为什么在这时还不睡觉？和谁在客室里讲话呀？”梁国器听了这唤声，又不由一怔。朱红英立刻双目一皱，对梁国器说道：“我母亲在那边房里唤我了。我母亲的双目早已失明，瞧不出什么来。年纪也老，步履维艰。只是她的一双耳朵却十分灵敏，任何声音都听得出的。”

梁国器本来经小云娃告诉，也知道朱红英的母亲是个瞎子，所以他的胆子较大，又说道：“大概你和我讲话，却被你母亲听得了，所以她要唤你。你将怎样对付她呢？”朱红英道：“你请放心，我自有对付的方法，不用你发急。但你要明白我的好意，明天在云妹妹面前，切不可提起半句话。”梁国器笑了一笑道：“我理会得，谢谢红英姊姊美意。”

于是，朱红英只得立起身来，拿了莲子汤的空碗，走出房去。当她回身带上房门的时候，口里轻轻地说了两声，梁国器也听不出什么，只听得"好意"两个字，大概朱红英的心里一定有些不快活了。朱红英虽然离去，自己把头睡在枕头上，依旧不得安眠。想一想："方才的情景危险极了！幸亏被红英母亲听得了声音，唤起她的女儿来，方才解了这个胭脂粉的重围。唉！红英虽然对我多情，但我自己却不能不谨慎一些，免得陷入爱情的陷阱，而自己做了他人的情俘。现在自己只希望小云娃明天早早前来，而且她能够得到她母亲的允许，而和我同赴太原，这是最好的事了。"梁国器想了好多时候，心里仍不免有些惴惴然，恐防朱红英再要前来缠绕，那么便叫自己穷于应付了。

梁国器脑海里的思潮过多，因此仍不能安睡，幸而朱红英也没有再来，睡到四更后，方才勉强入梦。但是睡得不多时候又醒了，看看纸窗上已透着晨光，天色已明，自己也不想再睡了。马上披衣起来，但也不敢外走，只得坐在房中，见沿窗桌子上有着笔砚纸张，他就提了墨，铺开了素纸，握着笔，写起大楷来。

不多时，朱红英托了一面盆洗脸水，走进房来，请梁国器洗脸。见梁国器伏案挥写了许多大字，自己虽然对于此道是门外汉，但瞧他写的字铁划银钩，气派雄厚，不由向梁国器啧啧赞道："梁先生写得好大字，我也喜欢写字的，只苦没有人指点哩。"梁国器笑笑道："我也不会写字的，只不过借此消遣罢了。"遂卷开纸头，去洗面了。

梁国器盥洗毕，朱红英又送上一大碗面来，面的上面有两大块红烧肉，对他说道："这里没有好吃的东西，请梁先生将就充饥吧。"梁国器谢了一声，便将一大碗面吃毕，朱红英收了碗去。

梁国器一个人没事做，又写了两张字。放下毛笔，走到房门口，向外面视探一些动静。见外边是一间客堂，收拾得倒也干净，中间供着一个佛堂，有一个白发老妇正坐在佛堂旁边，手里数着念佛珠，在那里喃喃地念经。两目已盲，双颊瘦削，这就是朱红英的老母了。但不晓得朱红英怎么年纪还轻，大概是这老妇晚年所生的女儿吧。

又见客堂里墙上挂着一把大刀，瞧了那武器，便知道屋子里的人必然能武了。

这时候，朱红英却在厨下忙着做菜，没有工夫来陪他讲话。他知道这一家人家全赖朱红英一个人调度的。别瞧她小小年纪，倒也很会做事呢。

他又在房中坐了好多时候，日已中午，朱红英搬着几样菜进来，陪着梁国器吃饭。她的母亲虽然坐在外而，却像没有知道这事情的样子，真有些好笑。下午朱红英有了空，陪着梁国器坐在房里低声而谈。这时朱红英的母亲打午睡去了，所以二人敢说话。

梁国器盼望小云娃快快前来报告好消息。一会儿，听得门上剥啄声，他心中大喜。朱红英也立起身来，说道："云妹妹来了，我去让她进来吧。"立刻走出房去，梁国器忍不住也跟着走到庭中。

可是，等到朱红英一开柴扉，走进一个女子来，并不是小云娃，而是飞飞儿秦玉燕。这是梁国器万万料不到的了。

第五回

争丈夫姊妹吃醋
做调人母女为媒

朱红英是并不知道梁国器和飞飞儿前夜有过双奔的一回事，所以她马上招呼道："秦家妹妹，你从店里来吗？这几天生意好吗？"飞飞儿叫了一声红英姊姊，刚要答话，但她一眼瞧见梁国器立在朱红英的身后，不由惊喜参半，连忙走上数步，把手指着梁国器，问道："这位不是梁先生吗？你怎会在红英姊姊家中的？我找得好苦啊！"

此时，梁国器万不能避过飞飞儿的妙目，便向飞飞儿说道："玉燕，我是逃奔到这里的，我要问你怎会逃走的，你母亲在哪里？我很挂念你呢。"飞飞儿刚要再说，朱红英早说道："原来你们两个也相识的！使我真是弄不明白了，且请到里面去，坐坐再谈吧。"说着话，遂把柴扉关上，陪着他们二人走到里面室中去坐。

飞飞儿重逢梁国器，心中十分欢喜。她满脸春风地对梁国器说道："我先告诉你吧。前天夜里我和母亲交手，明知是打不过她的，只因要保护你，所以硬着头皮，勉强和她应战。后来我实在打不过她了，只得丢了你，自己望林中逃生，我母亲不肯饶恕我，在我背后紧追勿释。我心里一则以喜，一则以惧，喜的是我母亲追了我，你倒可以乘此机会脱身他逸了，惧的是我母亲追在后面，倘然被她追及时，我的命也就没有活了。"

飞飞儿说到这里，朱红英代她发急，说了一声"啊呀"。梁国器忙问道："那么你究竟怎样逃来的呢？"飞飞儿说道："当我逃入林子以后，我母亲也追进林子。我知道她恨我已深，不肯轻易饶恕我。幸亏我身体轻小，又在黑夜，所以在树林里七曲八弯地绕着圈儿避匿。我母亲给树林遮住，不能爽爽快快地上前，她嘴里就破口大骂。"

朱红英在旁听了，笑笑道："本来有句老话，叫作穷寇莫追，遇林莫入。人家躲在树林里，你若追进去，非但不容易擒拿，反而要受人家的亏，要吃人家的暗算。所以江湖上人大都追到林子边，便不进去了。"

飞飞儿道："是啊，那时候我手里若有暗器，我母亲也许就要吃我的亏了。我和她在林子里东奔西避的，过了好多时候。我看看天色快要亮了，马上得个空隙，慢慢地溜出了林子。果然我母亲没有追来，幸喜自己逃脱了性命。但是家里已不能回去了，我没有办法，只得先到附近闹蛾儿那边去躲避一下，又托闹蛾儿到我家店里去探听消息，方知我母亲那夜既追不到我，又得不到梁先生，十分懊丧地回去。自然她心里不肯甘休，差了几个人守在要道口，要得梁先生而甘心。可是守到现在，不见梁先生的影迹。我知道梁先生也没有遭我母亲的毒手，但是这个人到哪里去了呢？倘然要到太原去，一定要给我母亲候着的。难道仍在这里附近地方吗？因此我还放心。闹蛾儿劝我回去向母亲请罪，仍为母女如初，但我却因我母亲既不是我生身母，又待我十分严厉，强逼我为娼，去侍候客人，代她捞摸钱财，此次我又违背了她的命令，且和她交过手，她怎能饶恕我？我若然再回家去，不是白白地去送死吗？所以不听闹蛾儿的话，遂想起红英姊比我年长，平时很有主意的，遂跑到这里来商量一下。"

她说着话，对朱红英笑了一笑道："这不是再巧没有的事情吗？

梁先生正好在你的府上，奇怪极了！现在我要请梁先生快快告诉我，怎么会跑到这里来的。"梁国器刚要回答，朱红英早抢着说道："这件事真是扑朔迷离，令人莫名其妙了！梁先生到我这里来，是红石村李家小云娃送来的。我不知道梁先生怎么在这短短的一日中，都会和你们相遇而认识的。"

飞飞儿听她说完，脸上当时变色，指着梁国器问道："怎么？你怎会和小云娃相识的呢？嘿！那婢子是有名的小狐狸，你不要着了她的道儿。"梁国器见了飞飞儿，心中已有数分虚怯，他怎敢再把自己如何藏身在李家，和小云娃绸缪为欢的事情老实讲出来呢？所以他的脸上露出一副尴尬面孔，觉得自己说也不好，不说也不好，大有进退狼狈之势。飞飞儿瞧了梁国器这种神情，她的心里就大大地疑惑了，连忙向梁国器催逼着问道："你说，你说，你为什么不说呢？"梁国器的脸上早涨红了。

正在这个时候，听得外面柴扉声音，又有人闯了进来，走进庭中，已在那里高声喊着道："红英姊，我来了。"梁国器听得出这是小云娃的声音，心里突然一跳。朱红英和飞飞儿都听见了，一齐走出房来。梁国器也跟着走出，他怀着一肚皮的鬼胎，心里不知怎样是好。早见小云娃身上换了一件淡红衫子，脸上涂着胭脂，格外显得妍丽。他只是靠在房门口的柱子上，呆呆的不敢开口。

小云娃一眼早瞧见了飞飞儿，不由惊呼一声："哎！"她和飞飞儿虽也认识，但平日很少往来，所以两人并不亲热的。那朱红英倒是两面都相好的，也觉得有些难为情了。小云娃立停脚步，对飞飞儿说道："你也在这里吗？"

飞飞儿此时见了小云娃，不由妒意勃炽，怒火上冲，对小云娃冷笑一声道："是的，你能够到这里来，我也不好到这里来的吗？老实告诉你说，我是来找寻梁先生的。现在既已被我找着，我要同他去了，只好对不住你了。"

小云娃一听飞飞儿这样说，她的心里顿时也不觉妒意勃发，怒火上冲，立刻柳眉一竖，对飞飞儿说道："梁先生是你的什么人？你要把他带走吗？须知他是我亲送到红英姊府上的，不干你的事。"飞飞儿口里哼了一声道："怎说不干我的事？梁先生是你的人吗？他和你又有什么关系？你说，你说！"小云娃给她这么一问，一时倒也说不出话。

朱红英在旁只得解劝道："二位妹妹，你们有话请好好地讲，不要大家生气。"飞飞儿又道："红英姊，你评评理看。那梁先生前夜路过这里，住在我家店中。我母亲曾叫我侍候他，要我乘机杀害他，劫取他的钱财。是我怜爱他这个人，不忍害他，遂背了我母亲，而和他乘夜私奔的。不料被我的母亲发觉，中途追赶上来，我为了要保护他，曾挺身抵挡着，因此我和梁先生分散了。方才我已告诉了你，可知梁先生是我救出的人了，他是属于我的，我正在找他，干小云娃什么事呢？"

小云娃听了，连忙也对朱红英说道："红英姊，你休要听她的话。前晚梁先生被秦家妈追得急了，没处躲避，就逃到我家里来，要我保护他。我生了恻隐之心，且不愿使梁先生无辜受害，所以将他藏在家里。而在秦家妈来搜寻之时，曾一口回绝她，然后送到这里来的，与飞飞儿何涉？况且……"

飞飞儿听小云娃又说与她无涉，怒火更是上烧，鼻子里哼了一声，道："你还要说与我无涉吗？你保护了他一些时候，便自诩有功，岂知他若然没有了我，早已命赴黄泉，还能够和你认识吗？况且我知道你是一个会迷人的小狐狸，你打算把他一辈子迷住吗？真不要脸的！"

小云娃听飞飞儿将她痛骂，她就把手一指道："娼根！你自己不想想你的出身，敢骂人家小狐狸吗？须知道你家姓李的姑娘是不好惹的，由不得你来撒泼。"飞飞儿挺着身子说道："今日断头陷胸，管什么姓李姓张！梁先生若肯跟我走的说话，万事全休，否则我飞飞儿今天不认得什么人了。"她说着话，又对梁国器说道："你快快随我去吧，有我保护你，还不放心吗？休要受小狐狸的迷惑。"小云娃道："娟根，你休要出口骂人。姓梁的已和我订夫妇之好，也是我的丈夫了，还肯跟你走吗？你有什么权力可以唤他走呢……"

小云娃的话没说完时，飞飞儿把手指在她自己脸上羞着道："小狐狸真是不怕羞的，亏你说得出。你和梁先生几时拜过堂、结成亲的，而称呼他是你的丈夫吗？红英姊姊可去吃过喜酒？恐怕你家老太婆也一点没有知道啊。"小云娃把小足一蹬，说道："哧！你不要这样恶说。无论如何，梁君已做定我的丈夫了，他不能跟你走的，别的事你休要管它。"

她们二人这样争论着，朱红英倒觉得难以左右袒。梁国器既和小云娃发生过肉体上的恋爱，心中当然爱着她，但他也未尝不感激玉燕那夜对于他的一种深情美意。实在觉得难以启齿，自己竟变成了人家的目标，一场惊风骇浪，恐怕将要从此发生呢。

飞飞儿实在忍不住了，她从身边抽出那柄黄金的匕首来，指着小云娃道："小狐狸，你定要和我争夺梁先生吗？我今天非和你拼个死活存亡不可。谁胜的就和梁先生去，否则我飞飞儿宁死不让你和人家去一块儿快活的。"小云娃道："很好，你要和我决斗吗？你虽有高强的本领，但我也不是怕死的人，我就和你斗一下子也好。"说罢，就从她身边拔出一把佩刀来，和飞飞儿便在庭中开始决斗。

飞飞儿和小云娃的武艺可说是半斤八两，而小云娃的双刀削铁如泥，本来十分厉害的，但今天她只带得一把短短的佩刀，而飞飞儿也只有一把小小的匕首，大家手里的兵器都不顺手。但是因为梁国器的缘故，我要你死，你要我亡，各出死力，彼此猛扑。只见刀光剑影，杀作一团。梁国器在旁边，心中非常踌躇，他既不愿小云娃受伤，也不愿飞飞儿有什么差错，只恨自己没有方法去止住她们的相争。

那朱红英瞧见二人这样的狠斗，她自然也不愿意哪一个受到伤害，立在旁边，看着二人斗至六十合以上，不分胜负，各人杀气腾腾，绝不肯甘休。于是她不得已跑到客堂里去，向墙上摘下那把大刀来，拿在手中，走到二人身边，将大刀向中间一隔，分开二人的兵器，对二人说道："你们都是我的朋友，我也不便说谁的是，谁的非。但你们断不可在这里狠命相斗的，不论你们中间哪一个受伤，总要使我脱不了干系的。我母亲正在里面午睡，若给她知道，必要连我也骂在一起呢，你们万万不要再斗了。"

飞飞儿遂收住匕首，对红英说道："那么让我带了梁先生去，我就不和这小狐狸再计较。"小云娃道："呸！梁先生是你的吗？为什么要给你带了去？你要去就去，休要管他。我早已告诉你，他是我的丈夫了，没有你的份儿。"飞飞儿听小云娃这样说，更是气愤，将匕首扬起，仍旧要来刺死小云娃。小云娃当然不肯让她的，又挺着佩刀再要死拼时，朱红英又将大刀拦住她们。

这时候，只见朱红英的母亲一手撑着镶铁拐杖，一手拿着一百粒念佛珠，粒粒都是钢铁制成的，从里面一步步走将出来，说道："红儿，红儿！谁在这里厮斗？叮叮当当的一片刀剑声，打破了我午睡好梦，所以我走出来问问。红儿，到底是谁？莫不是有人欺侮你吗？"

到了这个时候，朱红英也不能隐瞒了，遂把二人的事情告诉老人家听。朱红英的母亲是和小云娃的母亲翠娃素来相好的，而对于秦家妈却不投契，遂说道："小云娃、飞飞儿都在这里吗？"二人只得各个答应一声，上前叫应。朱红英的母亲又说道："你们的行为都不算正当，但是那个姓梁的既然是小云娃送来的，那么也让小云娃带走，与飞飞儿无关，断不能在这里交手的。谁不听我的说话，我的念佛珠就不能容情了。"

朱红英的母亲虽然年纪已老，双目失明，但是以前她身怀绝技，是个胭脂盗中的老前辈。后来因为她的丈夫在外惨死，她朝夕痛哭，所以渐渐地一双眼睛都坏了。但是她眼睛虽坏，瞧不见对面的人，而她的心意是十分静的，不论谁在她的四周十五步之内，她自会感觉得。只要她把手里的念佛珠摘下一粒，向外发出去，十九都会命中的。也因为他人见她是个瞎子，再也不防到她手里会用暗器的。至于她手中的镔铁拐杖使开来时，百十人近她不得。

飞飞儿平日也知道的，此刻她听了朱红英母亲的说话，两颊涨得通红，心中更是气愤得了不得。虽然对朱红英的母亲有些忌惮，然而在这个当儿，也顾不得了，忍不住说道："朱老太太，这件事本和你家红英姊无关的，对于你是更不相干了。梁先生和我先认识，我为了他而弃家相从，可说一心对于他了。谁料那个姓李的小狐狸偏要在半路里抢出来，巧取豪夺，把梁先生藏在你家府上，凑巧被我撞见，我自然要同他去了。你若是明白事理的，当叫小云娃走开，怎么反说与我无关，而要让小云娃带去呢？太不公平了！"说罢，冷笑一声。

朱红英的母亲听了飞飞儿说话这样强硬，她不由大怒道："你这小丫头，胆敢说我的不是吗？我这里断乎不容你如此猖獗的。你快快与我走出去，不要啰唆。"此时，朱红英也对飞飞儿说道："玉燕妹，请你不要再和我母亲斗嘴了，我母亲的脾气你素来也知道的，请你就吃亏了一些吧。"

飞飞儿暗想：朱红英母女二人明明都在偏袒小云娃，自己若然不听她们的说话时，她们三个人，人多力强，自己难免要吃她们的亏。然而若让梁国器跟随小云娃去，这又是自己心里万万不愿意的事，叫自己怎样咽得下这口气呢？于是，她又对朱红英母亲说道："我母女也是和你家相熟的，今天你为什么要有私心帮助那李家小狐狸说话？我虽然走了，无论如何，这口气总是要出的。我宁可一死，不愿意让那小狐狸得意！"

飞飞儿说到这里，又向梁国器说道："姓梁的，你这人真没良心！为什么背了我，你又和那小狐狸勾搭呢？你不跟我走时，我也放不过你的，看你们能够快乐到几时！"

梁国器脸上露出一团尴尬的面色，却默默然回答不出什么话，实在他是左右为难了。飞飞儿又对小云娃说道："小狐狸，你不要快活，我早晚必要取你的性命。"小云娃道："飞飞儿，你休要夸口。我等候着你来哩，怕你的不是人。"飞飞儿又瞧瞧梁国器一眼，咬牙切齿，悻悻然回身，走出朱家的柴扉。走到了门外，隐隐儿还听得出，她在那里连骂小狐狸呢。

飞飞儿去了，小云娃把佩刀藏好，上前去拜见朱母，说道："今天我很觉对不起你老人家的，请你老人家宽恕。"朱母道："飞飞儿母女的行为，平日我本很不赞成的。我知道她做了娼了，人尽可夫，何必要来和你争夺一个男子呢？况且她对我说话太顶撞了，我岂容她在此撒野，我自然一定要叫她去了。那个姓梁的在哪里？生得美不美？大概很好的。否则飞飞儿也不至于要和你这样的争夺了。"

朱红英听她母亲问起梁国器，便叫梁国器上前见她。国器走上前来，也不管朱母双目看得出看不出，恭恭敬敬地向朱母一拱到地道："朱老太太，小子在府上多多惊动，于心不安，更觉惭愧，还要请你老人家原谅。"朱母一听梁国器的声音，便笑道："梁先生原来是江南人，我听得出声音的，江南的男子一定不错，无怪飞飞儿要和小云娃争夺你了。我倒要问问你，究竟心里爱哪个呢？"

朱母说这一句话时，小云娃和朱红英都站在旁边，四道目光齐注射在他的脸上，要看他究竟怎样回答。梁国器只得答道："当然我的心里是爱小云娃的，请老太太帮忙，恐怕飞飞儿一怒而去，她绝不肯死心塌地的。"朱母哈哈笑道："梁先生请你放心。飞飞儿虽然厉害，但她绝不敢到我家来撒野的，否则方才她为什么就去呢？"朱红英也说道："梁先生，你也是个谙武艺的人，为什么这样胆小？倘然我母亲肯帮助你，绝不会使你吃亏的，你放心吧。"国器听了，便说道："这要谢谢老太太了。"

朱母又向小云娃说道："小娘子，你既然钟情于梁先生，待我来成就你的好事，做一下撮合吧。我想，此事还是向你母亲老实说了的好，也许飞飞儿回去，要在外边散放谣言的，你母亲和哥哥一定要听在耳朵里，到那时向你盘问起来，反而不妙。所以，待我向你母亲去一说，她瞧在我的脸上，或者可以答应这件婚事，哈哈！我是爱你的，小云娃，将来我做成了媒人，你把什么来报答我啊？"朱母说时，张着嘴笑。

小云娃万万料不到，朱母代他们俩这样玉成的，心里又欢喜又感激，马上对朱母说道："老伯母肯这样地照顾我，我一辈子忘不了你的大恩的，将来多请你吃些卤猪肉饭和红烧豚蹄，可好吗？"原来朱母平日最喜欢吃这两样东西，所以小云娃这样说的。

朱母听了小云娃的话，不由笑笑道："俗语说得好，做了媒人，新郎新娘要请吃十八只豚蹄的。小云娃，你将来多送我吃些豚蹄也好。"小云娃答道："多谢老伯母，你能这样帮助我，感恩不浅，一定要请你吃的。"朱红英在旁也带笑说道："新娘子先在这里谢媒人了，母亲，你一定要大出其力的。"梁国器听着，自然非常得意。

朱母道："小云娃，你放心，明天早上我同红英到你府上，去拜望你的母亲，代你做媒便了。"小云娃又谢了一声。朱母遂撑着拐杖，走回自己房里去，不管他们的事了。

三个人遂到家中坐定。朱红英先对小云娃说道："天下真有这种巧事！你把梁先生藏在这里，偏偏那飞飞儿也会找到我门上来的。而飞飞儿正在诘问梁先生的时候，你又不先不后地跑来，于是你们二人为了梁先生的缘故，各不退让，一场惊风骇浪，由此而生，使我左右为难。若不是我母亲出来止住你们的恶斗时，你们二人中间总难免有一人受伤的了。"

小云娃点点头道："可不是吗？可恨飞飞儿第一个骂人，她说的话不由人不动气，我只得和她拼个死活了。"说到这里，又回头把手向梁国器一指道："冤家，都是为了你啊！你为什么一句话也不说呢？你到底爱谁？你还不舍得和那个娼根分离吗？你要跟她走吗？你老实对我说吧。"

梁国器只得带着笑脸说道："我当然是钟情于你的，言犹在耳，岂能忘之？我情愿一辈子和你在一起，你不要为了飞飞儿的缘故而疑心我，因为我起初时候也不知道她的底细啊。"小云娃笑笑道："你这样说，可是从良心里发出来的吗？"梁国器道："当然是从我心坎里发出来，皇天后土，实鉴我心。"

朱红英笑笑道："云妹，你可以放心了，梁先生已对你发誓，像你这样的美娇娥，丰姿楚楚，我见犹怜，梁先生自然要一辈子倾倒在你石榴裙下的，他怎会去爱那杀人不眨眼的魔君飞飞儿呢？"梁国器也笑笑道："红英姊说的话真对呀，我但望你母亲明天到李家去作伐时，小云娃的母亲和哥哥瞧在你母亲的脸上，就会答应，那是欢天喜地的事了。"

小云娃道："我母亲是大概可以答应，却不知我哥哥怎样。还有一件事情要请红英姊注意，明天你和老伯母来的时候，我母亲倘然问起我是不是要和你到太原去，请你只好含糊答应，因为我已在母亲面前撒下一个谎了。"朱红英道："我理会得，绝不致偾事的。"于是大家笑谈了一回，朱红英又去烧糕汤，给二人吃点心。

天色渐暮，小云娃对朱红英说道："我要回去了。我本是来通知你的，我已在母亲面前说过了，明天要到你家里来，和你一同到太原去。但是现在也不必这样说了，且待你母亲来做媒以后，再定行止吧。不过梁先生却还要在姊姊的府上多耽搁一二天，我也知道这事是很麻烦的，但没奈何，只得有累姊姊了。"

朱红英道："不妨，我们自己姊妹，当然要尽力帮忙的，你的事就是我的事。梁先生如不嫌简慢，便请在这里多住几天也不妨，云妹尽管放心好了。"小云娃谢了一声，又向二人说道："你们猜猜看，飞飞儿这样走了，究将怎样办？要不要再来寻事？我倒有些不放心。"

朱红英道："我猜飞飞儿绝不会心死的，她自己嘴里也说过，不让你们俩快快活活的，她一定再要来寻找你们。倘然她自己力量不够时，说不定也许会去勾结她的朋友一起来的。我知道她的好朋友就是闹蛾儿。闹蛾儿的熟人很多，她们自会纠合了人，将谋不利于你们的。但是这个地方，她们也许不敢来，她们知道我母亲也不是好欺之辈啊。最好我母亲明天到云妹府上去说婚成功之后，你们俩立刻先到太原去走一遭，暂避眼前的纠纷。那么，飞飞儿也奈何不得你们了。"

小云娃拍手笑道："红英姊说得不错，梁先生藏在这里是千稳万妥的，使我放心得多。将来你们母女俩的大德，我们一辈子感谢不忘。再要请梁先生在江南地方代为物色一个如意郎君，包姊姊称心满意，我们也就对得起姊姊了。"

朱红英看看梁国器，又看看小云娃，微微笑道："云妹，你年纪虽比我轻，话倒比我会说，什么郎君不郎君，我知道你眼前已有了个如意郎君，却不怕害羞，还要来说给我听吗？我是不用你们做媒的。像你所说的，真是俗语所说'养媳妇做媒人'了。"朱红英说这话，当然也有些醋意，而昨天她和梁国器的事，总未免耿耿于怀呢。

小云娃脸上一红，道："我因为姊姊是自家人，所以敢如此放胆胡说，请姊姊不要恼我。我们俩无论如何，决不会忘记你姊姊的。"一边说，一边将她的娇躯扑到朱红英的怀里去，和朱红英拥抱着，做出十分亲热的样子，好姊姊不住地乱叫。梁国器也在旁边说道：

"红英姊这样顾全我们，我们决不敢忘记，我一定要照小云娃的说话做，谓余不信，有如皎日！"

朱红英哈哈一声笑出来道："梁先生又要发誓了！我自然相信你们的梁先生真是个君子人，我为云妹恭贺得人。"她们二人拥抱了一会儿，方才分开。

小云娃又回过头来，走到梁国器身边，伸出柔荑握住他的手，对他说道："你看，我对于你可说一片爱心，完全属于你了。你以后万一再遇见飞飞儿时，千万不要再去理会她。你想，她母开黑店女为娼，哪有好人的？你再在这里安度一宵，明天总可以有佳音给你知道了。"梁国器点点头道："我知道你是爱我的，我一切都听你的说话。况且我住在这里，红英姊又待我非常之好，我决不再去认识飞飞儿了。"说着话，把小云娃的手重重地握了一下。

朱红英又笑笑道："梁先生真是江南人，亏你也会武艺的，真像一个驯服的羔羊。这里的男子万万没有像你这样的人，莫怪云妹要深深地爱你了。"

梁国器笑了一笑道："我也不知怎样的，到了这里，会身不由己，一切由人摆布，自己也忘其所以然。北边地方实在没有第二处像你们平阳的特别不同了！你们这地方很多美女子，又大都是身怀绝技的，真是令人可敬可爱。像我们江南的女子，怎有你们这样的刚健婀娜呢？我起初入境，听人家说起胭脂盗怎样的可怖，其实女子们都是有情的，人家故意说得厉害罢了。"朱红英听梁国器提到胭脂盗，她对小云娃丢了一个眼风，彼此笑笑。

小云娃见天色越发黑下来了，便放开梁国器的手，说道："我们真的要明天会了。"又对朱红英说道："再要麻烦你姊姊一二天，谢谢姊姊，再会吧。"说毕，走出房门去。恰巧朱红英的母亲扶了拐杖，出来装香念经了，小云娃便向朱母告辞，请她明天早些前来。朱母带笑答应。小云娃走出大门，朱红英和梁国器又送到门外，看小云娃走了，二人方才回身入内。朱红英去掌了灯来，自去厨下烧晚饭，请梁国器吃。

这天夜里平平安安地过去，也不见飞飞儿来。到了次日早晨，大家起身，朱红英的母亲吃过早饭，便要和她女儿一同到红石村去。朱红英端整好了午饭，叫梁国器到时自己拿来吃，且叫他关上了门，不要出头露面，外边如有人来，也不要去管他。梁国器诺诺答应。

于是，朱红英陪着她的母亲，到小云娃家里去了。不知道这个媒人做得成做不成，这要看小云娃的母亲和她哥哥的态度如何，以及朱家母女的面子大不大了。

第六回

李德山拒婚责云妹
秦家妈劫婿赠玉姑

　　当朱红英母女跑到红石村小云娃家里去做冰上人时，小云娃的母亲翠娃和她的儿子"插翅虎"李德山、媳妇"神臂弓"赵氏以及女儿"一堆雪"小云娃，正坐在客室里商议什么事情。小云娃听得叩门声，知是朱家母女到了，连忙去开了门，请她们入内。

　　翠娃一见朱母到来，忙迎上前，说道："朱家大姊来了！这几天我们事情很忙，也没有来拜望你，反劳你的驾前来，抱歉得很。"朱母也带着笑答话。李德山等都上前见过。翠娃又对朱红英说道："你不是要同小云娃去太原吗？怎么又说不去了？"朱红英道："过几天也许就要动身的，今天我侍奉我母亲到府上来，是有一些小事情的。"此时翠娃拉着朱母上坐，赵氏送上茶来，又知道朱母喜欢抽水烟袋，便把水烟袋送到朱母手里，点着了纸捻给她。

　　翠娃带笑问道："大姊来可有什么事？"朱母吸了两口水烟说道："我今天是来做媒的。"翠娃道："啊呀！大姊莫不是来代我家小云娃做媒的吗？不知是哪一家？小云娃年纪还轻，恐怕她不懂什么，不能够到人家去做媳妇吧，但大姊试说说看。"

　　朱母道："我说的是一个江南美少年，姓梁名唤国器，是江苏常州人。他此番有事到太原去，路过这里，巧遇你家小云娃，所以要

206

我来做媒。姓梁的年少貌美，风流倜傥，妹妹见了，一定欢喜有这个女婿的。"翠娃笑道："是江南人吗？当然是俊美的。"

她的话还没有说完，李德山却在旁边插口问道："咦！那个姓梁的怎样会和我妹妹遇见的呢？他是陌路之人，老伯母又怎会认识？"朱母不防到小云娃的哥哥这么一问，倒觉得难以回答了。小云娃立在一边听着，也不由两颊飞红，心里十分发急。

朱红英情急智生，旁边代答道："李大哥，你不知道其中还有一段事情呢，待我来告诉你吧。"小云娃一听这话，更加发急，恐怕朱红英要老实吐露出来，那么今天的事情便要弄巧成拙了，她连忙向朱红英丢几个眼色。

朱红英却不去顾她，喝了一口茶，向李德山说道："事情是这样的，那姓梁的前晚投宿在秦家妈的店里，秦家妈要想害他，夺他的行李，所以叫她女儿飞飞儿去伺候他。不料飞飞儿爱上了姓梁的，反背着秦家妈和那姓梁的黑夜私奔，却被秦家妈发觉，追赶前去。那姓梁的乘机兔脱，逃到红石村来。恰巧云妹妹听见了声音，以为有暴客来临，所以出来观察，遇见了姓梁的，问明原因，有心相助。只因那时你们都不在家里，所以引导姓梁的到我家里来借宿的。我母亲知道了这事，听了我们的话，遂要来代云妹妹做媒。你们如要见见姓梁的，我也可以去唤他前来拜见。"

朱红英这几句话说得很是圆滑，把梁国器在李家住宿以及飞飞儿和小云娃决斗的事瞒过不提，总算她口齿伶俐了。小云娃听了，心里宽松了许多。翠娃就带笑说道："原来如此，多谢大姊来做媒。小云娃倘然中意，我也无可无不可的。当然最好要见见那个江南梁生，我想江南人是一定很好的。"

翠娃说了这几句话，李德山却说道："江南人荏弱无能，和我们性情不合，彼此家世都不详悉，怎能就可订婚？他是不是会武艺的？"朱红英道："他的武艺很好，曾和秦家妈交过一回手，但比较于我们，恐怕有些不及。”

李德山冷笑一声道：“那姓梁的倘有本领，何至于托庇于女子之手呢？他敌不过秦家妈，本领有限得很。况且飞飞儿早已爱上了他，我家若和他联姻，难免又要使秦家妈母女不欢。我想算了吧，我们妹妹有了一身好本事，将来总要许给出色的英雄豪杰。那些江南人，我是最看不起的。还有一件事也应该考虑的，他若然知道了我们的身世，恐怕反而要说坏话呢。所以这件亲事我要反对的，只得辜负朱家老伯母的美意了。”

李德山这样一说，朱家母女和小云娃的脸上都露出尴尬的情形来。翠娃也说道：“小儿说的话也不错，但我的意思，最好要和那姓梁的面谈一番，可惜我们现在正有急要的事情，没得工夫细细地谈这件事情。朱家大姊，且请稍缓何如？”

朱母抱着一团高兴而来，却不能得到要领，心里也有些不快，便把水烟袋放下，说道：“你们有什么紧要事呢？允与不允，一言而决。我想小云娃自己既然有了意思，只要那个姓梁的不是市井无赖之徒，也就可以应允了。”

李德山却板着面孔说道：“无论如何，我是不答应的。小云娃为什么要背着我们，领那个姓梁的到我们家里来呢？大概那个姓梁的也不是好人吧？我是不能答应的。”

朱母听了，脸上微有不悦之色，向李德山说道：“既然你母亲可以许诺，你做哥哥的何苦要坚决不允呢？”李德山道：“江南人我是不赞成的，况且来历不明。朱家老伯母，你不要听了舍妹之言而来做媒，我只得有负你的美意了。我们现在有要紧的事，没有心绪干这事。倘然我妹妹自愿要去嫁给姓梁的，那么请她不妨离开我们去吧。”

小云娃这时正和梁国器有肌肤之亲、啮臂之盟，一心一意地热恋着他，宁可和家庭脱离关系，而不愿舍弃梁国器的。她听哥哥如此坚决地反对，不由芳心大为愤懑，也顾不得什么了，立刻对她的哥哥说道："你不要这样说！倘然不愿意和我做兄妹的，我也可以离走，只要母亲承认我是女儿便了。我没有做什么辱没李家的事，哥哥为什么要为了这婚事，而不承认同胞，想借此撵我出去吗？"

李德山的脾气本来十分坏的，受不起人家一句半句话，况小云娃一向听他命令的，今番竟敢公然违抗，出言顶撞，教他怎能忍得住？也不顾尚有亲长在前了，他就立刻跳起身来，指着小云娃说道："你私通了他方的男子，竟敢这样倔强，连家庭也不要了吗？我一定不许你和那个姓梁的成婚，我也不管母亲的意思如何，你听我的话便罢，如若不能听从，那么你快快离开这里吧，我没有你这个妹妹。"

小云娃此时气得玉容失色，珠泪下垂，立起身来，向她母亲翠娃道："母亲，你听哥哥这样对我无情，我再不能住在家中，只得离开你老人家，请恕女儿的不孝。"小云娃说到这里，不住低声饮泣。朱母因为李德山态度傲慢，不给她的脸，心里也觉十分气恼，忍不住插口说道："小云娃，你哥哥既然不容你在家里，那么你就不妨住到我家中去，我们却不多你一人。你母亲若然想念女儿时，也可到我家里去探望你的。你跟我去吧，别再厚颜挨在此间了。"说着话，和朱红英一起立起身来。

李德山也很愤怒地说道："既然你不肯听我的说话，而朱家伯母要留你去住在她家，那么你不妨跟她们去吧，我这里容留你不得。况且我们还有要事方谋对付，谁有心绪来管你这种事呢？去，去，去！我家没有你这个人。"

小云娃听了，眼圈更红，双泪簌簌流个不住，对她的母亲哭道："哥哥不念同胞手足之情，竟不容我在家里，我只得跟朱家伯母去了。母亲是爱我的，绝不会不认我这个女儿，而我也绝不会忘记母亲的。请母亲在想念我的时候，常来探望，那么我感激不尽了。"

翠娃听她女儿这样说，心中也非常难过。她一则因知道她儿子性烈如火，在发怒的时候，随便什么人的话都不肯听的。只有等他怒气平息时，慢慢儿地向他劝解，也许可以有回心转意的一天。二则自己为了桃花坡的事，外边风声很紧，不得不早想法儿，来防患未然。所以她含着眼泪，对小云娃说道："那么你去吧，一切须要谨慎，不要顺着你自己的性子胡乱行为，败坏了李家的家声。我等到这事有了对付方法后，自会前来看你的。你哥哥这两天心境不好，你也不必多说了。"

翠娃讲到这里，又向朱母说道："多谢你们母女俩一片好意，现在小云娃跟你们去后，一切多多仰仗你们的照顾。这小孩子年纪轻，不懂得什么事应该做，什么事应该不做，红英小姐年纪大一些，也请你凡事指教她。那头婚事最好稍缓再谈，你们知道的，我们为了桃花坡事，心绪十分不宁呢。"朱母道："妹妹，你放心，把小云娃交给我，我对她是要和自己女儿一样款待的，本来我也很喜欢小云娃的呢。"朱红英也对翠娃说道："李家伯母请放心，我决不把云妹妹当作外人看待的，希望你们安然度过了桃花坡的事情，再请伯母到舍间去细谈吧。"

朱家母女说了这话，遂催促小云娃去收拾了应用的衣服、东西，快快跟她们去。那赵氏坐在旁边，一句话也不说。李德山只是盛气呼呼地要小云娃走。

小云娃揩着眼泪，走到自己房里去，把自己的衣服、东西收拾了一只箱子，又带了她自己喜用的一对绣鸾双刀，走到外边来，对翠娃道："母亲，我要去了，愿你老人家自己也要小心，倘然那事情不致有风波而旋告平息了，请你老人家就到朱家村去，也使我心宽慰了。"又对赵氏说道："我去了，你们一切留心吧。"赵氏此时方才开口道："妹妹，你自己小心，我希望你能够再来。"李德山却走到房里去，不和她们多说话了。

于是小云娃跟着朱家母女走出门去，翠娃和赵氏送到门外，母女俩各洒了几点眼泪，方才分别。朱家母女真是有兴而来，败兴而回，陪着小云娃走回朱家村。

到了自己门前，却见两扇柴扉开得很直，没有闭上。朱红英忍不住对小云娃说道："咦！梁先生怎么门也不关上，自己却躲在里面呢？"小云娃点点道："这是他的疏忽吧。"朱红英挟着她母亲，三人一齐走进门去。朱红英第一个先向那边室中，呼唤道："梁先生，我们回来了，你在哪里？"但是一连叫了两声，却不见梁国器走出来招呼。

朱红英和小云娃都觉得有些疑讶。朱红英丢了老母，跑到那边室中去一看，静悄悄的一个人影也没有，哪里有什么梁国器？此时小云娃也走进室来，二人不约而同地都喊了一声"啊哟"。朱母在后面撑着拐杖，也走到了客堂里，坐定身子，问道："怎么，梁先生不在室里吗？"朱红英回身走出来道："是的，梁先生不见了！"朱母道："哎哟！他到哪里去了呢？"

朱红英在屋子里四周都去找到，仍不见梁国器，可知梁国器十分之十的不在她们家里了。她就对小云娃顿足说道："梁先生怎么不见了？他在这里客地生疏，是没有走处的。况且我们再三叮嘱他，叫他千万不要走开的，他如何背了我们，偷偷地走到别的地方去呢？万一遇见了秦家妈手下的爪牙，他还有命活吗？"

小云娃也瞠目说道："照我的理解，他是不会走开的。他正要等候你们的回音，怎肯走开呢？昨天晚上我走了以后，他又怎么样？"红英道："他仍旧是一个样子，快快活活听我的说话，早睡早起，没有什么变动。我们临行的时候，曾端整了午饭给他吃的，叫他不要走开，他怎么不听话呢？"

朱红英说到这里，连忙跑到后面厨下去一看，自己完整的饭和菜一些儿也没有动，便又走出来，说道："奇了，奇了！他午饭也没有吃，就离开这里的。大约在我们动身之后，他就走的。莫非他独自一个儿逃走了？"

朱母说道："倘然梁先生真是这样的，那么小云娃哥哥的说话也不错了，到底江南人比我们北方人来得狡黠。我们救了他，一片真心地对他，他却忘恩负义地溜之大吉了。这种人真不易对付，幸亏小云娃没有嫁给他，否则更要吃他的亏哩。"

朱红英道："照情理讲是绝不会的。我瞧他是一个诚实的君子，如何会这样的没有交代呢？"朱红英说到这里，就想起前天晚上，自己走到梁国器的卧榻前，送他吃莲子汤的一幕情景。她认定梁国器是好人，不相信他会逃走的。

此时，小云娃心里十分痛苦，大失所望。自己为了要委身于梁国器，而在家里被她的哥哥撵出来，谁知梁国器竟不别而行，杳无影踪。那么他前晚对自己的恩爱，完全是一种虚伪了。始乱终弃，这是极不应该的事。懊悔自己没有眼睛，错认了人，受了他的诱惑，以致白璧有玷，那么到底哥哥的说话不错了。

小云娃自己抱怨自己，心里充满着惊愕、惶惑、怨悒、悔恨，玉容惨淡，几乎要哭出来。她对朱红英说道："完了，完了！我受了人家的骗了！那姓梁的到底不是好人。现在我弄得进退狼狈，如何是好？叫我到哪里去寻找他呢？我曾听他说要到太原去寻找他姊姊的仇人，除非已去太原，再不能见他的面了。"朱母道："姓梁的既然没有良心，要丢开你，那么你就是追踪而去，也是无用的，我劝你死了心吧。"

朱红英沉吟片刻，又对小云娃说道："无论如何，我想梁先生绝不会马上背着我们而离开的，其中必有别的原因。莫不是在我们到你家里去的时候，那飞飞儿再赶来，乘间把他劫去的，也未可知啊！"小云娃叹口气说道："梁国器这个人枉自称一个男子汉，也太不中用了！他也会武艺的，为什么一些不抵抗，而竟会跟着人家跑呢？这也显见得他的心很不坚定了。"小云娃说时，露出非常懊丧的情景。

朱红英对壁上相了一相，说道："啊哟，我们的大刀不见了！"说着话，走到外面庭的中心去，东瞧西看，却发现那柄大刀竟丢在西边墙角里草中。她走过去，拾起大刀看了一下，回身走进来，说道："这大刀正是被梁先生用过了。大约他一定是和飞飞儿等交过手的，并没有不抵抗，也不是存心逃亡，我们倒不要错怪了他，这大刀是一个很好的证物。但是这刀上丝毫没有血迹，可见他抵抗得没有胜利，也许被飞飞儿擒去的，所以将这大刀丢在草间了。"说着话，把大刀仍挂到壁上去。

小云娃听朱红英这样讲，只是点头，她说道："红英姊的料想却是不错的，一定是那个娼根心里不死，再来寻衅的。恰逢我们不在这里，倒便宜了她，被她把梁国器劫去了。不知她可纠合了什么人，来做她的助手？料她一个人也没有这般胆量。"

朱母道："倘然这事是飞飞儿做的，我一定不肯甘休。她太轻视我们母女俩，我必要代小云娃把梁先生夺回来的，否则我们也没有面目住在这朱家村了。"朱红英道："待我去向隔壁张家探问一下，他们可瞧见什么，免得我们胡乱猜想。"朱红英说了这话，立刻跑出门去了。

小云娃在家里受了她哥哥的气，到了这里，却又不见了她心爱的人，不幸的事双方俱全。此时，她的一颗心觉得空虚极了，颓然嗒然，坐在椅子里瞠目结舌，一句话也说不出了。

一会儿，朱红英回来，对她母亲和小云娃报告道："今天真是不巧，隔壁张家的家人都出去了，只有一个十龄的童子在家看门。据他说，他曾在门口瞧见有一个老妪和飞飞儿到我们家里来，来了一会儿，把一个陌生的男子缚住手，推推拥拥而去的。因为童子是认得飞飞儿的，所以一定是她来把梁先生劫去的了。但是那个老妪是什么人呢？童子却不认得了。"

小云娃道："一定是那娟根请来的助手了，不知是哪一个。当然有很好的武艺。"朱母道："飞飞儿到哪里去请帮手呢？莫不是秦家妈妈？"小云娃道："我想不会的，她和秦家妈已闹翻了脸，母女俩无异仇敌，秦家妈怎肯帮她，把梁国器劫去呢？"朱母道："现在此地精武艺的老妪，除了我和秦家妈以及你母亲翠娃，可以说没有他人了，就是你母亲，还没有我们老到呢。"

朱红英道："我想此事闹蛾儿一定知道的，我和她也相识，不如待我先到她家里去窥探一下，只要我们能够知道梁先生现在被飞飞儿劫藏在何处，我们也可以合着力量，再把他去夺回来的。此事我必要帮云妹妹的忙，断不让飞飞儿侥幸的，我真气不过呢。"

朱母点点头道："很好，那么你就到闹蛾儿家里去探听一下吧。我们在这里听你的回音。"小云娃也对朱红英说道："为了我的事，大费姊姊的心，我很感谢你的，请你就去走一遭，我一定和那娟根拼个死活呢。"

朱红英遂辞别了她们，又跑出门去访问闹蛾儿了。可是去了一刻时候，却又慌慌张张地跑了回来。

小云娃正在十分心焦地等待着，心里盘算探听得真实消息以后，怎样去把梁先生夺回来。又想想梁国器虽会武艺，究竟是江南人，怎么会被她们劫去的？他这个人总太怯弱一些，怎样能够去复仇呢？可笑之至！她正在焦思苦虑，朱母却在一边坐着念经。此时她见朱红英忽然又跑回来，就立起来，问道："姊姊回来了吗？为什么这样快？可曾瞧见闹蛾儿吗？"朱红英摇摇头道："我没有到她家中去。"

小云娃听了这话，倒不由一怔，暗想：奇了！正要再问时，朱母早抢问道："咦！红儿，你刚才不是说要到闹蛾儿家里去吗？何以又没有去？究竟为了何事啊？"朱红英道："云妹妹家里出了很大的乱子了，我特地回来报一个信的。"小云娃听了，不由大吃一惊，连忙问："红英姊，我们家里出了什么乱子？莫不是官府里有人来捉拿我哥哥吗？"

红英点点头道："被你猜着了。从我这里到闹蛾儿那边，一定要经过你们红石村口的。我刚才走到村口，瞧见村中人十分惊慌，纷纷乱奔，村口有一队捕役守在那边。我向人一探听，方知平阳县派来大批捕役，到你家里去拿人的。我听了不由发急，便问人可有拿着，又知道一个也没有捉到，捕役们正在村中大肆搜索，所以村里的人非常惊慌了。"

小云娃听了朱红英这个报告，便说道："啊哟！我母亲和哥哥、嫂嫂不知究竟怎样了？待我回去援救吧。"小云娃说着话，就要取了她带来的绣鸾双刀，要想奔回家去，帮家人抵抗捕役。朱红英早把她拦住道："你一个人回去，恐怕也是寡不敌众的，况且你母亲和你哥哥、嫂嫂本领都不错，不至于遭捕役们的毒手的。我又听说一个人也没有捉到，可知你母亲等都已闻风远避了。你跑回去做什么呢？不是自去投入罗网吗？"

二人正说着话，忽听门外柴扉声响，有人走了进来。二人回头看时，只见小云娃的母亲又立在她们的面前，脸上溅着几点血，手里还拿着一把宝剑，像是刚才厮杀过的样子。

小云娃连忙扑上去，叫了一声："母亲，家里怎样了？"翠娃道："不好，桃花坡的案件发了，我和你哥哥不是正在筹思如何避免的方法吗？不料他们竟先发制人了。此番来的捕役真厉害，不知平阳县哪里请来的能人，我们险些儿遭他们毒手呢。"

翠娃说时，声容很是严肃，小云娃和朱红英母女都急欲听她讲一个明白。

第七回

破劫案胭脂盗避祸
退强敌铁臂弓施威

当梁国器初投迎宾旅店，在喝酒的时候，店伙胡二不是曾告诉梁国器，在桃花坡地方新近发生了一件很大的劫案，就是胭脂盗做的吗？原来做此案的不是别人，就是小云妲的母亲和她的儿子李德山。曾把镖师双刀将艾霸一箭射死，把货财完全抢劫到手。但是那位客人是京中某大吏的兄弟，很有势力的，此番运送货物、金银到太原去，特地请了镖师护送。谁知这里的胭脂盗非常猖狂，竟敢白天行劫，射死镖师，杀伤了许多镖伙。

那客人受了这重大的损失和惊恐，岂肯甘休？他就到平阳城里去见平阳县，责备县令治盗不严，以致地方上萑苻不靖，而行旅之人也蒙受着莫大的祸害。此番他损失了数十万货财，又被胭脂盗射死镖师，案情可以说很严重的了，所以要求平阳县从速捕盗，追回失物，限期破案。他要住在平阳，坐等这案件弄明白了，才肯回去，否则他就要一面到省里大吏那边去控诉，一面还要飞报京师里他的哥哥知道，恐怕小小一个平阳县也担当不起这事情的。

平阳县府向来是装聋作哑，不问民间疾苦的，现在却遇到了这天大的压力，倒使他不得不大动脑筋了。他就答应在十天之内可以破案，招待那客人住在客馆，把大鱼大肉请他吃，暂时安住了人家的心。一面连忙召集衙门中全体捕役，开个紧急会议，商量如何去捉拿胭脂盗、早日破案的事。

这些捕役本来都是酒囊饭袋，没有什么本领的，平日只会吓诈小民，狐假虎威，对于地方上的胭脂盗，却是素来闻风畏避，不敢碰一根汗毛的。凡是胭脂盗闹出的案件，只要没有苦主盯紧，他们就含糊过去了。此番事情既是闹得这样的严重，县令要限期破案，大家闻讯之下，面面相觑，作声不得。

其中有一个捕头，姓包名唤定六，比较有些胆量，且是个老江湖，年纪已有四十多岁。他对县令说道："此次桃花坡劫案果然是很重大，那些胭脂盗也太闹得厉害了。平常时候县太爷宽容他们，他们也不探听明白，胡乱行劫，以致闹成棘手的事情。县太爷若不认真缉拿，当然要受革职处罚的罪。我们吃了公事饭的人，理当尽心竭力，帮助县太爷早破此案。无奈胭脂盗的本领十分厉害，我们这辈弟兄绝非他们的对手。小人以前倒也自恃略有武艺，而不怕什么人的，近来年纪大了一些，碰过了几个能人，却要三思而行，不敢妄动了。自从桃花坡的劫案做出后，小人已在外边暗中探听，知道有几人都有重大的嫌疑，只要费一日的心力，不难水落石出，探听出此事的底细了。不过小人已说过，此地没有人能够去捉拿他们的，非别想良计不可。"

平阳县道："那么你可有什么好的方法，把胭脂盗捉拿到案呢？"包定六答道："小人有一位师叔，姓谭名飞虎，年纪有六旬，以前在山东历城等县也当过多年的捕头，江湖上很有名气，大家称他'花刀老谭'的。现在早已辞职不干了，隐居在太行山的盘谷中。若要捉拿胭脂盗，除非请他老人家来相助，便没有把握。"

平阳县听了包定六的话，便欣然说道："既有这位老英雄在那地方，你可以代我端整了车马帑帛，星夜赶到太行山，去请他出来。只要此案得破，便是我们的天大幸事了。他既是你的师叔，大约不至于拒绝的吧?"

包定六道:"小人前去走一遭,一方面劝以私谊,一方面可以说县太爷怎样求贤如渴,爱民如子,要为地方上肃清盗贼,安定闾阎,务要请他亲自出马。这样说,他不至于拒绝了。"平阳县道:"很好,事不宜迟,我代你预备一切,你就快快动身去吧。"

于是平阳县代包定六端整了鞍车骏马,金银帛帛,马上到太行山去聘请飞虎出山。包定六衔命而往,过了几天,他果然请到了花刀老谭还有老谭的朋友铁掌柳熊也一同前来。因为包定六去的时候,恰逢柳熊从南方前来会见他的老友,住在老谭家里。

包定六拜见师叔之后,奉上帛帛,把自己的来意向他师叔陈述一遍,要求他老人家一定要出去相助一下。起先老谭不肯答应,后经包定六再三恳求,且说为平阳地方百姓请命,要他破例出山。而那位朋友铁掌柳熊在旁边听了包定六的话,也怂恿老谭出去捉拿胭脂盗,为地方除害,且愿跟随同往,以壮声势。花刀老谭方才答应了包定六的请求,便和铁掌柳熊跟了他的师侄,坐了车马,星夜赶到平阳来。

包定六一路小心侍奉,秘密到衙。平阳县听说包定六已把他的师叔请来,不胜大喜,遂在后花园接见。当包定六引导他的师叔花刀老谭和老谭的朋友铁掌柳熊来谒见时,平阳县瞧见那花刀老谭年纪虽老,而精神矍铄,身材魁梧,一望而知是个有功夫的人。颔下须髯很长,更见威武。而老谭的朋友柳熊,年纪却不到五十岁,生得短小精悍,双目炯炯有光,果然不错。于是各道寒暄之后,平阳县吩咐在花厅上设筵款待谭、柳二人,为他们洗尘,尽宾主之礼。且留二人在衙内下榻,相机而动。

那时候包定六手下捕役们有几个干练的,已探知底细,知道这案件是红石村李家母子做下的,将情报告与包定六知道。包定六素闻插翅虎李德山的厉害,又知李德山的母亲翠娃是胭脂盗中前辈,素有"闪电光"之称，而李家还有一女一媳，就是一堆雪小云娃和神臂弓赵氏，都是了不起的人物。他师叔虽然本领高强，还不知道可否擒获他们。于是，他就在众捕役中选了八个善射的健儿，归他自己率领，成一小队。倘然他师叔交手不利时，可用弓箭向李家的人射杀。一共挑选三十名捕役，请他师叔和柳熊明天午时出马，到红石村去捉拿胭脂盗。

他们为什么不在夜间动手而在白昼呢？这也因为包定六知道胭脂盗飞行功夫都是很好的，地理又熟，夜间容易脱逃。况恐李家有什么埋伏，自己方面反要吃亏，还不如白日前往的好。

到了出发的时候，花刀老谭和铁掌柳熊都是脱去长衣，扎束定当，外面再披上大氅。老谭带着一柄生平使用惯的金背刀，腰间挂上镖囊。那柳熊却带着一对李公拐，杂在众捕役里面，向红石村跑去。包定六也拿着朴刀，佩着弓箭，和几个捕役打前走。

到得红石村口，包定六吩咐十名捕役带着铁尺、长枪和挠钩、绳索，埋伏在村口，等李家有人逃出来时，上前捉拿，不要被他们漏网。他自己就陪着花刀老谭、铁掌柳熊，赶到李家门前，一声呐喊，将前门、后门团团围住。八个弓箭手很迅速地爬登短垣之上，张弓待射。包定六举着朴刀，和谭、柳二人率领十名比较健壮些的捕役，打开李家大门，冲进室内。

翠娃和她的儿子、媳妇都在里面。他们做了这件事，自知案情闹得很大，未尝不防备官中有人要来拘捕。这几天风声很紧，要捉胭脂盗，也微闻平阳县包捕头到别的地方去请能人，前来相助办案。他们知道早晚要有一场风波，所以预先几天，大家忙着筹划对付的方法。先把劫来的赃物运送到数十里外的天保村一家姓徐的朋友家里去秘密暗藏，一方面正要商量是否要作迁地为良之计。据翠娃的意思，最好要避去些时，待到事过境迁，方才回家。而李德山和赵氏素恃自己本领高妙，不把官中的人放在心上，主张只要随时防备，不必避匿。当朱红英母女上午跑来，代小云娃做媒的时候，他们一家人就是在商量这件事情，自然没有心绪谈什么婚事。小云娃却只知道恋爱着梁国器，只想到她自己的事，而不顾到她家所犯的案情正在紧张之中。所以李德山要格外发怒，不顾兄妹之情，也不顾得罪朱家母女了。

自小云娃跟随朱家母女一走以后，翠娃的心里当然十分不快活，而李德山也觉得余怒未消。由赵氏去烧好了午饭，大家刚才吃饭，一边吃，一边二人商量着：倘然官中有人来捕的时候，翠娃可以避到朱家村去，而李德山夫妇可至天保村徐大章家里去躲避。翠娃为了女儿问题，心头总觉闷闷的，不能和她的儿媳讲，勉强吃了一碗饭，搁下筷子不吃了。

李德山和赵氏还没有吃毕，忽听门外一声呐喊，知是事发了。李德山连忙将饭碗一丢，跳起身来，立刻跑到房中去，取出他平生常使用的一对虎头钩，脱了长衣，跳至庭中。翠娃也去取过一柄宝剑，赵氏拿了一柄单刀，又佩上弓矢，也一同走出屋子来。早见墙上已有了捕役，大门外那个捕头包定六已同花刀老谭、铁掌柳熊，舞着兵刃冲了进来。李德山虽然认得包定六，而不认识谭、柳二人，但瞧见中间有一位长髯的老翁，体貌魁梧，知是官中请来的能人了。他也并不害怕，挺着双钩，等待厮杀。

包定六见李德山兀立庭中，他是识得此人的厉害的，便把朴刀向李德山一指，道："姓李的，你同你母亲在桃花坡所犯的案件，已被我们探得了。平日之间，我知道你所犯血案累累，而你的母亲和你的妻子、妹妹都是此地的胭脂盗。只因你们劫夺的地方还远，不在本县管辖之内，也就罢了。岂知你们胆子越来越大，竟在距城不远的桃花坡行劫镖车，把镖师射死，案情闹得这样大，凑巧被劫的客人又是来头大，你不是要我们没饭吃吗？所以今天前来捕你了，快快就缚吧。"

李德山睁圆了一双怪眼，对包定六说道："案是我们犯的，人是我们杀的，你休要多说废话。今日带了许多人来，要想捕我们到衙门吗？只要我手中的家伙答应，便可随你到官认罪。但想你也不是个聋子，须知我手中伙伴不知有许多人败在它们的下面了，你如不怕做双刀将艾霸第二的，快快滚上来吧，你家老子早知你们这伙人都是不中用的东西！"

李德山盛气呼呼地说着话，花刀老谭回顾包定六道："这就是李家小子吗？如此猖狂，还了得！你不必和他多说话，有老夫在此，快快上前捉拿。"包定六虽有老谭壮着胆子，但他也不敢独自上去，抖擞精神，大喊一声："众弟兄快快上前捉人！"说了这话，方和捕役们奔上去。李德山依旧立着不动，等到捕役近身时，他就大喝一声，如山中虎吼一般，吓得众捕役又倒退下来了。

花刀老谭见了这种情景，知道非先让自己动手不可了。他就一挥手中的金背刀，跳过去，对李德山骂道："狗盗休要逞能！你可识得花刀老谭吗？"李德山以前似乎也曾在江湖上听人说过老谭的大名，现在一见花刀老谭这个样子，便知是包定六等请来的助手了。他也没有说什么话，就和老谭交起手来。老谭的金背刀使开来，果然出色，上下左右一片刀光，闪闪霍霍的，只望李德山头上、身上扫去。而李德山的一对虎头钩也是非常厉害，滚来滚去，宛如两团黄云，呼呼地有风雨之声。二人争了七十合，不分胜负。

老谭暗想，今天遇到了劲敌，这小子的虎头钩使得一点儿也没有破绽，若不是自己花刀的刀法精锐，恐怕早已败在他的手里了。所以他抖擞精神，定要战胜剧盗。那李德山心中暗忖：自己的虎头钩近他不得，不能不狠命猛扑了。那时候，李德山的妻子赵氏在旁见丈夫战那老头儿不下，她就一握手中单刀，跳过来助战。这时铁掌柳熊一个箭步，跳至赵氏面前，喝一声："胭脂盗，今天你们的末日到了，你家柳爷在此。"舞动他手中李公拐，便向赵氏头上打来。

赵氏便把单刀架住，捉对儿地在庭中厮杀。

那李公拐也是短兵器中的最厉害的家伙，和虎头钩不相上下。而铁掌柳熊的李公拐已到了出神入化的境界，所以赵氏便觉得有些吃力，战到二十回合，额上的香汗已是浸淫。翠娃见儿、媳都逢到了强有力的对手，深恐他们吃亏，所以她挥动宝剑，来助赵氏。此时包定六和众捕役见谭柳二人力战剧盗，武艺高强，他们胆子顿时壮了不少，又大呼："拿人啦，拿人啦！"一齐围拢来。

李德山要顾到他的母亲和妻子，稍一分心，已被老谭得个间隙，一刀劈向他的腰里来，喝一声"着"。李德山连忙一边收转左手虎头钩，去架格老谭的金背刀，一边将他的身子做一个"霸王卸甲"，一弯腰避开这一刀。然而左手掌已被老谭掠着，幸亏那护手钩把他的手指护住，所以手指没有削去。但被老谭趁势向上一送，却削去了他的腕上的一片皮，便有鲜血流将下来。

李德山既然伤了手臂，左手运转不灵，遂觉得敌不过老谭猛烈的攻势了，暗想三十六计走为上策，今天自己难以取胜，不如趁早走吧。遂向翠娃、赵氏说一声："别斗了，我们走啦！"就把自己的虎头钩向老谭下三路扫去。老谭望后一跳，约退数尺，李德山乘势跃出圈外，望门外冲去。门口等着的许多捕役各把铁器、挠钩去拦住他，李德山怒吼一声，将手中双钩向两下猛力一扫，早已跌倒了三四个捕役，被他冲出门去。赵氏见她的丈夫已走，也就丢了柳熊，拔脚便跑。谭、柳两人怎肯放他们逃走，立刻跟在后面追去。

包定六见三人逃去了两人，他怎肯再放翠娃走呢？退后数步，一声吹哨，那墙上立着的八个弓箭手便一齐向翠娃放箭。翠娃慌忙将宝剑使开，护住自己的要害，许多箭射到她的近身时，都被她的宝剑击落。可是这一来，翠娃就不能跟着她的儿、媳同逃了，她只得退到屋子里去，从后门出走。谁知后门边也有捕役守住，一见翠娃跑出来时，一齐高声大呼，把她拦住去路。惹得翠娃性起，将宝剑左右刺劈，便有两个捕役被她劈倒在地上。包定六从室中追出来，大喊："不要放走了胭脂盗！"

翠娃一时无路可奔，左边恰巧有一株大榆树，她就纵身一跃，跳到了树上。包定六不敢上去，又叫放箭。这可使翠娃没有办法，瞧见左边邻家的楼房，仗着自己的飞行功夫，立刻就从榆树上跳到邻家的楼房上。包定六等都不会轻身术的，一边乱喊，一边放箭。可是翠娃的人影在楼房上闪了二三下，便不见了。所以包定六等只得在村子里向人家四处搜索。这就是朱红英路过红石村的当儿了。

当时老谭、柳熊追赶李德山和赵氏，虽然也有数名捕役一同跟去，可是谭、柳二人跑得快，捕役们哪里追得上呢，早落在后面一大段路了。李德山出村的时候，捕役们拦他不住，有两个跌落在河中，唯有谭、柳二人紧追在后。

李德山伤了手腕，不敢回身再战，赵氏也急切地保护她的丈夫，紧跟在他的身后。这样跑了二三里路，回头见花刀老谭和铁掌柳熊仍在背后紧追。看看渐追渐近了，突然有一镖从后面飞来，这是老谭发出的飞镖。赵氏一边侧身避让，一边喊她的丈夫注意。李德山也是眼观四处、耳听八方的人，当然当时跟着闪避，所以老谭的一支镖早飞过了二人，落在草地上去了。

老谭的一支镖没有击中二人，却引起了赵氏退敌的心思，因为赵氏素有"神臂弓"的别名，她发出的联珠箭，可说百发百中，不愧女中的飞将军。此刻她身边本来带着弓箭，忘记了它的用处，经老谭发了一镖，她就从背上卸下弓，把单刀插好了，又从腰际箭袋里抽出三支雕翎来。回身立定了身子，将箭搭在弓上，拉得如一轮明月般，十分饱满，觑准后面的谭、柳二人，嗖地射出一支箭去。

老谭见自己的一镖不中，暗暗佩服前面的胭脂盗男女都不弱，非常灵敏，巧于避让。正要想再放第二支镖时，忽见前面的少妇突然回身立定，弓弦响处，早有一箭闪电般地向自己面前飞来。他立刻向柳熊打了一个招呼，闪身避过这一箭。不防赵氏射的是联珠箭法，一箭不中，便有第二支、第三支首尾衔接而来，神速无比。老谭说声不好，和柳熊一齐左跳右闪，避过了第二支箭。但是第三支箭却已在老谭的耳旁拂过，擦去了一些枯皮，而柳熊也险些儿着了一箭。两人因此顿了一下，不敢再追下去。李德山便和赵氏乘机窜进了一座林子，转了几个弯，就逃走了。

谭、柳二人镇定了心神，正要再追上去，早已不见了李德山和赵氏。他们是新到此地的人，不识路径，包定六等众捕役又没有一个在身边，因此被李德山逃走了。而包定六等在红石村中搜索多时，也不能发现翠娃的影子。鸿飞冥冥，求之不得，大家都觉没趣，只得回去禀知平阳县，把李家四人画影图形，行文四处，一体缉拿。谭柳二人暂留在城中，等到哪里有风声时再去擒拿。包定六又派出众捕役，到各处探访消息，这也是没办法中的一个办法了。

那翠娃仗着本领高、地理熟，当众捕役乱攘攘的时候，她早觅得一条幽僻的间道，秘密逃出了红石村。她也料想她的儿子、媳妇能够兔脱的话，那么一定到天保村徐家去了。自己倘至彼处，当能见面。但一想到爱女小云娃，她在朱家恐怕还不知道家里的祸事，不如就到朱家村去走一遭。一则母女可以重逢，二则也通个信给她知晓，免得被官中搜捕缉拿时，连累了朱家母女。翠娃这样一想，所以就赶到朱家村来了。

当时母女见面后，翠娃将经过的情形讲给小云娃听，且说花刀老谭和铁掌柳熊的武艺高强，此番平阳县特地请到了能人前来破案，可见对于此事是剑及履及，十分严重了。深恐他们捉拿不到我们，再要瓜蔓株连地到各乡村搜索，所以小云娃也不可不严密深藏，以避耳目。小云娃听了她母亲报告的一番话，就恨恨地说道："可恶的捕役到哪里去请来助手？倘然我在家中，一定要相助我哥哥，把那老头儿击退的。现在却不知我哥哥和嫂嫂的行踪如何。哥哥虽然无情于我，而我却仍念他呢。"翠娃道："你放心吧，他们一定走到天保村徐家去，只要我们也上那里，不难重逢。"

朱母在旁开口说道："妹妹，你辛苦了！且请在此休息一刻再行。"朱红英也指着翠娃脸上的血迹说道："李家伯母，你还有血污，让我拿一盆水来，给你洗拭去吧。"翠娃点点头道："很好，谢谢你姑娘。"朱红英便去取了一盆热水和手巾来，请翠娃洗脸。翠娃在说话时，早将手中剑挂在墙上，此时空着手，便来拧着手巾，揩拭自己脸上的血迹。朱红英又去拿过一面镜子来，给她照着。翠娃就将自己脸上血迹擦个干净。

朱红英托着盆走出去了，回身入室，又对翠娃说道："李家伯母谅必肚子饿了，我们也没有吃饭，且待我去端整午饭，吃了再商议吧。"翠娃道："我也吃不下，你不用忙了。"小云娃道："有现成的饭菜，大家吃些算了。"朱红英听说，对小云娃看了一眼，便走到厨下去了。

此刻翠娃坐定了，忽然想起一件事来，她就向小云娃道："我还有一句话要问你，就是朱家姊姊说起来的江南人梁国器，不是也在这里吗？怎么不见呢？我倒要瞧瞧此人到底如何，你为什么要爱上他？"小云娃听她母亲问起梁国器，不由微微叹了一口气，黯淡的面色，暴露出她心里的忧愁，默默无言。

朱母早忍不住在旁边道："妹妹，我告诉你吧，这事情也很奇怪的。当我们母女二人跑到你们府上来做客时，那位梁国器先生还好好儿地守在我家，我们曾叮嘱他不要走开的。谁知我们回来时，却没有了他的影踪，岂非奇事吗？我们正在这里发怔呢。"

翠娃听了，也很觉奇异。朱母又把访问邻舍，据孩童报告的经过，告诉她听。翠娃道："如此说来，那个姓梁的一定被飞飞儿劫去了，那个老妪莫不是秦家妈？"小云娃道："我想不会的，秦家母女之间的感情已发生了裂痕，如同冤家一样，她们怎会和好呢？大约是她到别处去请来的助手了，飞飞儿这人真是狠毒啊！"翠娃又劝她女儿道："这头亲事本来你哥哥也剧烈反对的，既然姓梁的跟了他人而去，你也让他去吧，不必再恋恋于他。此人也许是薄情者，你不如跟着我同去隐避吧。我到这里来，本想要和你一起离去的，免得连累了朱家姊姊。"

小云娃听了她母亲的话，一时不知怎样说才好，暗想："母亲轻描淡写地说这些话，哪里知道我已在家中瞒了家人，失身与梁国器的了，此事又怎能率直地去告诉母亲知晓呢？"朱母却微笑道："妹妹，你不知你家小云娃深深地爱上了那个姓梁的，情愿把性命去和飞飞儿相拼。现在梁先生又被飞飞儿夺去，教小云娃怎样咽得下这口气呢？"

朱母说话时，朱红英已从厨房走出来，说道："母亲这话对了，我也帮着云妹妹怄气，总要把梁先生夺回来才是。方才我本到闹蛾儿家里去探听消息的，只因走过红石村，见捕役抓人，探听明白是到李家去的，所以跑回来告知云妹妹。恰巧李家伯母也来了，现在我们且吃了饭，再作道理。"

于是朱家母女请翠娃、小云娃母女俩到客堂里坐着用午膳。吃罢了饭，大家商议一遍，必要得到了梁国器，然后让小云娃母女俩离开此地。小云娃代朱红英收拾厨下，洗涤碗筷，而让朱红英再到闹蛾儿家中去探听消息。李家母女暂时藏在这里，谅捕役在短期内也难寻到的。于是朱红英又别了她母亲和李家母女而去了。

翠娃等把杂事料理完，遂陪着朱母坐在房中，谈桃花坡的劫案，等候朱红英回来。朱母今天午睡也不能打了，经也没有念，只叫小云娃代她点了三支香。

直到傍晚时，朱红英方才回来。小云娃迎着便问道："有劳姊姊跋涉，使我心里真是不安。姊姊可会见过闹蛾儿？有什么消息探得？"朱红英见小云娃这般发急，便笑了一笑，说道："我们自己姊妹，你又何必客气？你的事同我自己的事一样的。我要告诉你，梁先生有了着落了。"小云娃一听梁国器已有下落，心中顿觉快慰不少，又说道："真的吗？他在哪里？可是闹蛾儿告诉你的？"

朱红英道："闹蛾儿和我还算不错，我到了她家里和她相见后，把此事的颠末详细告诉她听，要求她持公正的态度，不要偏袒飞飞儿，而将飞飞儿劫夺梁先生的经过告诉我听。闹蛾儿听了我的说话，方才明白，起初她也误怪云妹妹夺人所爱呢。后来她就说：既然梁先生自愿和云妹妹相爱，而不爱飞飞儿，那么飞飞儿何必定要和人家强夺呢？所以她告诉我说，飞飞儿是和她母亲秦家妈，到我家来劫夺梁先生的。他们母女俩曾下决心，要和我们厮斗一下，恰巧我们不在家里，因此没有交手，而劫梁先生去的。"

朱红英说到这里，朱母摩挲着她的瞎眼，说道："啊呀！果然是秦妈妈来的吗？她倒为了养女得婿的缘故，居然来犯我们朱家了。嘿！她欺我双目失明，大胆跑到我家门上来嚣张吗？岂有此事！"朱母说着话，气上心胸，脸上也变了。小云娃道："奇了！秦家妈已和飞飞儿闹翻了吗？这是梁国器亲口明明白白告诉我的，她们怎会又和好起来呢？"

朱红英点点头道："不错，此事似乎也出人意料。我已问过闹蛾儿了，据闹蛾儿说，都是她想出的主意，为了要夺回梁先生的缘故，非得请秦家妈出来相助。所以闹蛾儿说动了飞飞儿的心，且愿包她没有危险，由闹蛾儿去说情，劝她们和好如初。二人遂到迎宾旅馆去见秦家妈，飞飞儿伏地请罪，闹蛾儿代为乞恕，且说梁国器在我们家里被小云娃和我二人匿藏着，不放他走，要请秦家妈出头去夺回来。秦家妈因有闹蛾儿说情，便不责怪飞飞儿，而愿帮飞飞儿来我家夺回梁先生的。闹蛾儿因和我家也是素识，故她不愿出面，而让他们母来的。现在闹蛾儿既已明白真相，她也不支持飞飞儿的行为了。她又告诉我说，梁先生现正藏在她们店内，飞飞儿将于日内要和梁先生动身到太原去哩。"

小云娃听了朱红英的话，一则以喜，一则以忧，喜的是梁国器已有了下落，忧的是万一梁国器果然跟了飞飞儿一起到太原去时，那么自己的前途就完全绝望了。她脸上充满着悔恨的神情，对朱红英说道："多谢红英姊代我探听明白，飞飞儿果然可恶！但我要怪梁国器太没有主见，倘然他要和飞飞儿去太原的话，可以知道他的为人了！"朱红英道："男子汉如此行为，太不刚强了！"

朱母道："这个别要管他，我们最要紧的，是去秦家妈店内，把梁先生仍旧夺回来，详细问问他就是了。"朱红英道："母亲的话对咧，我们今天晚上就去。"朱母道："秦家妈敢来我家劫人，我倒也要去和她见个高低哩！"朱红英道："这倒不必了，母亲一则年高，二则目盲，夜间去究属不便，不比她们送上门来，可以逸待劳的。现在我们有李家伯母相助，一共三个人，难道还敌不过她们两人吗？母亲毋庸前去。"翠娃也说道："姊姊放心，秦家妈虽然厉害，我自问也敌得过她的。红英小姐和我女儿都非弱者，绝不至于败在她们手里了。"朱母道："这样也好，有了妹妹同去，也不怕秦家妈逞强。我双目丧明，自知无能了。"翠娃道："我们并不是敢说姊姊无能，为的我们三人足够对付，不再有劳姊姊了。"朱母道："愿你们胜利而归，我才欢喜呢。"

她们商议既定，于是提早吃了晚餐。天色刚黑时，翠娃和小云娃、朱红英三个人结束停当，各持兵刃和暗器，别了朱母，一同悄悄地赶到迎宾旅店里去复夺梁国器，和飞飞儿母女一较身手。

第八回

夺佳婿大闹迎宾馆
缔良缘双奔太原城

　　一间小室里烛影摇红，映出两个人影在壁上，厮并在一起，就是沿窗桌子边并肩而坐的一男一女。

　　那个体态妖娆、姿色美丽的女子，把一手钩住那男子的肩膀，笑嘻嘻地说道："现在你是我的了！前两天你被那个小狐狸迷得昏了，早把我丢到九霄云外，全不想我对你的一番真心美意，使我真是气不过的。我冒了绝大的危险而和你黑夜双奔，谁料到你这个就口馒头，反被那小狐狸现现成成地吞了去，岂不令人气死？当我到朱家村看朱红英的时候，又谁知那个小狐狸竟会把你藏在那边的。天有眼睛，恰巧给我撞见，当然我要同你一起走的了。偏偏那个小狐狸又来了，朱家母女又存心袒护她，我一人众寡不敌，只得熬着一肚皮的闷气回去，和我的小姊妹闹蛾儿商议。是她劝了我，向我的母亲那边去认了一个罪，要求我母亲代我出来做主，一吐这口闷气。我母亲虽然和我不是亲骨血，究竟多年的母女，情感不浅，虽恨我违背她的意思，而因我向她负荆请罪之故，所以她到底肯饶恕我的前咎，肯帮助我，一同到朱家村去把你夺回。可惜朱红英母女都不在家，否则我母女俩也很要和她们见个高低的。好在你知道我们这样做所为何事，岂非为了你这个人吗？现在你可以认识我秦玉

229

燕这个人和我的一颗心了。你们江南人很是狡猾的。我要你对我说，究竟爱我不爱我？你和那个小狐狸可曾发生过肉体上的关系？你老老实实地说，不要骗人。"

飞飞儿一边说，一边把她的香颊贴到梁国器的脸上。梁国器却只是低着头不响。他此番被飞飞儿母女把他重行劫到这里，是起先万万料想不到的，心里也很有些不情愿。因为他已和小云娃有了爱情，并且他觉得，小云娃这个人虽然也是胭脂盗的一流，然而比较飞飞儿温和、妩媚得多了。只因自己知道秦家妈和飞飞儿的武艺比较他高强得多，一个人断敌不过她们母女俩的，所以只得束手受缚，而被飞飞儿重又带回迎宾旅馆。

飞飞儿恐防他要乘机逃脱，竟把他幽闭在这间小室里，要使他回心转意，不爱小云娃而爱她。其实他自己的心里已被小云娃整个地占据着，和他初来投店、子夜间歌的情景又不同了。他只希望自己虚与委蛇，侥幸苟全，而小云娃能够想法来把他救出去，这是他馨香祷祝的事了。

所以他不多说话，而飞飞儿却偏偏百般逗引他，香颊在梁国器脸上不住地摩擦，又娇声说道："你为什么不开口？我和你第一回遇见的时候，你不很爱我的吗？你不要中了那小狐狸的毒，以为我飞飞儿不是好人。老实说了吧，我和小云娃、朱红英、闹蛾儿都是此地有名的胭脂盗。而我母亲和小云娃、朱红英的母亲都是个中前辈，做过了许多杀人越货的案件，也不能说谁好谁坏的。你千万不要听那小狐狸背后说的什么话，我既然一心对你，那么对于你是有利而无害的。你前番不是说要到太原去复仇吗？我也情愿陪你一起去的。凭着我这本领，务要帮助你成功。你相信我的话吗？好人，你快说吧！"飞飞儿说到这里，又把梁国器推了数下，她自己的身子竟做飞燕投怀般坐到梁国器的身上去。

梁国器只得说道："我知道你的美意，但是……"他说到这里，却又顿住。飞飞儿问道："但是什么？我今夜愿意侍奉你一同快乐，好不好？"

飞飞儿正说到这里，忽听窗外有人冷笑一声道："恬不知耻的娼根！你在室中干什么？真不要脸的！快快出来，和你家姑娘斗一百合。"

飞飞儿一听声音，脸上突然变色，从梁国器的身上直跳起来，摘下壁上的宝剑，立刻走出室去。梁国器却听出外边说话的人正是小云娃，顿时心中又大喜起来，连忙也跟着出去看看。

前面是一个小小的天井。只见飞飞儿和小云娃在天井里狠斗起来。飞飞儿的一口剑妖娆非常，而小云娃的双刀如银龙出水，只见刀光飞舞，几乎分辨不出人影来。而对面屋上正立着朱红英和小云娃的母亲翠娃。朱红英瞧见梁国器从室中走出，室里的烛光正斜射在梁国器的身上。她就指与翠娃看，可惜在黑夜中也只能见到一个依稀的轮廓，而不能尽识庐山真面。

这个时候，忽听后边屋内猛喝一声："哪一个吃了豹子的胆，敢到老娘店里来寻衅？须吃老娘一鞭！"跟着跳出一个人来，宛如罗刹魔女，手里横着一支竹节钢鞭，正是秦家妈来了。她在后边听得前面有金铁相击之声，知道出了乱子，也许是朱红英母女和小云娃等来兴问罪之师了，果然被她料着。屋上的翠娃见秦家妈赶了出来，素来知道她的厉害，恐怕自己的女儿吃她的亏，马上使一个"飞燕穿帘"，从屋上轻轻地一跃而下，正落在秦家妈的面前。把手里的宝剑指着秦家妈，说道："秦家妈，你不该帮着你的养女到朱家来夺人，你以为我的女儿好欺吗？"

此时，秦家妈早已知道平阳县全体捕役为了桃花坡的案件，而到红石村去捉拿李家众人的事了，遂对翠娃说道："你说得出那个姓梁的是你女儿的人吗？我却没有知道你女儿几时嫁给他的。你自己的女儿夺了我女儿的人，却偏不识羞，反说我们来夺人，这岂非大大的笑话吗？现在官中正要捉拿你母子，你不去逃命，却到这里来寻衅，难道真是活得不耐烦吗？我们以前虽也是同道相识的，而我知道你常常在人家面前，背着我说我的坏话，种种毁谤，我平时总是忍着，今天我倒要问问你了。"

翠娃听秦家妈一连串说出这许多话来，遂冷笑一声道："谁教你开着黑店害人？你自己想想吧，你的行为何以如此？你自恃本领高强，目中无人，以为人家都不是你敌手吗？我却不怕的，你能够好好交出那姓梁的人，让我们带回去，万事全休，否则我不得不和你见个高低。"

秦家妈道："你要我交出姓梁的吗？你去问我的女儿吧，只要她能够答应。你方才既然说不怕我，那么我手里的竹节钢鞭也要不认得你了。我且和你打一百回合再说。"秦家妈说罢，把钢鞭举起，照着翠娃的头上狠命地一鞭打来。翠娃岂肯饶让？也就将宝剑架住，使开她平生所有的梅花剑来，和秦家妈狠斗。两方面都是母女俩，四个人各施身手，在天井里叮叮当当的一场恶战。梁国器在旁看得呆了，无论他自己的本领还不及人家，即使他要上前去动手时，也不知帮了哪一边好。

朱红英却立在屋上，作壁上观。她见下面两对人正是棋逢敌手，一样的高强，杀得难解难分。在这个时候还用不着她去加入，只是她很想早些赢了，可以把梁国器重行夺回，解决了这事，也好让小云娃母女早早远避，逃避官中的刑网。所以她从腰边镖囊里摸出一支毒药镖来，拈在手掌里，要想乘机待发，早奏肤功。但她见秦家妈的一条竹节钢鞭舞得实在紧密，没有一点破绽。幸亏翠娃的武艺也是十分了不得，所以还能够抵敌得住，若是换了别人，恐怕早已要败下来了。不由心里暗暗佩服秦家妈的勇悍，像一头雌狮子，人家要战胜她很不容易。她又看到小云娃和飞飞儿已斗有七十合以上，两人为了争夺梁国器的缘故，各怀死心，各发怒气，恐怕连在娘胎里的气力也用了出来。斗得真是厉害，连外面的店伙和店里的客人都惊醒起来。

那晚，店里恰住着两三个客人，幸而都是没有钱的旅客，所以秦家妈也不去觊觎他们，而让他们平安睡眠。况且官中正在捉拿胭脂盗，她也不得不暂时敛迹一下。那几个旅客全是安分守己的小商人，日间做买卖辛苦，一到夜，上床便睡，正在呼呼地熟睡时，却被那叮叮当当的兵器声惊醒了好梦，惊慌地从床上直跳起来。听得器声盈耳，不由下了床，开了房门，出来观看。果然见有几个人在天井内厮杀，只是昏黑中看不出人面。只见几个店伙计手里拿着灯火，一路照了出来，照得天井通明，便认得是本店的女掌柜秦家妈，手拿一条钢鞭，恶狠狠地和一个老妇人杀得难解难分。又见本店的小姑娘儿，也拿了一口宝剑，和一个美貌女子拼命相扑。一对老，一对小，在天井里厮斗，端的半斤八两，一时间怎能分得胜负。

一方天井里，哪禁得四个人厮杀？小云娃两口绣刀和飞飞儿一口宝剑，施展得三条白光，笼罩了半个天井。翠娃一口剑和秦家妈一条鞭，犹如两条怪蟒，滚来滚去，搅翻了天井，看不出这四个没脚蟹都有这等本领。战到深处，满天井的兵器生了风，呼呼地扑进客堂，那几个客人觉着冷飕飕的，不禁打起几个寒噤。那几盏灯火，也被刀风吹得摇摇欲灭。直看得众人眼花缭乱，心惊肉跳，禁不住喝一声暴雷大彩。

秦家妈听见自己人喝彩助威，不由精神振奋，把手中鞭紧一紧，闪雷般向翠娃头上盖将下来。翠娃也不禁暗暗吃惊，忙避过这一鞭，谁知第二鞭更疾，翠娃肩上已吃着一下。急得屋顶上的朱红英忙把一支毒镖瞄准了秦家妈，把手一扬，嗖一声，飞入天井，恰好中在秦家妈的右腿，秦家妈大叫一声，扑地便倒。翠娃见秦家妈倒地，一翻身，把宝剑向飞飞儿便刺，飞飞儿吓得魂不附体，忙撇了小云娃，逃进房去。

小云娃大喜，瞥见梁国器立在门旁，好似得了一件活宝，一个箭步，拉了梁国器，向翠娃施个眼色，朝屋顶呼哨一声，翠娃和梁国器二人如飞地出了迎宾旅馆，约会了朱红英，齐回朱家村去了。

朱母自女儿红英同了翠娃母女去后，兀自十分挂念，一个人坐在炕上，只等女儿得胜回来。看看二更早过，快到三更，却不见红英等返家，心中好生焦躁，不免怨恨自己两目失明，不然便赶了去，会会秦家妈的钢鞭也好。正在胡思乱想，忽听得叩门声，恰是女儿声音。不由心中大喜，忙下了炕，摸出房去，到门口拔去了门闩，笑道："可是我儿回来了？"红英道："妈！我回来了。"朱母道："几个人回来？"红英道："全回来了。"翠娃接着道："好教老姊姊欢喜，连得梁先生也接回来了。"朱母大喜道："好！你们得彩，真个教我欢喜不迭，快请进来。"朱母听得几个脚步声，全数走进屋内，随手关上门，转身摸着进去。

翠娃等各人安放了兵器。朱红英喜滋滋地剔亮了灯，挂了宝剑，请母亲翠娃、梁国器、小云娃一齐坐了，道："梁先生、伯母、妹妹想是肚皮饿了，等我烧些点心来充饥。"翠娃忙道："贤侄女，你不要客气，我心事重重，哪里吃得下点心？"红英道："伯母这等说，便不客气了。梁先生饿吗？"梁国器道："姊姊，我也不饿。"

朱母道："我儿，你们到了迎宾馆，可曾与秦家母女交过手吗？"翠娃接着道："怎的不交手？我们娘对娘，女对女，直厮杀了半夜。那个老娼妇的右腿受了伤，倒了下去。我便帮小云娃双战飞飞儿，那小娼根慌了，没命价逃了进去。我们便把梁先生抢了回来。今天夜里的得彩，全仗侄女的金镖，真使我母女感激不尽。"朱母道："妹妹休要客气，自己人拔刀相助，义不容辞。且喜梁先生也来了，

234

我又要旧事重提，请你面对面，看一看他的人品，让我面对面，做一个月下老人，好事成功，也完了你一件心事。"

几句话提醒了翠娃，忙把梁国器细细地一打量，果见他生得剑眉星目，鼻直口方，面白神清，英姿出众。不由心中大喜，道："梁先生，你府上还有何人？为什么到这里来？"梁国器躬身道："我父母生我姊弟二人，父亲亡故，姊姊被人所害，只剩我母子二人。为了我姊姊的仇人在太原，我就奉了母亲之命，往太原去找仇人，为我姊姊报仇。谁知行到这平阳，却惹出这等事来，真个连做梦也想不到的。"

翠娃道："你要给你姊姊报仇，一个人特地赶到太原去，可见你一身武艺必然出众，我们同秦家母女厮斗时，你怎的袖手旁观，不来助我一臂，却是何故？"梁国器红着脸道："伯母责备得是。侄儿生长常州，自幼也喜诸般武艺，曾经投拜武师。练习数年，一剑在手，自以为天下无敌。谁知行到这里，接连遇见秦家母女、朱家姊姊，和你伯母同令爱小姊，施展出来，竟有一个胜似一个的惊人武艺，吓得我魂飞魄散，怎敢班门弄斧，自献其丑？说来真觉惭愧，敢请伯母原谅则个。"翠娃道："既然如此，你却怎可单身寻仇？岂不是飞蛾扑火，自焚其身？"梁国器道："我今日也为这身起码本领暗暗地着急，只是奉了母命，千里迢迢，已抵这里，怎可空手回去，吃人笑话？"

朱母闭着双眼，侧着耳朵，听到这里，忍不住道："你们休说这个。妹妹，这件亲事你究竟答应不答应？请爽气一点，天快要亮了，我们还要睡一觉，养养神哩！"朱红英道："是啊，我妈一番好意，请伯母休要辜负了。"

翠娃点点头道："看梁先生与我小云娃，真是天生一对，蒙姊姊、侄女为媒，我就答应这头亲事，一言为定，愿他俩白首偕老。"朱母、红英、国器、小云娃四人听了，一齐大喜。好个梁国器，恭恭敬敬对向翠娃叫了一声岳母，又谢了朱家母女，喜得翠娃笑个不住。朱红英也向翠娃、小云娃贺了喜。

忽然见翠娃叫声苦。朱母道："妹妹怎的？"翠娃道："我深悔当初，不该在桃花坡做翻了双刀将艾霸，如今案发了，迫得我一家儿离了红石村。儿子同媳妇谅必投奔天保村，眼巴巴地在等着我和小云娃，我们索性坐到天亮，一齐奔到徐家去，先会着你的兄嫂，再作去处，你看可好？"

小云娃道："母亲，你要去你去，我去惹哥哥讨厌，我不去！"翠娃道："该死！家中出了这等祸事，你还要怄我的气，你不去，你难道长住在这里？这里离红石村这等近，倘有风吹草动，连累了朱家伯母和红英妹妹，看你怎对得起她们？"朱母道："妹妹，小云娃也说得是。你那位少爷端的是个铁打心肠，我见了他，也觉讨厌。小云娃若去，我可保证两兄妹一见面，便即舞剑弄刀，斗个你死我活。依我想，小云娃万万去不得！"

翠娃叹口气道："真是家门不幸，出了这一对怪男女。不瞒姊姊说，儿子和女儿都是我生出来的，手背是肉，手掌也是肉，我既舍不得儿子，也舍不得女儿。"说着，流下泪来。

红英道："伯母休要伤心，大哥有了大嫂做伴，夫妻俩又有这身好武艺，你还愁他们怎的？倒是云妹妹前天说，要跟了梁先生到太原去，让梁先生访寻仇人。伯母你怎不也同了他们一齐去，一来避避风头，二来也好做一个帮手，三则母女子婿一路同行，亲亲热热，可不是好？"

朱母道："我儿说得是，妹妹你且听了她的话，安安心心地同了小云娃、梁先生去往太原走一遭。我稍后带一个信给德山，说不定他夫妻俩也会上太原来找你母女。"这翠娃实在舍不了爱女，听朱家母女说话，却也十分有理，不由点头道："好，我便同去。"小云娃大喜。

梁国器如梦方醒，才知那天在迎宾馆喝酒，店小二说起的桃花坡劫夺案，便是他岳母和舅兄、舅嫂、爱妻小云娃等所做的勾当，暗暗地说声惭愧，清清白白的身子，却做了强盗的女婿。听得母女俩肯伴了他同走，却也十分快活。

当下商量定当，天也亮了。红英早已备好了早饭，端了出来，请三人先吃了。翠娃再三称谢。那天三人辞了朱家母女，一齐投向太原去了。

迎宾旅馆几个客人和几个伙计，正在伸长了头颈，看天井里厮杀，看到精彩处，不禁拍手叫好。冷不防秦家妈忽地倒下，飞飞儿逃进内室，惊得目瞪口呆，眼睁睁地看着翠娃等三人出门而去，急得伙计奔到天井，忙把秦家妈扶入室内。

飞飞儿杀得香汗盈盈，逃入后进，却幸小云娃不追进来，定了定神，蹑手蹑脚地走到前进一望，才知两人已走，方始放大了胆，跑了出来。只见众人围着秦家妈七嘴八舌地说话，飞飞儿上去一看，但见秦家妈面似白纸，唇如墨涂，闭目无言，横卧在一只炕上。飞飞儿一见大惊，忙把秦家妈周身检查，发现右腿上流出黑血，沾了一大片在裤脚管上面，斑斑滴滴流个不住。飞飞儿晓得中了暗器，急忙跑到房中，取了一包解药，唤店小二拿一杯开水，撬开了秦家妈的嘴，把药和水灌了下去。

好灵验的妙药，不一刻，便见秦家妈苏醒过来。飞飞儿道："母亲怎的，着了暗器了吗?"秦家妈睁开两目，见飞飞儿立在面前，道："啊哟，我正在和强盗婆厮杀，怎的卧在炕上?"飞飞儿道："妈，你老人家着了暗器，你看腿上还在流血呢!"秦家妈听了，忙向腿上一看，果见右腿上满裤脚管是污血，不觉吃了一惊，霍地坐了起来，要想走下炕去。谁知右腿疼痛，不能移动分毫，怒道："可恨李家的强盗婆，竟敢下这毒手! 玉燕，如今她们人呢?"飞飞儿道："她们得了手，早已跑了。"

秦家妈道："那个姓梁的呢?"一句话却提醒了飞飞儿。飞飞儿叫声："啊哟!他恐怕还在外房。"店小二道："在外面哩,他早给那个小狐狸拖去了。"飞飞儿听了,只急得玉容失色,浑身颤抖,暗暗叫苦不迭。秦家妈道："好!由他去。玉燕,待我将腿医好了,你看我的。"飞飞儿道："妈,你可记得,是什么暗器伤了你的腿儿?"秦家妈想了想,道："吓,好似一支金镖,腿上不曾带着吗?想是落在天井里了。玉燕,你快去寻了来我看。"

飞飞儿听了,拿了一只灯,走到天井里,团团地寻了好一息,果见一支金镖横在门槛外面。俯身拾了起来,镖尖上兀自鲜红的血,挂着彩儿。飞飞儿拿了镖,跑进内室,放了灯,把那支血镖送将过去。秦家妈接来一看,不觉叫声"啊哟"。飞飞儿道："妈,怎的?"秦家妈道："你看这支镖是哪一个放的?"飞飞儿道："我可不知道。"秦家妈怒道："你的魂灵儿飞到姓梁的身上去了,连这支镖都不认识!你再仔细看看,这不是朱家小丫头用的金镖吗?"一句话提醒了飞飞儿,忙道："不错,真是红英姊的,好奇怪,她的镖怎的会到这里来?"

秦家妈道："亏你平日称赞朱红英怎样地和你要好,如今出了事,她转帮了别人,来欺侮我们。你交的好朋友!"飞飞儿听了,气得柳眉倒竖,杏眼圆睁,道："可恨红英这等没义气,妈,你且休养着,让我一个人和她拼命去!"说着就要跳了出去。秦家妈忙止住道："半夜三更去什么,红英不打紧,这个老瞎子却是十分厉害,你一人怎能敌得过她?好孩子,急事缓办,待我腿儿复原,再同你前去与她算账。你快去拿止痛药来,和了麻油,敷在我的伤处,我这时痛得紧。"

飞飞儿便去拿药调油,给秦家妈敷创包扎。这时秦家妈痛也少止,觉得倦了,不觉呼呼地睡着。

那几个旅客,起初以为强盗光临,到了这时,才知不是劫取财物的强盗，却是来抢夺少年的美人，真个弄得莫名其妙。问问伙计，伙计怎肯说真心话，几个客人半夜三更，把个闷葫芦当点心吃，真也可笑。他们打探不出，各回房上床安睡。那般伙计收拾好了灯火门户，也便各自去安睡了。

只是飞飞儿懒洋洋地回转房去，关了房门，脱了衣服，去了弓鞋，呆呆地上了炕，却怎的睡得着？

第九回

秦玉燕诉冤闹蛾儿
包定六求计钻地鼠

　　飞飞儿睡在炕上，想起了一身的心事，怎叫她睡得着？可怜她孤零零的一个美人儿，横抱了被子，细细地想那梁国器："乌云一般的发辫覆着粉红细白的脸儿，两道眉毛神采飞扬，一双俊目流盼生姿，笔直的一条鼻头配着方方的一张嘴儿。长得不长不短，不瘦不肥，风流潇洒，出尘绝俗。这等美男子，我从出娘胎，却是第一次遇见。天幸他会到这平阳县，天幸他又会落在我们迎宾馆，他又偏会巧巧地叫我侑酒，他又会巧巧地叫我唱歌，他更会巧巧地叫我侍夜，可见他也十分爱我。那一夜，我同了他逃出去，要是我的妈不来追赶，我们早已一双两好，成了夫妻了。怎的天不作美？我的妈生生地把一对鸳鸯棒打分飞，害了我到口的馒头平白地被人家抢了去。这时已是四更天气了，唉！这小狐狸，准同梁国器二人正在这时交颈取乐、欲仙欲死。梁国器、梁国器，你也太没情义了！我跟你私奔的时候，担了血海的干系。妈追上来，我为你舍生忘死，力战强敌，险些这条性命也为你丢了。你那时没有我，试问你还有性命？我是你救命恩人，你怎的受恩即忘？转了背，就把我忍心丢了，天下哪有你这等负心人的！我懊悔当时瞎了眼，错救了你，转教小狐狸占了便宜去。唉！这真是哪里说起！"

飞飞儿想到这里，不觉气满胸膛，泪流粉脸，呜呜咽咽，哭个不住。哭了半个时辰，又想起朱红英来了："好奇怪，红英与我素来要好，这次怎的会帮了李家母女，伤我的妈？难道她也看上了梁国器？要是这样，小狐狸醋性极大，说不定二犬又要争食，互相火并，准有笑话在后头，我且瞧着她们。只是这口气却怎么按得下？明天我还是看闹蛾儿去，把今天的事告诉一番，出了这口冤气也好。"飞飞儿想到这里，却也安闲了些，便也呼呼地睡着了。

闹蛾儿与飞飞儿和朱红英、小云娃原都是好友，前几天飞飞儿告诉闹蛾儿，说小云娃强占梁国器，夺人所爱。闹蛾儿听了，深代飞飞儿抱不平。及至朱红英前去解释，闹蛾儿又怪飞飞儿器量太小，转夺小云娃的爱人，又深以飞飞儿为非。

飞飞儿气了一夜，第二天一早，便去看闹蛾儿。闹蛾儿见飞飞儿两眼红红的，锁着双眉，满面孔显着不快活，问道："玉妹，你和谁斗了气，脸上显得这么不快活？"飞飞儿叹口气道："蛾姊，我这次做人做完了，这一肚皮的委屈，只有和你姊姊好说一说。"闹蛾儿道："什么委屈？"飞飞儿道："可恨李家的强盗婆，伙同了小云娃、朱红英，昨天夜里奔到我家来抢人，我的妈还给朱红英放了一镖，兀自卧在炕上。"闹蛾儿道："她们抢什么人？"飞飞儿道："还有什么人，便是那个姓梁的，又给她们抢去了。"闹蛾儿道："抢已抢去了，你便怎么样？"飞飞儿睁着星眼道："咦！姊姊说得好笑，是我的人，怎肯容她们抢了去？"

闹蛾儿笑道："好妹子，休要恁地，你可晓得姓梁的心爱小云娃？他俩已是山盟海誓，订为夫妻。你是一个风尘中的过来人，见多识广，为什么这等不明白，给人家争风吃醋？天下好男子多哩，这一个姓梁的稀罕什么？凭你这身本领、这副面首，你休要性急，比了姓梁的好的还在后头，机缘一到，好事就成。好妹妹，你听我的话，休要恁地。"

飞飞儿道："姊姊虽说得是，只是我和小云娃吃醋，却干朱红英甚事，要她加进来做帮凶，平白地来欺侮我，她还是个人吗？"闹蛾儿道："这却难怪你，只是红英为人，深明世故，她怎的会平白地来欺侮你？其中恐有别情。"飞飞儿道："她就是有别情，也不该下这毒手，平白地竟要我妈的性命！"

闹蛾儿道："妹妹，你且回去，待我到朱家村去见她一面，便知端详，你明天来听我的回信。"飞飞儿道："也好，却是有劳姊姊了。"闹蛾儿道："自己姊妹，客气什么？趁辰光早，你快回店去，安安心心地服侍你的妈，我便即去看朱红英。你明天来，我还有一件事和你说。"飞飞儿诺诺连声，自回家去。

闹蛾儿换了一身衣服，把门关了，径往朱家村而来。到了朱家，但见双门紧闭，闹蛾儿用手去推，却是拴住了，推不开。只得叫道："红英妹，我来了，快开门呀。"

红英辛苦了一夜，正在好睡，梦中听得叩门声，不由惊醒过来。定一定神，听出是闹蛾儿来了，忙下了炕，出了房，把门拉开，即迎闹蛾儿进了里面。仍把门儿关了，请闹蛾儿坐地，道："姊姊，你来得恰好，我正要和你谈心。"闹蛾儿道："你且说说看。"

朱红英道："姊姊，你可晓得桃花坡的案子发作了吗？"闹蛾儿道："我曾经听你约略说过了。"红英道："我虽对你说过，却还有下文呢。那李家伯母奔入我家，才晓得梁国器被秦家妈劫夺了去，禁不住云妹妹求她母亲，连夜赶往迎宾旅馆去抢人。李家伯母一口答应了。我的妈恐怕她们失手，便命我一路同去，做个帮手。谁知秦家妈武艺了得，李家伯母非她敌手，我在屋顶上观看，见李家伯母肩上吃着一记鞭梢儿，就见她手慌脚乱起来。我心中一急，不由一金镖随手放去，恰中在秦家妈腿上，秦家妈倒在地上，小云娃便把梁国器抢了回来。"

闹蛾儿道："你这一镖打将去，虽救了李家伯母的性命，却不是转害了秦家妈，飞飞儿面上，你可说得过去吗？"红英道："我暗伏在屋顶上面，她们怎能瞧得见是我？"闹蛾儿"咄"了一声道："若要人不知，除非己莫为，你怎的这等糊涂？她们虽然瞧不见你，可是你有金镖留在那里，难道飞飞儿是个瞎子，她会看不出是你朱红英的金镖？"

朱红英听了，不由"啊呀"一声，自觉对不起飞飞儿了，便道："姊姊，是我一时大意，想不到此，这却怎么好？"闹蛾儿道："事已干了，悔也不及，只是李家母女和姓梁的三人，往哪里去了？"朱红英道："她们齐往太原去了。"

闹蛾儿道："去得好，这几天风声紧得很，他们远走他乡，却也免去危险。妹子，我有一件事，你可同我去吗？"红英道："什么事？"闹蛾儿附着红英耳朵，详细说了一遍。只见红英摇摇头道："我却不能去，一来我的妈要我服侍，二来就是我要去，我的妈也不许我去。"闹蛾儿点头称是。二人谈谈说说，不觉已是未牌时分。闹蛾儿要回家去，红英留不住，只索由她走了。

朱母这时醒了，听得有人和红英说话，忙道："红儿，是谁和你谈话？"红英道："是蛾姊。"朱母道："人呢？"红英道："她已走了。"朱母道："有什么事？"红英走进了房，轻轻地道："妈，她约女儿去做一次买卖，我不愿去干，已经回复她了。"朱母道："这蛾姐儿真吃了豹子胆、大虫心，这等风声紧急，她还要去干买卖！红儿，你正该回复了她。这几天且在家中坐地，休出门去，吃几天太平饭吧。"红英称是。

闹蛾儿回转家去。第二天，果见飞飞儿到来。闹蛾儿道："妹妹你来了。"飞飞儿道："我怎肯失信，托你的事怎么样？"闹蛾儿道："我昨天去过了，据红英说：她妈和李翠娃十分要好，因恐李家母女吃亏，命红英同去做一个帮手，红英碍着你的交情，不愿抛头露面，在暗地里观你们交战。怎知你的妈武艺了得，她看着李翠娃要输下来，心中一急，便放一支镖，射你妈的腿儿，解救了翠娃的危急。又据她说：她还是看在你的交情上，把那支镖镖在你妈的腿上，不则，放高一点，你的妈还有命吗？"

飞飞儿怒道："你可晓得，她放的是一支毒药镖。嘿！我的妈受了镖，即便人事不知，要是没有解毒药，岂不送了命吗？亏她说得出这等话来！"闹蛾儿道："我们哪一家不置备着解毒药儿？红英明知你家有解药，所以下这一手。你要原谅她是一个孝女，她是奉了母命行事，你怎可怪她？好妹妹，算了吧，休要这等小量。"飞飞儿道："便是我不与她计较，我的妈可是气得什么似的。"

闹蛾儿道："你的妈生气，干你甚事？又不是你亲生的妈，我们还是商量正事。"飞飞儿道："什么事？"闹蛾儿道："有一件好买卖，我想同你合伙儿去做了来，你答应吗？"飞飞儿一愕道："姊姊，你好大胆，李家刚出了事，听得县太爷尚在悬赏追拿，好似风声鹤唳，我们怎可冒这险儿？"

闹蛾儿道："你还在做梦，我们在这里是住不长久的了。自古道：人怕出名猪怕壮。自从李家闹了桃花坡一案，这里的胭脂盗，在这平阳几县之间，早已家喻户晓。我料迟早终要来一个措手不及，身落法网。我横算竖算，只有三十六着，走为上着。只是临走之前，却要干一件惊天动地的买卖，博个名扬四海，天下皆知。得手以后，我们便远走高飞，图一个下半世快活，也不枉生一世。妹妹，你看怎样？"

飞飞儿道："姊姊也说得是，却是一件怎么的买卖？"闹蛾儿道："这件买卖还须等候几天方可下手。这时你且休息，临时我来关照你，你但藏在肚里，休要露丝毫口风。"飞飞儿大喜。

平阳县的县太爷，为了桃花坡一案，受尽了上司的责难，那位被劫的客人，更是盯住了县太爷，一步不肯放松。包定六介绍了花刀谭飞虎、铁掌柳熊，前往红石村捉拿李德山母子，满想瓮中捉鳖，到手擒来，谁知依然让他们逃走了，几个人空手回来。县太爷没奈何，悬了重赏，画了盗形，密嘱包定六等到处缉拿，休要懈怠。迫得包定六走投无路，明知李德山一家早已离了红石村，远避他乡，茫茫四海，叫他哪里去缉访？

有一天，包定六正在平阳县衙前街风月楼茶店吃茶，默默地想心事。忽见钻地鼠冯九也在吃茶，不觉灵机一动，忙叫道："老九，这里来。"冯九见是包定六叫他，忙不迭地立起了身，走了过去，作个揖道："包大叔，你好！"包定六道："老九，你且坐了，我们谈谈心。"

冯九忙去把泡好了的一壶茶拿了过来，安在包定六坐的桌子上，随手端过一只椅子坐了，道："包大叔，你这几天忙吗？"包定六道："没什么忙不忙，这几天真累得我走投无路。"冯九道："什么事累得你这个样儿？"包定六道："便是伙劫桃花坡的几个强盗，上面催拿得紧，叫我怎的应付？"冯九道："做公人的真的也有做公人的难处，上面这等紧急，大叔便怎么样呢？"包定六道："老九，你是红石村人，这几个强盗这几天到哪里去避风头，你可曾听见有什么风声吗？"冯九道："我听人家传说，李翠娃同了儿子、媳妇、女儿，全家逃往太原去了。"

包定六叫声"啊哟"道："这便怎么好！"冯九道："你要拿他母子，你除非也赶到太原去。但他们武艺高强，路又这么远，我看大叔还是收了这条心吧。"包定六道："我与李家没什么仇恨，只是县太爷迫了我，务要拿住几个胭脂盗归案，他好对上司交代。"冯九道："除了李翠娃母子，其他的胭脂盗捉一两个，搪塞搪塞，可好的吗？"

包定六笑道："要是有，也是好的。老九，你我是老兄弟，你帮我一次忙，我怎肯叫你白帮。"冯九道："胭脂盗在我袋里，不过……"包定六道："老九，你休要怎地，我们靠山吃山，靠水吃水。"说时，

245

摸出十两一锭银子，道："这个你先收下，去买碗酒吃，事成功了，再当重谢。"

冯九大喜，收了银子道："大叔，我不客气，只是有个计较。"包定六道："什么计较？"冯九道："第一，这几个胭脂盗都有出色的本领，去拿她的人要具天字第一号身手的好汉，方可出手。"包定六道："有，有，第二件呢？"冯九道："第二件，上门去拿她，防她们闻风先逃，必须要勾引得她，自己上钩，方始万无一失。古人说的，飞蛾扑火，自焚其身，叫她们做一只飞蛾，自己飞来送死。"包定六道："你话虽说得是，却是怎样的好叫她自来送死呢？"冯九笑了笑，附在包定六耳上，说了锦囊妙计，喜得包定六直跳起来，道："老九，亏你想得出这条妙计，我就照你办，你便与我快去。"

冯九立起身来，辞了包定六，出了茶店，飞也似的回到红石村家中。换了一身衣，便到闹蛾儿家中。

闹蛾儿接着道："九哥，哪阵风吹你来了？"冯九道："我有一件好买卖，送你去干。"闹蛾儿道："什么买卖？"冯九道："还有什么买卖呢，便是镖字儿。你先约好几个帮手，等他们来时，我来通知你。"闹蛾儿道："还有几天？"冯九道："至多十天八天，我打探得他们已经在动身了。"闹蛾儿道："打哪条路上来？"冯九道："这且到那时再通知你。"闹蛾儿道："好，我便约人去。"

冯九辞了闹蛾儿去后，接着便是飞飞儿到来，哭诉闹蛾儿。第二天，便是闹蛾儿约飞飞儿合伙的话。原来冯九惯与闹蛾儿做跑腿，从中分点太平银子。有一次，是冯九的客户，跑给闹蛾儿，不料闹蛾儿去迟一步，扑了个空，空手回来。冯九心疑闹蛾儿起黑心，独吞财物，口中虽是不露声色，心里早已怀着不快。所以他见了包定六，就献这条恶计，他所说的飞蛾扑火，便是暗指闹蛾儿。

包定六回转家去，寻思这个好汉。想了半夜，想起一个人来："除非去请他，方可拿得住胭脂盗。只是一件，这好汉可惜天性好色，见了美貌的女子，他便骨软筋酥，色星高照。我闻胭脂盗全是花容玉貌的年轻姑娘，他一见动心，万一误了公事，怎么好？"且再想想别人，想来想去，只有他有这能耐，除了他只有老谭和柳熊。老谭和柳熊在李家失了面子，再也不肯来了。包定六想到这里，抱定主意去请这个好汉。

这好汉姓吕，单名一个芳字，诨名"花花豹"，生得仪表堂堂，一身武艺。不论马上步下，长枪短刀，挥拳飞腿，软功硬功，莫不高人一等，横行太行山，名震山西省。只是他做了几件大案，钱也有了，洗手不干没本钱勾当，带一个徒弟，隐居在平阳县的杨柳村里。他深恨自己是个武人，胸无点墨，趁年纪还轻，重新读起书来。可怜他一本《三字经》，还只读熟了半本，却觉得其味无穷。他更孜孜不倦地嗜书若命，终日里闭户焚香，读书养性。包定六是他的表兄弟，平阳县的房子就是包定六代他买的。两表兄弟感情很好，上一次捉拿李翠娃，他晓得这位表弟近来厌弃武事，潜心文学，所以不曾去惊动他，转去请了谭柳二人。

这一天，包定六走到杨柳村吕芳的门外，瞥见吕芳的徒弟林中儿，正在打扫门外的残枝落叶。包定六叫道："好孩子，你师父在家吗？"林中儿抬头一看，道："师伯，俺师父正在读书呢。"包定六点点头道："你休要忙，我自会进去。"说时，走进大门，直向里走。果然听得吕芳书声："人之初，性本善，性相近，习相远，苟不教，性乃迁。"

包定六立定了身，听他念到这句，忽听吕芳拍着桌子道："不错，真不错！人难道一出世，便欢喜做强盗的吗？终怪不受教育，渐渐地走到邪路上去，把这个本来的善性儿，变作了恶性儿。要是俺早识了书，早已改为好人了。"包定六不觉哈哈大笑。

吕芳听得笑声，立起身道："是谁笑俺？"一抬头，已见包定六立在面前。定六道："贤弟，你真用功，我见了你，真觉欢喜不迭。"

吕芳道："原来是大哥，好几天不来了，忙得怎么样？"包定六道："这几天忙得我离不开身。"吕芳道："你既然离不开身，你怎的又到了这杨柳村来？"

包定六道："今天这个杨柳村，已变了名色了。"吕芳道："变了什么名色？"包定六道："变了南阳的卧龙岗。"吕芳道："这是什么话？"包定六道："非但平阳的杨柳村变了南阳的卧龙岗，便是你我两表兄弟，也各高升了几级。"吕芳道："你我高升了什么？"包定六道："我今天变了一个刘皇叔，你今天好比一个诸葛亮，岂非高升了几级？"吕芳道："大哥你疯了，怎的在青天白日里说这梦话！"

包定六道："我身为平阳县捕役头目，不能为上司捕盗捉贼，真个有愧职守。今天特地斋戒沐浴，上杨柳村，请花花豹丢却《三字经》，拿起大环刀，跟我去帮忙捉几个贼人。"吕芳道："俺是强盗出身，叫俺去捉强盗，江湖上义气第一，吃人笑骂的事，俺不干。"包定六道："我恐怕你不肯去干，所以先升你几级，读《三字经》的小学生，抬举你做到诸葛亮，你还不满足吗？"

吕芳笑道："你既然当俺是诸葛亮，你至少要请俺三次，这第一次来请俺，俺岂肯轻易出山？"包定六道："好兄弟，我是看得起你，比你一个诸葛亮，你休要恁地做作。不瞒贤弟说，我为了这几个强盗，吃县太爷催迫住了，真是度日如年。贤弟做做好事，帮我一次忙儿吧。"吕芳道："你真的叫俺去捉强盗？"包定六道："急死人的事，难道来寻你开心！"吕芳道："兄长，请你去请别人，兄弟决不做这勾当。"

包定六见吕芳回得决绝，不觉灵机一动，计上心来，道："贤弟，你也不问一问是什么强盗，直回答得这等决绝。唉！这一番好心却是白用了。"吕芳道："这又是什么话？"包定六道："想我舅父只生一个儿子，你到这等年龄，还不娶房妻小，我这次名为请你去捉强盗，其实是挑你去抢一个如花似玉、千娇百媚的好老婆，使我也对得起我的舅父。唉！你既然不肯去，我只好去请别人了，贤弟再会。"说着转身欲去。

急得吕芳一把拖住了包定六，道："兄长慢走，有话好谈。"包定六道："你不肯去，还谈什么？"吕芳道："好兄长，你说得明白一点，俺便去干。"包定六道："你晓得这平阳境里出了几个胭脂盗吗？"吕芳道："俺初到这里，耳中虽然听人说起，却是不十分仔细，这胭脂盗究竟是什么人？"

包定六道："这胭脂盗全是天仙化人的美人儿，只是武艺出众，捉拿她真不容易。我今天虽然来请你出马，还恐怕你的本领敌不过她，使你一世威名，颠倒价跌翻在几个小姑娘手里，我却对你不起。兄弟，你索性让我去请别人吧。"说着，这包定六像是又要走了。

吕芳忙把包定六一拖道："兄长，你忙什么！俺给你看一件兵器。"说时，向壁上摘下一口大环刀来，全身用红绸包着，只露出了柄儿。吕芳把红绸解了开来，把刀一扬道："兄长，你看。"包定六接刀看时，只见是柄水磨精钢、厚背薄刃、四巧八环、杀人不留血的宝刀。全身磨得雪亮，连人面毛发都照得出来，不由失声叫好。吕芳道："凭俺这口宝刀，休说几个小姑娘儿到手可以拿来，便是哪吒三太子出世，俺也要和他拼个三百回合。"

包定六大喜道："贤弟，你休要夸口，我看你的！"吕芳道："几时去拿？"包定六道："请你扮作镖客，待我预备几车假货物，派几个捕役，跟你同去杀虎岭等候。我再差朋友，去骗她们来抢你的镖，这时你可振起精神，捉拿妖娘好了。"吕芳大喜道："好兄长，你快去端整，俺在家候你回信。"

包定六辞了吕芳，如飞便去。找着了冯九，约好了日期，叫冯九送信给闹蛾儿，到杀虎岭去抢镖银。闹蛾儿的父母原是著名大盗，只生了闹蛾儿一个，把一身武艺传授了她。父母二人去世多年，闹蛾儿孤零零一个人，仗着一身本领，专做没本钱买卖。做着买卖，便把银钱散沙也似的救济贫困，随处化用。物以类聚，前二年，她便来到平阳县落花村，借了房子，作了安身，加入了胭脂盗。她和朱红英、飞飞儿更说得来，往往合伙儿去抢劫财物。自从冯九送信以后，她便眼巴巴地等冯九的信。

忽一天，冯九来了，闹蛾儿大喜，忙道："九哥，那话儿来了吗？"冯九道："来了，约明天经过杀虎岭，你约好了人没有？快往杀虎岭那边去等候，休要同上次一样，再扑一个空儿。"闹蛾儿道："是谁保的镖？"冯九道："是一个无名小卒，唤作什么花花豹吕芳。"闹蛾儿吃了一惊道："啊哟，这个镖抢不得，这花花豹，我听说十分了得。"

冯九扑哧一笑道："我骗骗你，你便慌了，凭你这身手，便是遇了真的，你也不会输在他的手里。你怎的这等胆小？吃人家知道了，非但给人笑话，便是胭脂盗三个字的大名儿，也给你丢尽了，真是笑话！你既然这等没用，我便约别人去。"说着，回头就跑。闹蛾儿一把拖住了道："你去约哪个？我已约好人了，我说说笑话，你道我当真怕那个花花豹？越是厉害的朋友，我越是要会会他。你便与我快到迎宾旅馆，叫飞飞儿带了武器，速来会我，我们便在今夜动身，上杀虎岭去。"冯九大喜，如飞出门，往迎宾旅馆去了。

闹蛾儿等冯九走后，暗暗地想："不好，这花花豹，天字第一号，横行山西省，也不曾有过敌手。我如跌翻在他的手里，此后怎能做人？听冯九的口气，准是吕芳，绝不是假的。我要是不去，又吃冯九笑我没用，看来只得去走一遭。"想到这里，她就拿起宝剑，端端分量道："这家伙欠重，还是换一柄父亲惯用的大王刀吧。"

她便把宝剑挂了，寻出那柄大王刀来。看了看，觉得刀锋有些锈了，她便将出磨刀石，又将一大碗水，把刀用力价磨，直磨了一个时辰，把那口大刀磨得锋利无比。又去拣了十支好镖，放在一只锦绸镖囊里面。再换一身紧小利落的衣裤，拣一双薄底轻快的跑山弓鞋，也换在脚上。一切整备停当，吃过了夜饭，只等飞飞儿到来。

飞飞儿一天到晚服侍秦家妈的镖伤，却幸秦家妈一天天地好了起来，只是还须好好地调养。飞飞儿稍觉闲空，便记起闹蛾儿所约的事，恨不得立刻就去。却是左等也不来，右等也不来，等得她把心也冷了。这一天，飞飞儿正在门口散步，忽见冯九到来，向飞飞儿使了一个眼色，飞飞儿上去。冯九悄悄地道："闹蛾儿约你的事，今夜就要去干，请你结束好了，快去落花村会她，休要误事！"说着回头便去。

飞飞儿大喜，候到黄昏，悄悄地端整了宝剑、镖囊，紧一紧身上衣服，换双夜行弓鞋，觑得店伙不见，便钻出后门，飞一般跑到落花村时，已二更天气。闹蛾儿接着大喜。飞飞儿道："姊姊，我们往哪里去？"闹蛾儿道："妹妹，我们往杀虎岭去。"飞飞儿叫声"啊哟"道："我这一双绣鞋，却跑不来山路。"说时，伸出了左脚，给闹蛾儿看了看。闹蛾儿道："你的脚比我怎么样？"飞飞儿伸了脚，并着闹蛾儿的脚比了比，却是一样的，窄窄三寸，瘦不盈握。闹蛾儿大喜，忙去捡出一双山鞋，叫飞飞儿接了。

闹蛾儿又去收拾了一包茶食、几只蜜橘儿，藏在镖囊里，背起镖囊，提了刀，扑一口把灯吹灭了，同飞飞儿走出门外，把门上了锁，二人并肩走去。

已是快近三更了。时正深秋，一轮明月，照彻大地，虫声唧唧，风鸣萧萧，两个美人儿扑奔杀虎岭而来。自落花村到杀虎岭，足有四十里路。飞飞儿身轻如燕，闹蛾儿脚步如飞，四十里路行起来不到一个时辰，早已到了杀虎岭。

那杀虎岭两山合抱，离开桃花坡约有七八里，也是通行太原的要道。山脚下有座山神庙，庙内供着虎神。庙门口便是山脚路，沿山朝西，曲曲折折的，便是上山的路。那山上万木参天，葱葱郁郁，斜照着一轮明月，照得满山风景如画。闹蛾儿、飞飞儿两人对此好景，不由心花怒放。两人厮赶着，跑山路耍子，直游到月落西山，方始回到山神庙里养息精神。

似睡非睡地到天亮，听得山上百鸟齐鸣，二人精神为之一振，分吃了茶食，又吃了两只蜜橘，端整了兵器，探头探脑，在庙门口张望，只等镖车到来。

好容易直到巳牌时分，果见西边脚下转出三辆车儿，车上插着黄色绣旗。闹蛾儿眼快，果见旗上写着"花花豹"三字，忙把飞飞儿一拉道："妹妹，那话儿来了，这是个劲敌，妹妹千万休要大意。"飞飞儿点点头。

二人托地跳出庙门，又见那车儿后面跟着十几个梢长大汉，手中执着雪亮的兵器，吆吆喝喝地过来。眨眨眼将近庙门口，好个闹蛾儿，把胸口一拍，一个箭步距前一步，娇声喝道："哪一个是花花豹，快滚出来，见见你的姑奶奶！"

这吕芳夹在人群里，自上了杀虎岭，便目不稍瞬地留心胭脂盗。转出西山脚下，便远远地看见两个女子，玉立亭亭地立在庙门口，由不得心中暗喜。这时将近庙门，果然闹蛾儿开起口来。他不慌不忙叫车儿停了，再细细地一打量时，喜得他心花怒放：果然是个美貌女子！不由跳出来，直上直下看闹蛾儿。看得闹蛾儿飞红了脸，骂道："你可是花花豹？识相的快把车儿留下，乖乖地奔了回去，你口中要是迸出半个不字，哼哼，叫你看你祖姑奶奶的手段！"

吕芳哈哈大笑道："好个祖姑奶奶，只配做俺的小老婆。来来来，俺们不打不相识，俺叫你认得俺的宝刀。"说着，吕芳一口刀刚刚挺起，闹蛾儿的大王刀已飞到面前。那时吕芳只一刀，隔开了闹蛾儿的大王刀，飞飞儿的宝剑早又刺了过来。吕芳见了飞飞儿，果然又是一个美人，不觉心中喜上加喜，展开了那柄大环刀，敌住了一刀一剑。闹蛾儿早闻大名，怎敢怠慢，把口大王刀施展得出神入化，一刀一刀，只向吕芳飞去。飞飞儿见闹蛾儿这等出力，她也施出浑身本领，把口宝剑霍霍地攒刺吕芳。

吕芳万不料小小女子施出这等本领，他权把色星喝走，提足精神对付二人。你看他把那柄大环刀施展开来，直如游龙戏水，猛虎离山，左挥右摆，神定气闲，尽敌得住两般兵器。三个人战作一团，奋勇厮杀，刀光剑影，好如白银飞舞，闪电盘旋。众捕役眼也看花了，看看斗到百合上下，兀自不分胜负。闹蛾儿同飞飞儿用尽了吃奶的气力，也休想占得半点便宜。这吕芳却是厮杀奋勇，精神倍长，挺着那口大环刀，恰如宜僚弄丸，得心应手。

三人又斗了四十多回合，直杀得闹蛾儿、飞飞儿两人香汗盈盈，手软足疲。飞飞儿其实吃不住了，杀声丛中，急忙抽出了剑，跳出圈子，飞跑了去。闹蛾儿心中一慌，一低头避开了吕芳刀锋，往西边山脚下逃了去。吕芳大喝一声，向后追去。闹蛾儿咬一咬牙，从镖囊里一连拿出三支金镖，一扬手，嗖嗖地接连着向吕芳身上飞来。

吕芳的大环刀把三支金镖接连拨落在山脚下面，一伸手取出十支弩箭，叫一声："祖姑奶奶，看法宝！"那十支弩箭，飞蝗般射将去，吓得闹蛾儿魂不附体，急把身体睡下。任你闹蛾儿身手活泼，在左腿上早已中了两箭。十几个捕役一齐上，把闹蛾儿按住，用绳捆住。吕芳回头寻飞飞儿时，已被她逃得不知去向。

当时包定六大喊，竖起大拇指道："贤弟，你真有本领！"

第十回

杀虎岭力擒胭脂盗
黑柳林巧遇红胡子

闹蛾儿被捕役绳捆索绑，左腿上兀自带着弩箭，痛入心肺，咬紧牙关，闭了双目，只不作声。吕芳忙向弩袋里取一包止血定痛药粉，走上去，蹲下了身，卷起闹蛾儿的裤脚管，露出雪白也似的一双玉腿，流着鲜红的血，益发显出鲜艳夺目。吕芳轻轻地拔出了两支弩箭，把那药粉敷了上去，随手抚摸了几下。一霎时血也止了，闹蛾儿觉得痛也止了许多。吕芳把这支弩箭拭去了血迹，藏在箭袋里，把闹蛾儿抱了起来，抱进预备好了的空车里面。

包定六吩咐下面众捕役，一声吆喝，簇拥着押了闹蛾儿，纷纷下了山坡，齐往平阳县进发。曲曲折折地行了六七里路，便见一带松林，穿过了这松林，便是进平阳县城的大道。

众人刚刚行近松林，忽听得"嗖"一声，一支箭飞了出来，恰好打着第一辆空车。众人大惊，齐停了脚步。吕芳挺了大环刀，向松林里望时，远远的是一个女子藏在松树下面。吕芳一个箭步跑进林去，大喝一声，舞刀而前。吓得那女子没命奔逃。可是脚步真快，如飞一般，眨眨眼，已不知去向。吕芳见那个女子便是交战逃走的一个，见她逃得不知去向，只好罢了，招呼众人穿林而去。

原来，飞飞儿虽然逃了性命，却是记挂闹蛾儿，怎肯轻易回家？

她逃下山坡，远远地见闹蛾儿中箭被捕，急得她几乎哭了出来。又不敢上前去营救，呆呆地望着众人一齐下山而来。她又拔脚飞逃，逃入松林里面，息一息力。

不一刻，已听得人声嘈杂，那批冤家已纷纷地行到松林外面。她忙抽出一支金镖，暗暗地祷告道："镖儿有眼，打着那个花花豹，救出我的蛾姊来，回去买猪头肉祭你。"她右手拿了镖，觑得吕芳较切，一镖打将去。偏偏镖儿没眼，打不着吕芳，却打着了不知痛痒的车子，倒引得吕芳追了进来，吓得她飞也似的逃回去。经过落花村，走到闹蛾儿家门口，把锁扭断，将身飘入内室。把门关了，一个人如痴如醉，呆呆地想了半天，把个身子都没有安处，坐也不是，立也不是，只是团团打转。

看看天，已是暗了下来。飞飞儿叹口气，方知那口宝剑还拿在手里。把剑放在桌上，解下了镖囊，走到厨房里，寻得了火种、油灯，把灯点得亮了。飞飞儿觉着肚皮里咕咕作响，晓得肚子里饿了，忙把炉盖揭起一看，却喜镬子里还有小半镬子的白饭。遂把盖儿盖上，转到灶下，拿起了柴，点着了火，塞进镬洞里去。一霎时，把饭烧得火热。又把小菜橱里一搜，却见一盘牛肉儿、一尾鱼、一碗菜。她全数拿了出来，安在桌上，盛了一碗饭，拿双筷，端过一只凳子，一个人坐了吃饭。

肚里十分饿，吃起饭来格外有味，吃了一碗又一碗，共吃了四五碗，方始吃饱。那三碗小菜也给她吃去十分之七。自己也不觉笑了起来，暗道："怎的今天吃得这等粗腔，给人晓得了，真要笑痛牙儿！说这个人，准是丐儿出身，一生一世不曾吃过鱼肉，见了好菜饭，就这等能吃。"自己想想，真也可笑！

她吃好了饭，拿了灯儿，走出厨房，寻闹蛾儿的睡室。经过客堂，转入西房，便见西房后面就是闹蛾儿的闺房。只见房门开着，放下了一张斑竹帘儿。飞飞儿走将去，掀起竹帘，步入房内，早闻得一股奇香扑入鼻孔。见房内安着一张精精致致的炕床，外面围着饰帷；炕前一只四仙桌，桌上安着一盆菊花；桌对面是一口衣橱，橱上两只箱儿，橱前安着一只春凳，桌旁两把椅子；炕床面对是纸窗，窗下安着一张梳妆台，梳妆台上排着一只镜箱，花粉盒、胭脂碟、香油瓶、刨花缸、牙签儿、肥皂碗、小茶壶、茶杯儿、野花儿、纸衣儿、蜜糖儿、香水儿以及玩具等，密麻麻排着，看得飞飞儿眼也花了。

正在看哩，觉得窗上一亮，飞飞儿推开了纸窗儿，只见窗外是一方小小的菜园，种着几枝杨柳，风儿吹动柳叶儿，摇摆得袅袅生姿，衬着刚挂上柳梢的一轮明月，益显得那柳儿青青可爱。飞飞儿见了明月，才知道已近二更天气了，今天夜里索性不回去了，且在蛾姊姊的床上睡一夜再说。

她随手把窗门关好了，关了镜箱，照了照镜子，拿一方手帕把青丝包了。转身走到炕沿，揭起了绣帷。但见炕上铺着雪也似白的一条被单，横上一条火红绣花锦缎的薄棉被儿，衬着一对绣花鸳鸯枕，由枕上飞出一缕缕的粉花香味。飞飞儿暗暗地道："可怜一个花也似的美人儿，吃人家拿了去了人，今夜我不来此，却不辜负了这对香枕儿！"飞飞儿脱了衣服，软绵绵地睡到炕上去，把个身子钻入棉被，觉着适意非凡。跑了一夜，战了半天，显得疲倦，且闭了眼睡一觉。

哪知思潮起伏，却怎的睡得熟？心里念着闹蛾儿。寻思："今天的镖客真也作怪，这等好的武艺，休说是我和闹蛾儿，就是我妈的竹节鞭也是战他不过。气力大，腿劲足，身手活泼，刀又好，解数施出来，更是出神入化，令人捉摸不定，端的是个好汉。闹蛾儿跌在他手里，就是死也瞑目。只是他不把蛾姊当场杀死，却把她带了去，不知是什么意思。"飞飞儿想到这里，定了心，忖了又忖，忽地道："啊哟，不好！怎的车子上没有货物，把蛾姊儿装到车里去，车子上没有货物，他保的是什么镖？是了，这好汉不是镖客，像是官家乔装了的，他们把蛾姊儿解到平阳县去，怕不是把蛾姊判一个杀头之罪。"

飞飞儿想到这里，不由心惊肉跳，再也睡不着了，霍地坐了起来道："怎好，怎好？难道见死不救，由她死在县里？这里到平阳县城，约有五十里路程。由杀虎岭动身，多上三十几里，八十几里路，大约他们在黄昏时候可以进城。这是盗案，算县太爷今天当夜提审，明天行文书，等回文转来，绑出法场斩首，至多还可活得十天八天的。我与她结识一场，怎可视而不救？我决待明天混进城去，等个机会，随机应变，务必救她出来。得能如愿以偿，我也不回来了，和蛾姊二人远走高飞，别寻生路。我的妈迫我为娼，害我把清白的身子玷污了。想起了时，气满胸膛，还讲什么抚养之恩！好，朋友重义气，就是龙潭虎穴，我也要去闯他一闯。"飞飞儿打定主意，顿时神定心安，重新钻入棉被，瞬息步入睡乡。

一觉醒来，已是日满纸窗。起了床，往灶下烧了洗脸水，梳洗好了，去了包发的手帕，照了照镜子。日光照得房中雪亮，便见自己前天换下的一双弓鞋，搁在春凳上面。飞飞儿见了大喜，急忙脱下了跑山鞋，换上了那双弓鞋。又见菊花盆背后安着两盆茶食，一盆是鸡蛋糕，一盆是月饼儿。飞飞儿最喜欢吃鸡蛋糕，一见了它，说也奇怪，这个肚子忽又觉得饿了起来。她也不客气了，一伸玉指，抓了来就吃。吃得味儿好，再来一只蛋糕，送进嘴去。吃了两块蛋糕，这肚子方始太平。

她又想一想，爬到春凳上去，把橱上的箱子托了下来，打开了锁。开了盖看时，只见箱内放着红头发、红胡子、假面具、假男脚、武生巾、武生衣、刺刀、金镖、弹弓、朴刀、双刀、宝剑……飞飞儿看得呆了，寻思闹蛾儿藏着这许多东西做什么？想了想，又忽地悟了过来：啊，原来她用这许多东西，扮了男强盗去吓人的。

飞飞儿盖好了箱子，仍把锁了，只一脚又跨上了春凳，又把橱上的第二只箱儿托了下来。照样打开看时，却换了花样，但见箱内放着几身老太婆衣服、几件告化婆衫裤、几身卖解女衣。女衣内裹着绳索、铁撑、飞抓、流星。在箱底里却安着一个花鼓儿、一支花鼓打。飞飞儿不觉伸出舌头道："好个胭脂盗，竟是一个老江湖，吃她三十六行，行行都学会了。"

飞飞儿又想了想，把个花鼓和花鼓打拿了出来，仍把箱儿关锁好了，把两只箱子依旧排在衣橱上面，跳下了春凳。拿起花鼓，把手指弹了几下，那花鼓瑟瑟地响了几声。

飞飞儿灵机一动："且扮一个打花鼓儿的，混进平阳县城去，看我蛾姊。"看辰光还早，不如就此动身，她就背了花鼓，拿了鼓打，兴冲冲地走出房去。走了几步，叫声"啊哟"道："身边不带银子，怎好走得！"她一时呆住了。立了好一会儿，重又回房里，东摸摸，西看看，被她在房桌抽屉内寻出一包散碎银子，约莫有八九两。飞飞儿大喜，把来揣在怀内。出了房，走出大门，转身把门关锁好了，一口气奔往平阳县去。

且说花花豹吕芳和包定六二人，领了十几名平阳县的捕役，推着车辆，押着闹蛾儿，齐回县城。看看黄昏左右，已近平阳县城，吕芳要回家去，向着包定六道："兄长，小弟回去了，请你明天到俺家里来谈天。"

包定六道："贤弟，且进城去喝一杯酒，晚上陪你见太爷，讨个赏儿，就在我家过夜。"吕芳笑道："谁稀罕这几个赏，你千万休要提起兄弟两字，这件小功劳儿，就让兄长和众位兄弟去分受着，小弟是逢场作戏，值得什么？兄长，各位仁兄，再会了。"说着，转身便去。捕役见吕芳走了，齐向包定六道："这英雄真个了得，又生得这等豪爽，真也难得。"包定六道："他是我的表兄弟，一身能耐，在这平阳县里，只有我知道他，他天生是这爽快性儿。"

众人谈谈说说，已进了平阳城，恰好天也暗了。众人把闹蛾儿押到监押房里，包定六进去，报告了师爷，师爷进去报告了县太爷。喜得县太爷立刻吩咐把强盗带进后花厅，亲自审问。师爷一声吩咐，忙坏了合衙的胥吏衙役、三班六房，朗朗的铁链声，拍拍的竹板声，落落的夹棍声，铛铛的单刀声，响得一天星斗。自监押房里起，一路点起明烛，接连点到后花厅，照得合衙明如白昼。

　　县太爷由内室里踱到后花厅，后面跟了师爷、书记。县太爷高高地坐了，在公案上拍一记惊堂木道："带强盗。"下面一声吆喝，便见几个捕役押了闹蛾儿，一步一步价挨了上来，把两只手用铐铐了，绳索已经解去。闹蛾儿低了头，立在公案下面，下面唱一声"强盗到"。

　　县太爷抬头一看，像是一个女子。原来师爷的报告，但说捉着了劫桃花坡一案的一个强盗，不曾说明是一个女强盗。县太爷仔细一看，果然是个女子，不觉心中大怒，拍案骂道："叫你们去捉杀人不眨眼的强盗，这拿一个小女子来做什么？"

　　包定六走上一步，作个揖道："太爷，这便是住在落花村里的胭脂盗，名字唤作闹蛾儿。她与插翅虎李德山同党，桃花坡一案，请太爷问她，便知端的。"县太爷不信道："怎的女人会做强盗？"包定六道："为了女人做强盗，所以唤作胭脂盗，太爷但拷问她，她自会招供出来。"

　　县太爷大怒道："这还了得，连得女人家也做起强盗来了，我太爷还好做这平阳县么！"说时，把惊堂木一拍道："与我出力价打，打死了她，我再来问她口供。"堂下众衙役吆喝一声，就要动手来揪闹蛾儿。闹蛾儿哈哈大笑，抬起了头，向着县太爷道："太爷何必动怒？拿也拿来了，杀也由你，剐也由你，生也由你，死也由你。我是胭脂盗，名叫闹蛾儿，桃花坡抢镖银，打死双刀将艾霸的，便是我，我便是杀了一百个人，也只有这条命。太爷，办个把女强盗，何必这等动怒呢?"

县太爷见闹蛾儿抬起头来,不觉眼光一亮,细细地一打量,只见她生得柳眉星眸,貌艳如花,开起口来,好似黄莺出谷,娇啼婉转。县太爷眼中看着一朵奇花,耳中听到一种妙音,直撩得他三魂渺渺,七魄悠悠,几乎要跌落公座。

众衙役正在要打闹蛾儿,县太爷忙摇手道:"且饶她一顿,牵下去囚了。好好地看顾她,休要叫她饿了,解到上面去不好看。"说完话,退堂便去。众衙役把闹蛾儿关到一间女盗房里,真是铜墙铁壁,便是插翅也难飞出去。

县太爷同师爷一商量,当夜做了一个公文,第二天差了人,骑了一匹八百里快马,投文到府里去。只等回文下来,便要处决闹蛾儿,一面赏了包定六和众捕役。

吕芳回到家里。林中儿正在吃夜饭,见师父来了,忙立起身,给吕芳接了刀去,用红绸包好,挂在壁上。吕芳解了箭袋,叫林中儿取一盆脸水。洗过了面,林中儿已把酒菜摆设好了。

吕芳一面饮酒,一面心中想:"这胭脂盗生得真美丽,俺跑过关东、关西、河南、河北,却不曾遇见过这等女子。要是俺娶得了这个老婆,却不是心满意足?可惜是个强盗,野心难驯。"想到这里,一团高兴冷了一半。

他又饮了几杯酒,忽地拍着桌子道:"吕芳,你自己不也是一个强盗么?自从听见张先生一番教训,把个野心收了起来,俺不如把张先生一番话,转劝这个胭脂盗,教她也改做一个好人,与俺一双两好,岂不是好!"他想到这里,一颗心,忽又热了起来。他料得这个时候,那美人儿正在三拷六问。这身细皮白肉,看那般衙役,怎生打得下手。他想到这里,这颗心忽又觉着怪肉痛的:"且由她吃点苦,俺终须设法救她出来。"

第二天,包定六来了。一见吕芳,拖了就走,说是请吕芳到城里去喝酒。吕芳记念闹蛾儿，便情情愿愿地跟他去了。当下关照了林中儿，即与包定六二人往平阳县而来。

进了城，恰好午牌时分，包定六引吕芳走上一条大街，走进一座大酒店。酒保接着迎笑道："包大叔，菜已预备好了，客人来否？"包定六道："客人来了，你代安两副杯箸，拣付好座头。"酒保引二人进了内室，请二人坐地。先泡了一壶好茶，接着便把鸡、鱼、鲜肉各菜端了上来，排了半桌子，把酒斟了道："大叔，还要什么，只管吩咐。"包定六道："你且退去，有事我会叫你。"酒保出去了。

吕芳道："兄长，怎的烧了这许多菜？"包定六道："便是费了贤弟的心，帮我拿住了那个胭脂盗，县太爷赏我银子，我怎不拿来请你？"吕芳道："自己兄弟，客气什么？这胭脂盗，她叫什么名字？俺昨天晚上，却是不曾问她一声。"

包定六道："她叫闹蛾儿，就住在本县东乡的落花村。据她的口供，真个同李德山一党。她还说，桃花坡一案也是她做的，双刀将艾霸也是她打死的。"吕芳道："县太爷可曾拷打她？"包定六道："可笑太爷，糊涂透顶，见了她，前言不搭后语，一息儿叫衙役们道：'与我出力地打死她，我再来问她口供。'试问人已经打死了，还好问她的口供么？"吕芳听了，哈哈大笑道："以后呢？"包定六道："以后，衙役们正要动手打人，我们的糊涂太爷却又叫不要打了，临退堂时候又说：'好好地看顾她，休要叫她饿了，解到上面去不好看。'你看可笑不可笑？"

吕芳道："真是一位风流太爷，却恁地惜玉怜香。但不知何日起解？"包定六道："快的。等文书回转，约四天之后。"吕芳道："解到哪里去？"包定六道："解到京城去。"吕芳道："为什么一个小小强盗，又不抢皇粮，解到京城去做什么？"包定六道："你不知桃花坡一案的失主，是京城里的大来头，所以非解往京城不可。"吕芳道："由哪条路上去？不怕中途遭劫么？"包定六道："出东门，由官道上去。人关在囚车里，差众个好汉押了去。"吕芳道："你去么?"包定六道："我不去，闻太爷又请了老谭和柳熊二人押解去。这二人也是我的朋友，上次捉拿李德山的，便是他二人。"吕芳道："老谭和柳熊能耐好吗?"包定六道："十分了得，却是不及你的身手。"

两弟兄说得高兴，把酒一杯杯地灌下肚去。却不料急坏了隔壁房间里一个客人。那客人一边吃饭，一边侧着耳朵，听吕芳两人谈话，一句一句，打进她的心田里去。听到后来，不敢再吃饭了，立起了身，向板缝里张了过去。果见一个冤家对头花花豹与一个捕役对坐饮酒，直吓得她魂不附体。忙立起身，走出房间，付了饭钱，出了店门，心慌意乱的，把个花鼓也丢在饭店里，急急价出了城门，飞逃回去。

诸君，这便是飞飞儿，她扮了个打花鼓的，混进了平阳城。路又不熟，东闯闯，西闯闯，闯到中午，肚里饿了，便走进那座大饭店去吃饭。恐被人打了眼去，便拣了一间内室坐了下来，点了两个菜，也喝了两杯酒。刚吃起饭，便听得隔壁有人谈话，她侧耳细听，正在谈论闹蛾儿。后板缝中看是花花豹，真惊得玉容失色。

她即回到落花村，惊魂甫定，走进闹蛾儿家里，方始觉得将花鼓儿丢了。她静了静心，且喜捕役和花花豹两人说的话，句句听在肚里，又喜蛾姊不曾三拷六问，只是四天之后，要解往京城去，却是怎的救她? "听得押解的人，便是捉拿李家的好汉，生得十分了得，我一个人万万敌不过的。事已急到万分，万一解到京城，准是千刀万剐，把个活生生的人斩做十头八块，好不痛心! 我不去救她，却有谁去救她? 只是我孤掌难鸣，怎处，怎处?"飞飞儿急得搓手顿足，没做道理。

忽地想起朱红英："她和闹蛾儿也十分要好，我不如拖了她去，多个帮手。只是她与我有了仇恨，叫我怎的见她? 真也是个难事。"

飞飞儿千难万难，难到结果，只有请教朱红英去，才是正理。"以前之事，是她得罪我，我不责备她，她难道颠倒价还在气我？"主意打定，立即出门，把门锁了，便投朱家村而去。

到了朱家，红英接见，不觉脸儿一红。飞飞儿忍不住道："红英姊姊，闹蛾儿闯了祸了。"红英听了，吃了一惊道："闯了什么祸？"飞飞儿便将怎样地劫镖、怎样地交战、怎样地被捕、怎样怎样地就要解往京城，详详细细地说了一遍。吓得红英花容失色道："哎呀！这便怎的好？"飞飞儿道："便是恁地，我特地跑了来，想和你同去拦路劫人，把蛾姊劫了回来，也全了朋友义气。"

朱母耳朵真灵，飞飞儿说的话，她已听入耳去，说道："红儿，怎的，闹蛾儿出了事了？飞飞儿说得是，朋友义气要紧，你便同她去走一遭。"红英道："闹蛾儿的事，和我自己的一般，我怎肯袖手旁观？好，妹妹，我们几时动身，往那条路上去等候？"飞飞儿道："听说出东门，解到京城去。大约等过三天，我们就要赶去等候。"红英道："好，你大后天来，我在家里等你。"飞飞儿大喜，辞了红英便走。

红英送飞飞儿走后，朱母道："飞飞儿去了么？"红英道："去了。"朱母道："你看了她，一定和蛾姊一同去干的，她所以晓得这等详细。"红英道："她也说是闹蛾儿约她同去的，不幸遇到一个什么花花豹，两个人敌一个，还吃他拿了去。"

朱母道："她倒不提起那夜秦家妈中镖的事。"红英道："我伏在屋顶，她又不曾看见我，怎晓得是我打的？"朱母道："她又不是像我这瞎子，会看不出是你的镖？她今天事急了，来求你，她哪好提起这事？你们年纪轻，为人终欠精明，处处托大。"红英诺诺连声："母亲说得是。"朱母道："你这次同飞飞儿去得甚好，多少解脱点胸中芥蒂。只是秦家妈腿伤痊愈，她一准要来报仇的。"红英道："等她来了再说。"

光阴真快，三四天工夫眨眨眼便到。平阳县果然接到上司回文，教把女盗速即解往京城去。县太爷忙不迭地请谭飞虎、柳熊等吃了一桌酒，讲了几句好话，便教押解起行。

　　谭、柳二人绰了兵器，带了四个解差，背了公文行囊，拿了水火棍，押着囚车，出了东门，上了官道，一路向东走去。约行了三十余里，却是一座灵官殿。柳熊渴了，叫把囚车停下来，走进殿去，讨了一碗茶吃。引得众人也各吃了一碗。

　　走过了灵官殿，便是一带黑郁郁的柳林。老谭究竟是老江湖，向着柳熊道："贤弟端整好了家伙，这一带林里当心有贼人。"柳熊便把李公拐挺了起来，吆吆喝喝价向前走。

　　又行了一里多，果见柳林里蹿出两个女子，手提宝剑，拦住去路，只听得娇声喝道："晓事的，快留下囚车，饶你性命。"老谭哈哈大笑说："好一个黄毛未退的小姑娘，胆敢太岁头上来动土！不要多说，吃俺一刀。"只一刀，向朱红英兜头劈去。朱红英抢起宝剑，把金背刀一隔，趁势一剑向老谭拂腰挥去。老谭一扭腰身，顺势又送一刀，红英避开了。二人一交手，一刀一剑，斗了起来。那边柳熊挥着李公拐，敌住了飞飞儿那口宝剑，也在拼命狠斗。四个解差立住了身，护着车子，瞪着八只眼，看四个人厮杀。

　　四个人直战了五六十合，不分胜负，闹得老谭性起，把口金背刀紧一紧，忽地换了解数，挥挥霍霍地好似天花乱坠，耀得红英两眼昏花，忙把剑一撒，拔腿飞逃。老谭喝一声，随后赶了上来。红英大惊，只跑得百多步路，猛听得林子内大喝道："这老儿休要欺侮小女子，俺来也！"

　　谭飞虎收住了脚步，抬头看时，但见跳出一个好汉，红发红须，相貌古怪，手提宝刀，早向老谭一刀飞将来。老谭避过了这一刀，急把宝刀一刀还去。两个搭上手，便见刀来刀去，上下飞翻，只见两片刀光，盘旋如电，霍霍地战个不已。

飞飞儿正同柳熊狠斗，忽见朱红英战败，不由心中一急，舍了柳熊，也跟逃上来。柳熊喝声道："哪里走！"如飞地赶上。飞飞儿避不过，只得抢剑又战。红英瞧见飞飞儿战柳熊不下，忙挺宝剑赶回来，双战柳熊。

　　老谭和那个红胡子已斗到百合上下，不由叫苦，起初还不分高低，渐渐有点敌不住了。老谭心中一急，便把一路花刀施了出来，好似万条闪电在敌人眼前挥霍。谁知那个红胡子理也不理，把手中宝刀拨开了花刀，只一刀背，"扑"的一声，把老谭打在地下，再也爬不起来。

　　飞飞儿远远看见，必中大喜，不由精神陡振，向红英使个眼色，红英也看见了，立时两柄剑如变了两条神龙，奔向柳熊攒刺，吓得柳熊如飞一般逃入林中。朱红英和飞飞儿哪里肯舍，也挺剑追入林去。

第十一回

闹蛾儿倾心花花豹
朱红英投奔杨柳村

闹蛾儿关在囚车里，屈作一团，行到柳林那边，蓦听得叮当叮当的兵器声。急在车洞里张了出去，已见朱红英与老谭动手，接着又见飞飞儿和柳熊力斗。闹蛾儿心中暗喜，只望两人战胜，便可脱离囚车。闹蛾儿屈着身，眼睁睁地看着。战到深处，忽见朱红英败走，又见飞飞儿心慌意乱，看看也将败将下来。又见老谭紧追朱红英，急得闹蛾儿像黄豆般大汗，都流了出来。

正在急哩，在柳林中忽地跳出一个红胡子，拦住老谭大战。接着便见朱红英奔了回来，双战柳熊。又见老谭被红胡子一刀背打在地上，柳熊撇了两人，逃入林去，两人跟踪追进。红胡子手提宝刀，如飞地奔将来，吓得众解差四散逃命。

喜得闹蛾儿，把一身冷汗乐了回去，眼睁睁看红胡子赶走了解差，转身便来打开囚车。闹蛾儿非常纳罕，且由他摆布，闭了双目，不则一声。谁知红胡子把闹蛾儿一把抱起，背上肩头，拔步就跑。

朱红英和飞飞儿追入林中，已不见柳熊。二人回身出林，去劫车辆。只见那车子已经横倒在地，闹蛾儿也不知去向。飞飞儿眼快，瞥见前面一个人，背上背着一个女子，正在飞跑。飞飞儿用手一指道："姊姊，前面跑的不是红胡子背了蛾姊姊吗？"红英也看见了，二人把脚步一紧，射箭般追了上去。

飞飞儿如燕子一般，款款地两只金莲着地，一似蜻蜓点水，轻捷无比，眨眨眼追到红胡子后面，一伸手，想把闹蛾儿抢了来。岂知红胡子竟是一个人物，觉得背后有人，他便提起一双飞毛腿，腾云驾雾价向前飞去，快得和闪电一般。飞飞儿大惊，拼命价赶将去，只是赶不上。后面朱红英也施展神行术，奔得香汗一身，兀自差得很远。

三个人厮赶着，七转八弯的，已奔了二十多里，奔得飞飞儿气急呼呼。瞥见前面一带山林，林间露出红墙一角，红胡子背了人奔入山林子，眼看他奔入红墙里去。飞飞儿见了，不觉透了一口大气，回头看红英也上来了，索性等着了红英，两个人奔入林去。一抬头见是一只土地庙，庙门开着，果见土地堂里坐着一个红胡子的土地公公、一个戴了手铐的土地婆婆。二人大喜，一齐走入庙内，大叫道："姊姊，我们来了！"

闹蛾儿到了这时，方始睁开两目道："两位妹妹真个义胆包天，为我的事，带累你两个人奔走辛苦，真是感激万分！"红胡子哈哈大笑道："你只知感激两位妹妹，却忘了俺救你出了囚车，并救了你两位妹妹，你也不问一声俺的尊姓大名、仙乡何处？单是背了你，走这几十里路，出了俺多少臭汗，你却是像哑子一般，不则一声，兀的不气杀了俺。"

闹蛾儿到了这时，真觉过意不去，立起了身，作揖道："请伯伯原谅，我在你背上颠得昏头昏脑，又且男女有别，一时间叫我怎能说得出口？敢问老伯，我和你面不相认，却蒙你出力相救，真使我感激于心，又教我糊糊涂涂的，不知你贵姓大名，请你详细见教，待我报答洪恩。"

红胡子听了，不慌不忙地丢了刀，把手向头上面上一抹，取了假发假须，现出本来面目。吓得飞飞儿拔脚就跑，口中大叫："姊姊快逃，是冤家呀！"吕芳早已一个箭步，跳在门口，把手一拂，笑道："妹妹，休要怕俺，俺是来救你的，怎肯害你？真是你们的亲家，怎说是冤家呀！"说得飞飞儿满面飞红，无言可答。闹蛾儿见是吕芳，弄得目瞪口呆，啼笑皆非。

红英走上去，把闹蛾儿的手铐用力打了开来。闹蛾儿对吕芳拜了下去，吕芳一把扶起道："休要恁地。你三人快跟我走，到我家去商量一个办法。"

吕芳藏了假须发，提了宝刀，向前引路。三姊妹只得跟了他，走出了庙门。曲曲折折地又穿过了山林，便见是平阳大道。约莫又走了二十里路，便见前面一带杨柳，柳林里面又杂种着许多果木，中间露出一条小路。吕芳用手一指道："这柳林里面便是舍下。"三人仔细看去，果见柳林内露出一宅房子。

三人跟吕芳走了进去。走进大门，已见林中儿迎了出来。林中儿看见三个女子，心里非常奇怪。吕芳道："林中儿，有客来了，快去端整茶酒饭菜。"林中儿应声去了。

吕芳引三人走进书房，只见那书房布置得十分清雅。上面一张炕床，炕床上铺着一床锦被，床面前摆着一口书橱，橱内尽是书本，橱旁设着茶几、椅子；中间一张小圆桌，桌上铺着一方雪白的薄布，布上摆着一盆芙蓉花，桌沿安着四只圆凳儿；四扇碧纱窗，窗下便是书桌，桌上安着文房四宝、几本书、一卷白纸。满室显着书香气儿。

三个女强盗从出娘胎，不曾到秀才家去过，今天到了这里，好似换了一个世界，把刚才血战时的刀锋剑影，忘得一干二净。只见吕芳挂了刀，飞飞儿和红英也把双剑挂了，又见吕芳把手一恭道："请三位坐了好谈。"三人便也沿了圆桌坐将下去。

吕芳坐了主位，道："先要请教三位的高姓芳名？"三人依次报了姓名。闹蛾儿立起了道："我也要请教先生。"吕芳道："俺姓吕，单名芳字。"飞飞儿道:"先生还有一个名字,不是唤作花花豹吗?"吕芳道:"不错,你是在杀虎岭镖旗上看见的吗?俺们已交过了手,一相打,便成相识。那天你幸而逃得快,否则,和这位蛾姐儿凑成一个双儿,今天也屈你在囚车里坐一坐。"

红英笑道:"吕先生端的好武艺,我被那个老儿施一路花刀,迫得我两目昏花,败阵而逃。可是你见了花刀,反而杀败老儿,这身本领真叫人佩服不已。"

吕芳道:"练武艺,第一要练眼光,要练得两只眼睛当午注视日光,若无其事,方始不畏花刀。"红英道:"怎样的练法呢?"吕芳道:"小姑娘家练了这个做什么,难道你一辈子做强盗,做到头发白?俺是个过来人,走过半天下,遇见了多少英雄好汉,可是他们的结果,不是阵上失风,死在刀下,便是被官军捉去,身罹法网。俺便透底看破,做强盗绝没有好收成,因此俺便洗去盗心,隐在这里,从新读书。你三人生得这等美丽,文文雅雅,真同大家闺秀一样,却负了'胭脂盗'三字的污名,俺真个替你们万分可惜。俺便是为了这个,前几天拿了你,今天又来救你,希望你们改过为人,从新做一个好女子,平平稳稳地过日子,却不是好?"三人听了,直感激得流下泪来。

说到这里,林中儿把酒饭拿了出来,拿过了芙蓉花,把酒菜摆在圆桌上面。飞飞儿见是四小碟、四大碗,一只汤,尽是鱼肉鸡虾等可口菜儿。吕芳敬过了酒,请三人随便吃喝,休要客气。三人肚也饿了,真如风扫残雪,吃得十分饱。

吃好了饭,红英向着闹蛾儿道:"我与玉妹妹要回去了,蛾姊,你怎么样?"闹蛾儿蛾眉双锁,暗想:走到哪里去?本已存心离开落花村的,这时犯了这身劫囚大罪,更加不好回去了。当下看着红英,一时作声不得。飞飞儿也替闹蛾儿想不出办法,三个人几乎呆住了。

吕芳道:"蛾妹,端的没有稳妥的去处时,且在舍下避几时再说。"飞飞儿和红英听了，大喜道："只是打搅吕先生了。"吕芳道："休要客气，你二位随便哪天，到舍下来看看她好了。"二人点头称是。当下辞了吕芳、闹蛾儿二人，拿了兵器，回朱家村去了。

这吕芳心中好不欢喜，送出了飞飞儿两人，回进书房道："蛾妹，你的腿还痛么？"闹蛾儿道："谢谢你，我已不痛了。"吕芳道："你且卷起裤脚儿，让我看看。"闹蛾儿不觉脸儿一红，没奈何低了头，弯下身去，把左脚裤卷了起来。吕芳蹲下身去一看，果见创口已愈，不觉甚喜道："这两支弩箭儿，幸俺不把毒药涂上，要是涂上了毒药，你这腿便成了残废。"

闹蛾儿把裤脚放下了，吕芳叫闹蛾儿坐地，自己也坐了道："蛾妹，你我既已结识了朋友，请你便将你的身世告诉了俺，待俺也来告诉你听。"

闹蛾儿道："我原是河南人，姓钱名唤月蛾。父亲钱大海，母亲王氏，只生我一个。父亲原是一员武官，为了解粮被劫，没奈何逃走在江湖上面，做了强盗。不幸在三年前双双病亡，我便仗着父亲所教的武艺，做单身买卖。前二年，投到这平阳县的落花村，借了房子，合了几个姊妹，暗进暗出，做这勾当。不料这一次，却跌翻在你手里。"吕芳笑道："跌翻在俺的手里，你服气吗？"闹蛾儿道："怎不服气？你是一个天字第一号好汉，这身本领端的使我佩服，但不知你为什么乔装保镖，给官家出力？"吕芳道："便是俺的表兄，名唤包定六，他在县里充捕头。为了桃花坡一案，被县太爷催不过，他听了一个什么姓冯的妙计，把你骗往杀虎岭，约俺前来捕你。"

闹蛾儿才知这件事是冯九捣鬼，不由暗暗地恨那冯九，道："原来恁地。但不知你的身世怎样？"吕芳道："俺原是江南人，却自幼生长在北方。父亲是个商人，故世多年，母亲还在江南。俺自幼喜欢武艺，投拜名师，苦心习练，练得这身武艺。本来和两个师弟合伙儿的，现在他二人往山东去了。俺如今已经是厌弃武艺，从事文学，决不再干犯法的勾当了。"

闹蛾儿道："你怎的会改变过来？"吕芳道："不瞒你说，俺平生只爱一个'色'字，这心中只想娶一个美貌女子，但恨这北地胭脂，不是粗头粗脑，便是俗不可耐。害得俺孤零零地到了今日，还是一个鳏夫。"闹蛾儿听了，不由飞红了脸，低下头去。

吕芳接着说道："约莫半年以前，俺在太原游玩。在观音殿里，蓦见一个烧香女子，生得像嫦娥一般，把俺看得魂灵出窍。她烧了香，便出观音殿，骑上马匆匆而去。俺便跟定了走，一直跟到她的家门口，俺便认清了门户。

"一到三更时分，俺便前去探花。飞进了高墙，见是一宅大户，俺便走到内墙门。门口有一株合抱不交的桂花树，俺便跳上了树去，一脚跨上了墙头，把身一耸，跳了下去。谁知'扑通'一声，把俺跌入陷坑，伸出几把挠钩，把俺活捉了去。

"一霎时，堂上灯火齐明，上面巍巍地坐着一位白须白发的老先生。他叫家人把俺带在一边，显着满面和气，对俺说道：'朋友，你半夜三更来做什么？'俺怎能说是来探花的？俺只得说是要往外省去，路过贵处，缺少盘川，今天晚上特来贵府借点银钱。他道：'朋友，你错了。你要借盘川，应当白天来借，半夜三更翻墙头的便是贼。看你轻轻年纪，何苦做这勾当！你岂不知做盗做贼，要犯国法的吗？士农工商，件件可做，你为什么要做万人唾骂的贼？你说，你说！'

"他这几句话，说得俺天良发现，惭愧万分，只得低下了头，不则一声。他又道：'朋友，看你似悔悟。古人说得好，放下屠刀，立地成佛。两条路由你拣，你要是仍旧要做强盗的，由你一辈子去做强盗。将来你到了结果的时候，包你记得老夫今夜对你说的几句良言，但是，那时你悔也来不及了。你要是肯改过为人，请你表示一下，我再教你几句做人的道理。那一条是死路，这一条是生路，你

271

欢喜哪一条，由你拣。'俺听到这里，不由双膝落地，放声大哭。

　　"他又笑道：'朋友起来，休要哭，再听我说。'俺便收住了泪，立了起来，恭恭敬敬听他又说道：'好朋友，孺子真可教也！我问你，你可读过书吗？'俺道：'不曾读过。'他道：'怪不得呢！我看你年纪还轻，你真能立志为人，要用功也来得及。说着，他又把俺的面孔端详了一下，又道：'你相貌生得不错，可惜你面带桃花。你如听我的话，快收住了这颗色性。佛经上说得好，色即是空，空即是色。你能守身如玉，正正经经的，将来自有好女子来配你成双。你要是见色动淫，心怀叵测，仗着小小本领，半夜三更攀木跨墙，想到人家闺房中去探花儿，哼哼，朋友，人虽然被你骗了，这天地鬼神，恐怕也要教你跌落陷坑里去。'听他这几句话，俺好似五雷击顶，惊得两只耳朵只是轰轰价响。

　　"他说到这里，叫家人取出十两银子、一本《三字经》、一本《心经》，又叫家人把俺解了背绑，亲自下座，拿了银子、书本，塞在俺的手中。俺不由向他拜了几拜道：'蒙老先生见教，真个像生我的父母一般。俺此番回去，誓不为非作歹。只是老先生的高姓大名，万望指示，让俺回去供个长生禄位，报答你今夜一番美意。'他又道：'我姓张。你快回去读书，先读熟了《三字经》，再去研究《心经》，包你一生受用。'俺就当夜出门，从此像梦醒一般。住在这里，终日里读两本经书，真如神仙一般，觉得魂梦都安。"

　　吕芳这一席话，听得闹蛾儿好似服了一剂清凉散，宛如黑暗之中现出万盏灯光，不由喜滋滋地笑道："吕先生，你真好幸运，遇见这位好人，指示你的迷途。我蒙你救了性命，又蒙你把这好人的话转来教示了我，我从此也要跟你读书念经，学做一个好人了。"吕芳听了大喜。谈谈说说，不觉已是黄昏。林中儿把饭端了出来，二人吃过了饭，林中儿点起了灯。

　　吕芳握住闹蛾儿的玉手道："好妹妹，俺有一句心腹话儿问你，你可曾配过婚吗？"闹蛾儿粉红了脸，摇摇头。吕芳道："妹妹，你如看得起俺，配俺做对夫妻。"闹蛾儿微启秋波，对了吕芳微微一笑，真个千娇百媚，倾国倾城。吕芳大喜，忙叫林中儿在堂上焚起一炉好香，点起两支红烛。吕芳穿着上一件大衫，拉了闹蛾儿走到堂上，恭恭敬敬地拜了祖先，又和闹蛾儿并拜了八拜，算是成了夫妻。这一夜，吕芳和闹蛾儿做了一对交颈鸳鸯，如鱼得水，恩爱百出。

朱红英和飞飞儿一口气奔回家去。红英把闹蛾儿的事报知了朱母，朱母大喜。飞飞儿拜见了朱母道："不瞒伯母说，我自那天和闹蛾儿合了伙以后，一直住在落花村闹蛾儿家里。我的妈性如烈火，我从此也不想回去了。从今天起，想在这里住几天，再去投奔他方，不知伯母答应么？"朱母道："好的，自己人休要客气，你不愿回去，便住在我家，和我红英做个伴儿也好。"飞飞儿谢了。从这天起，便住在朱家，约住了十一二天。

这一夜，已是睡了，忽听得有人叩门。红英起来开门一看，在月光底下，认出便是小云娃的哥哥李德山。看他走得满头是汗，红英迎了进去，把门关了，别亮了灯，道："李大哥，你和嫂嫂两人都好？我们好生挂念。"

李德山吃了一杯冷茶，透了一口气，道："红妹妹，我的妈和小云娃呢？"红英道："她们到太原去了。"李德山道："那个姓梁的呢？"红英道："姓梁的已与你妹子成了夫妻，也到太原去了。"李德山道："去得好。红妹妹，你们也是快走的好。"红英道："怎的？"李德山道："徐大哥今天由城里回来，他说：闹蛾儿抢劫杀虎岭镖银，被官军拿去，不料在解往京城去时，刚出东门几十里路，又被胭脂盗劫去了。柳熊战败，花刀老谭背部受伤，县太爷暴跳如雷，逼了包定六要这做眼线的冯九，冯九便把这里全数胭脂盗说了出来。县太爷把冯九留住了，亲自上府里去，府里要派大批人马，

273

扫荡各村，捉拿我们。我一听急了，速夜来报告你们，你们快预备走路，休要临时不能脱身。我预备明天带了妻子赵氏，即离了天保村，逃往太原，会我的妈去。"说完辞了红英，出门便去。

红英听得惊出一身冷汗，进去叫醒了朱母和飞飞儿两人。朱母问半夜三更什么事，红英道："刚才李德山到来，说官军就要大批来扫荡各村，捉拿胭脂盗，叫我们预备走路。他特地连夜来送信，好似十分紧急。"朱母道："红儿休慌，我早已料到有这一天，却是逃到哪里去？"

飞飞儿道："我却有个去处。"红英道："什么地方？"飞飞儿道："杨柳村花花豹家。一来那边是个出名的太平地方，从来没有匪徒；二来花花豹力敌万夫，我们有个靠山；三来闹蛾儿住在那里，我们要死也死在一处。"朱母听了道："好的，准到杨柳村去。红儿，你明天把应用的收拾收拾，后天一早动身走路。"红英称是。三人各自睡了。

到了第二天，红英和飞飞儿忙了一日，方始收拾完毕。吃过了夜饭，飞飞儿把菜碗端进灶下，红英在外室点灯。蓦见走进一个人来，手持竹节钢鞭，向红英一鞭打将下来。红英大惊，把身一扭，见是秦家妈，恶狠狠地第二鞭又打了过来。红英逃进内室，忙摘了一把单刀，跳出外室，与秦家妈二人斗了起来。

朱母已进卧室，听得争斗声，忙道："红儿和谁厮斗？"红英道："是秦家妈拿鞭打我。"朱母大惊，忙叫道："秦家妈，自己人休要动手动脚，快住手，有话好讲的。"秦家妈收住了鞭，道："好！你出来，我们评评理。"红英收了刀，忙避入灶下，早见飞飞儿吓得缩在一边，两人默默地听朱母怎的应付。

朱母摸到外室，道："秦家妈，难得你请过来，快请坐了。红儿送杯茶来。"秦家妈只得坐了。红英拿了茶，放在桌上道："秦家妈请用茶。"秦家妈见朱母这等客气，又见红英敬茶，这口气先已消了一半。

朱母道："秦家妈，你为甚的拿鞭打我女儿？"秦家妈道："老姊姊，你知道么？那一夜李翠娃母女来我家抢姓梁的少年，我与老娼女交战时，你家红英不该在暗地里，把金镖打我。我与你家无冤无仇，她竟下这毒手要我的命！"朱母道："哎呀！秦家妈，你弄错了，我家红儿那一夜出过门？"红英接着道："罪过，罪过！秦家妈，我几时用镖打你？李家的事关我红英做什么？风也没有的事，秦家妈，你休要冤枉我。"说着红了眼睛，像是要哭了出来。

秦家妈道："真的不是你打的么？"红英道："我与你在几时积过仇恨？我平白地拿镖打你做什么？敢是疯了。"秦家妈拿出镖来道："这不是你的镖吗？"红英看了看道："啊呀！真像我的镖。"说时抬了头，想了想道："秦家妈，是了，半月之前小云娃曾向我借去两支镖，要么那一夜你们动手时，她就暗放一镖。"

秦家妈似信不信道："既然恁地，我也不追究了。红妹妹，你可看见我家玉燕儿吗？"红英道："我不曾看见。"秦家妈叹口气道："唉！这小孩想是有了情人，给人家骗走了。自从那夜出门以后，已经有半个月了，不见她回家来。唉！算我晦气，白养她一场，不知她这时到哪里去了。"红英道："慢慢地访寻，终有相会的日子的。"秦家妈立起身，拿了钢鞭，说声"打搅"，辞出门去。

不到两盏茶时，猛听得人声鼎沸，由远而近，接着忽见秦家妈跑了回来，大叫道："红妹妹不好了，有无数官兵围住了村子，到这里来捕人了。"红英大惊，忙叫飞飞儿出来。秦家妈一见，叫声："啊呀！"红英道："秦家妈，你休要问玉妹妹，我们一起投奔一处好地方去！"说着跑进房里，取出两个包裹，一个叫秦家妈背了，一个叫飞飞儿背了，一面叫道："母亲，那话儿来了，且商量一个办法，怎样地杀出去？"朱母道："你休要怕，我带了佛珠，教那厮们排头的倒下几个去。秦大妈，烦你开路，红儿背了我，飞飞儿断

275

后。"秦家妈拍拍胸随道："好，有我，姊姊但听我的舞鞭声，把佛珠朝声里挥将去。"

飞飞儿把弓鞋紧一紧，拿了剑，挂了镖囊。红英腰横宝剑，背了娘，两只手翻转去，握紧了娘的两条腿，四个人冲出门去。已见十几个汉子手提家伙，扑了过来。秦家妈怒吼一声，舞动竹节钢鞭，奔向前去，背后紧跟着朱氏母女和飞飞儿。好一个秦家妈，钢鞭起处，早将领头两个打翻地上。汉子们发一声喊，围住了四人，奋力大战。内中跳出两筹好汉，各提朴刀，一个敌住秦家妈，一个敌住飞飞儿，另一个扑奔红英而来。红英忙抽出了剑，把来人的刀架住。朱母忙端整了佛珠，把手一扬，喝声"着"，只听有六七个人，一齐叫声"啊呀"，打倒地上。战红英和战飞飞儿的两筹好汉，也跌倒了。战秦家妈一个大汉慌了手脚，被秦家妈一钢鞭也击倒在地上。

朱母问红英道："佛珠得胜吗？"红英道："打翻了七八个。"朱母道："你们放胆冲出去。"秦家妈叫一声，上前领路。众官兵给佛珠打怕了，纷纷地四散奔走，眼睁睁地看四人闯出村去。众官兵约齐了灯笼火把，长蛇也似的一阵，发声大喊追了上去。秦家妈、红英、飞飞儿六只脚奔走如飞，官兵却哪里追得上？但见几条黑影晃晃地在前飞将去，眨眨眼已不见去向。可笑府里派下来的几员将领，真是酒囊饭袋，带了一百多兵，连三四个女强盗都拿不住，却被强盗打翻了八九个。当时你看了我，我看了你，叹口气，叫声苦，乖乖地背了八九个伤兵，回城去了。

秦家妈等四人一齐扑奔杨柳村去。飞飞儿是熟路，手提宝剑，当先领路，红英母女第二，秦家妈最后。直行了一个多更次，方始到达杨柳村。

进了杨柳林，已见吕芳家的大门，看看天时已是后半夜了，朱母道："红英，你放我下来。"红英把娘放下了。朱母道："轻声些，人家正当好睡，我们索性在门口坐到天亮，等他开出门来，方可进

276

去，这时休要去惊动人家。"众人说声是，各在柳林下盘膝坐地，闭目养神。

飞飞儿坐了一息，忽地寻思道："啊哟！蛾姊住在这里已有十多天了，这一对孤男怨女，难不成会正正经经的？这吕芳又生得这等英雄，蛾姊怎不欢喜他？说不定他二人早已做了交颈鸳鸯，连个小宝宝也种在蛾姊的肚子里了。我且悄悄地去看他一看。"

好个飞飞儿便轻轻地放下了包裹，轻轻地把口剑放在包裹上面，一扭柳腰，向林中一钻，七穿八穿，穿到吕家后墙头。一纵身，"嗖"一声跳了上去。立在墙上一看，恰是书房的后进，隐隐地听得房内有人说话。飞飞儿只一脚跨上了屋顶，扑倒身，爬进了几步。功夫真好，真个声息全无，神鬼难知。她揭起砖块、瓦片，便由下面露出一线灯光。

飞飞儿把两只眼凑在瓦空里，向下一看，果是书房的后半间，一只大炕床上睡着两个人，正是吕芳和闹蛾儿。

第十二回

姊姊多情遭毒手
弟弟立忠诛仇人

飞飞儿提足了神，仔细看去，又见闹蛾儿睡在外床，吕芳睡在里床。闹蛾儿把只玉臂钩住了吕芳的头颈，微微地闭了两目，把个丁香舌尖儿伸在吕芳的嘴里，那吕芳拼命价吮闹蛾儿的舌尖儿。看得飞飞儿咬紧了牙，心痒难熬。好一息，只见闹蛾儿把舌尖收入嘴内，又见吕芳把身体一侧，抱住了闹蛾儿，把个嘴儿拼命价吻闹蛾儿的香腮儿，口中轻轻地唤着："好妹妹，亲妹妹！"闹蛾儿秋波微启，把玉手钩住了吕芳，口中也唤着："好哥哥，亲哥哥！"直看得飞飞儿三魂出窍，六魄飞空，只剩了一个魄儿在身内剥剥价跳个不住。

好一息，两人讲起话来，只见吕芳道："妹妹，俺比了你所说的梁国器如何？"闹蛾儿道："梁国器我不曾见过，料想他怎及得你来？"吕芳道："为什么呢？"

闹蛾儿道："第一，这个人没有义气，我玉燕妹妹为了他舍生忘死，救他出险，他一转背，便爱上了小云娃，天下竟有这等忘恩负义的男子，哪及你义胆包天，救人救彻！第二，这梁国器，据说跨了一匹马，带了一口剑，打扮得鲜衣华服，像是一个侠少。谁知他银样镴枪头，与秦家妈交手，好似小鬼跌金刚，一交手便落荒逃命。

278

这等人还想到太原去找仇人，真是笑话奇谈，他哪及得你威武绝伦，力敌万夫。"吕芳道："第三呢？"闹蛾儿道："第三没有了，这等男子，我其实看不惯。飞飞儿和小云娃两人，失魂落魄地为他颠倒，你抢我夺，真觉可笑。"

吕芳道："妹妹，这个姻缘，真倒是天做主，丝毫勉强不来。那一天在杀虎岭，要是你逃了去，换个飞飞儿被俺拿住，这一次飞飞儿起解，俺也是要去救的。救了来，她一准也做了我的老婆。老天偏偏教俺拿住了你，放走了飞飞儿，可见你我的夫妻，真是天做主了。"

闹蛾儿道："好人，我正要和你相商一事。这飞飞儿天天想找一个如意郎君，你既然欢喜她，你怎不也把她娶了来，我们两姊妹来服侍你一个好么？"吕芳哈哈笑道："俺说了一句玩笑话，你便吃起醋来了吗？"闹蛾儿道："阿弥陀佛，罪过，罪过，我们要好姊妹，吃什么醋？"

吕芳道："你话虽说得是，只是一夫二妻，十九没有好结果。俺有了你，怎可再娶别人，显得俺没有义气。你的妹妹便是俺的妹妹，俺有两个师弟，都是一等人才，俺将来做一个媒人，把飞飞儿和你还有那个姓朱的妹妹，分嫁了俺两个师弟，岂不是好？"闹蛾儿大喜道："你休要忘了，我这个玉燕妹妹，再不与她做媒，她便要生相思病了。"屋顶上的飞飞儿听到这里，不由呸了一口，如飞地跳下了屋顶，蹿入林中，仍回原处坐了下来，心中十分感激闹蛾儿。

吕芳爱闹蛾儿，爱到千万分，恒河沙数，笔者真不能形容于万一。他平日夜里最机灵，休说有人上屋，便是一只小鼠儿走动，他也会从梦里惊醒过来。这一夜全副精神飞在闹蛾儿身上，情话绵绵，欲仙欲死，他哪顾屋顶上有人，揭了瓦儿，偷看好戏。冷不防屋顶上有人娇声娇气地呸了一口，不由忽地一惊，失声道："不好，屋上有贼！"说时，忙把闹蛾儿一推，霍地跳下了床，向壁上去摘宝剑。

闹蛾儿更加机灵，早已穿上外衣，下了床，拿起了灯。两夫妻走出了书房，跑到客堂，走入天井，抬头看屋上，却是静静的，没半个人影儿。

吕芳道："明明地有个人，想是落在外面，俺们追出去。"说时开了大门，早见两个女子扑了进来，吕芳不觉吃了一惊。闹蛾儿眼快，叫声"啊哟"，不禁两朵红云由夹耳根飞上了粉脸。红英道："蛾姊儿，天还没有亮，怎的起来了？"

闹蛾儿道："好妹妹，你们怎的夜里到来？我们正在睡中，忽听得屋顶……"飞飞儿忙把闹蛾儿手尖一拈，闹蛾儿接着道："忽听得屋顶一只四只脚的野猫发猫疯，所以爬起来查查看。"飞飞儿白了闹蛾儿一眼，回头即去扶了朱母，拖了秦家妈妈，走了进来。红英回出大门时，看天已经亮了，忙把飞飞儿的宝剑包裹一齐拿进屋内。吕芳见了许多人，好生欢喜，忙叫起了林中儿，烧脸水，煮早饭。

闹蛾儿叫了一声朱母、秦家妈，把各人的兵器、包裹接了进去，安在内室。开了大门，请两位老人家坐了，道："两位伯母难得到此。"朱母道："蛾姊，我真记得你，那一天飞飞儿来信，说你出了事，就要解往京城去，我急得什么似的。我便叫红儿同了飞飞儿来救你。天幸吕先生拔刀相助，把你救了出来，又把你安住他的府上，这吕先生真是一位豪杰！可惜我是一个瞎子，看不见吕先生是一个怎样的相貌，否则，我又要老脾气发作，做一个媒人耍子，成就你们一段好事。"飞飞儿听了，扑哧一笑，把红英拖进了后书房，吃吃地向红英告诉在屋顶上看见的事，说得红英脸泛桃花，心头怪痒。

秦家妈在朱家临逃时，蓦地见了飞飞儿，心头正在奇怪，这时听了朱母一席话，不由问朱母道："姊姊，你说什么闹蛾儿出事，玉燕和红英去救她？我真个如在梦中。"朱母便将事情经过告诉了秦家妈，秦家妈方始恍然大悟道："怪不得她在外面闯了祸，不敢回家见我，只躲在你的家中。"

吕芳叫林中儿扯开了客堂里的大桌子，端出了菜饭，请各人吃饭。却是不见了飞飞儿、红英两人。闹蛾儿蹑手蹑脚，挨边书房，晓得她两人在后房说话，她便悄没声地挨近板壁，侧着耳朵，听两人说什么。只听到红英道："你可听说他两个师弟的情况？"飞飞儿道："这却不曾提起，他只说把你我两个妹妹，分嫁他两个师弟。"闹蛾儿听到这里，又听得她两人吃吃地笑个不住，不由飘身进去。吓得飞飞儿和红英两人急忙收住笑容，呆看着闹蛾儿。闹蛾儿把个手指在脸儿划了几下，撇一撇樱唇道："想老公想到吃吃地笑个不住，亏你们两只面皮，怎的生得这等厚！"飞飞儿笑道："我们没处去叫亲哥哥、好哥哥，和一个爱人勾头舔舌，没奈何，吃吃价笑几声解个闷儿。"羞得闹蛾儿低垂粉头，只把两眼乱白，飞飞儿和红英二人拍掌大笑。

　　闹蛾儿骂道："短命鬼！半夜三更做贼骨头，跳在人家的屋顶上面听隔壁戏，天下有你这等轻骨头的姑娘儿？待我告诉吕先生，叫他休做媒人，让你一辈子生相思病，生到脚直……"飞飞儿急了，忙道："好姊姊！休要告诉吕先生吧，修子修孙，多福多寿，做做好事，阿弥陀佛！"引得红英、闹蛾儿二人哈哈大笑。闹蛾儿两手拖了两人，行到客堂，分座吃饭。

　　吃罢了饭，闹蛾儿问朱母道："伯母和秦家妈怎的也到这里来了？"朱母便把李德山报信，秦家妈来家，官兵包围，她们冲杀出来，投奔这里，暂避几天，详详细细地告诉了一遍。闹蛾儿看着吕芳道："这位伯母便是红英妹妹的母亲，这位秦家妈便是飞飞儿的母亲。为了我的事，害她们被官兵追捕，没奈何逃到这里来，想在这里住几天，避避风头儿，再作道理。"吕芳道："原来恁地，两伯母休要见外，只管住在舍下，休怕官兵到这里来。"秦家妈、朱母一齐谢了。闹蛾儿便去打扫了一间房间，铺了几只床，让她们母女四人做卧室。

当夜，飞飞儿便把吕芳和闹蛾儿二人结成夫妻的事，告诉了母亲和朱母，二人点头啧啧称赞，自也十分地代二人欢喜。

有一天，林中儿正立在门口，忽见包定六远远地走将来。林中儿忙进去报知吕芳，吕芳急叫闹蛾儿领了各人，退入内室。自己出了大门，把包定六迎到书房里。

包定六坐定了道："兄弟，我真晦他娘的鸟气！"吕芳道："晦什么鸟气？"包定六道："辛辛苦苦地把个胭脂盗拿到手里，县太爷多么欢喜，说我办事能干。倘把胭脂盗平平安安地解到京城里，上面还有大批赏金下来。哪晓得刚出了东门几十里路，便出了岔儿。"吕芳道："出了什么岔儿呢？"

包定六道："在黑柳林里出来两个胭脂盗，老谭接着一个，两下交起手来，只战到十合上面，便看出那盗本领虽好，气力还差。老谭心中十分欢喜，以为这一次差使做着了，到京城去，添上一个浇头，面上多少光彩。"

吕芳道："这老谭却是人老心不老，怎地贪心不足。战到结束，想是给他拿住了？"包定六道："给他拿住，那还有什么话可说？只是老谭战到深处，便施出看家本领，几手花刀杀得那个胭脂盗没命飞逃。"吕芳笑道："好个老谭！端的好本领，不愧花刀两字，以后怎么样呢？"包定六道："这老谭见胭脂盗飞逃，他就在后面紧追，追了一百几十步路，他妈的……"吕芳道："兄长，怎的你骂起人来？"

包定六道："他妈的，冷不防在柳林里，跳出一个绝子绝孙、丧尽天良的贼红胡子，挺了一口宝刀，拦住老谭便斗。斗到百合上下，这老谭又拿出了他的看家本领，一路花刀施展出来。"吕芳道："啊呀！这个红胡子该死了，结果一定吃老谭一刀，杀在地下是不是？"包定六道："呸！吃老谭一刀，杀在地下，我还有什么话可说！可恨这红胡子真厉害，他竟拨开了花刀，反把老谭一刀背打翻在地，害得老谭也慌了手脚，弃了囚车逃回家去。这一件到了手的功劳，跌翻在这绝子绝孙的手里，你看可恨不可恨？"

吕芳道："你认得这个绝子绝孙的红胡子吗？"包定六道："我怎么认得他？他不是胭脂盗的同党，却是个一生一世没有见过女人的色鬼，否则干他什么鸟事，捣我老包的蛋？真晦他娘的鸟气，青天白日，会碰着那个撮鸟。"

吕芳道："这是天有眼地做主，你却怪谁来？"包定六道："怎么说？"吕芳道："你那天来请俺时，你怎样地对俺说的？"包定六道："我怎的说的？"吕芳道："蒙你记得我这表弟，到了这般大的年龄还不曾娶一个妻子，挑俺到杀虎岭去抢一个老婆，你说过吗？"包定六道："我说过的。"吕芳道："你说过的，那就好了。俺那日抢到一个老婆，你为什么不向俺打半声招呼，就把俺老婆送进城里去？兄长！你言而无信，怎对得起你的舅父？"

包定六道："啊呀！这等说起来，那个红胡子怕是你假扮的吗？怪道这等了得。"吕芳道："岂敢，岂敢！但愿俺绝子绝孙，你舅父也好断了香火。"包定六作个揖，道："贤弟休怪为兄，其实我不知是你。"

吕芳哈哈大笑道："谁来怪你！蛾妹，快出来见见你家伯伯。"闹蛾儿听得唤声，出来见了包定六，福了一福，叫了一声伯伯。包定六到了这时，却也十分欢喜，道："贤弟妇，你真个做了我的表弟妇，端的可喜。只是你几个姊妹们，不知已经逃往哪去了？"闹蛾儿道："却是怎的？"

包定六道："为了你的事，惹得县太爷大怒，把冯九叫了来，迫了他供出你的同党，太爷把冯九留住了，亲自上府里去。知府闻后大怒，派了几百官军，团团地围住了各村子，捉拿胭脂盗。谁知胭脂盗一个拿不住，官军却被打伤了八九个，现在县太爷预备再上府里去，再派大军挨户搜剿。贤弟妇住在这里，恐怕有点不方便。贤弟，最好教她暂时离去，避避风头。"吕芳点头称是，包定六即起身告别去了。

吕芳同闹蛾儿走进内室，见了朱、秦母女道："二位伯母，俺们这里也住不得了。"红英抢着道："为了什么？"吕芳便把包定六的话对她们说了，众人大惊。吕芳道："休要害怕，俺有两师弟住在山东，他们家业甚好，人又生得十分有义气，俺们全伙儿投奔了去。到了那里，待俺做一个媒人，把飞飞儿和红英二妹嫁给了他俩。俺们三兄弟，你们三姊妹，连两位伯母，住在一起，从此安分守己，做一个快快活活老百姓，岂不是好？不知两位伯母和两位妹妹意下如何？"各人听了大喜，齐道："好，好！准是合伙儿往山东去。"

吕芳便收拾收拾，雇了几乘车子，同了各人，带了林中儿，投奔山东去了。

且说常州知府毛如龙，是山西太原人，他有一个叔伯兄弟毛羽高，住在他的衙门里。这毛羽高原是武举出身，一身武艺，十分出色，毛如龙仗他沿路做个保镖。到了常州，就留在任上。这毛羽高平生好色，在太原城内专事寻花问柳、强占民女，太原城内有哪个不晓得他是个采花的太岁？他自到了常州，旧性不改，仗了知府的势，更是变本加厉，无恶不为，甚至半夜三更，跳入人家闺房，去强奸民女。他有财有势，又有一身武艺，常州人尤其文弱成风，不比北方人来得强悍多力，由着他横行不法。

梁国器有个姊姊，比国器长了四岁，名字唤作梁玉莲，生得闭月羞花，婀娜多姿。梁国器还在馆里读书，家中只有母女二人。一天，梁母在上房念佛，玉莲在天井里坐着刺绣，低了头一针一针价绣一朵牡丹花儿。绣到黄昏，猛听得门外几枝大树上的喜鹊飞上飞下地聒噪。接着又听得弓弦响，呼呼地两三声，便见一只喜鹊儿，尾上带了一支箭，扑进天井中来，两只翅膀儿扢刮刮地抖，口中不息地喳喳乱叫。

玉莲见了，忙丢了针儿，立起来，把那只鹊儿拿在手里，那支箭兀自抱在身上，流出鲜红的血。玉莲连说："可怜，可怜！"随手拔去了箭，替鹊儿抚摸几下。拿一根麻线，吊住了喜鹊的翅膀儿，将线头缚在绣棚桌脚里，把鹊儿放在绣棚下面。然后坐在椅上，拿起针儿，刺绣那花。谁知那只鹊儿在棚下一息不停地把翅儿扇动，把玉莲一双绣鞋括得灰尘飞满。这玉莲心在刺绣，由它聒噪。

一根丝线完了，她便要换一根丝线，猛抬头，见有一个男子立在棚旁。玉莲吃了一惊，忙道："你是谁？跑到人家的屋里来，也不叫一声儿？"那人道："好姑娘，我是来拿一只鹊儿的。这鹊儿是我在树上射下来的。"玉莲听了，果见他拿了一副弓箭，反背了手，就在后面。玉莲道："一只鹊儿稀罕什么，你拿去好了。"说时，拿起小剪刀，把麻线剪了，解开了翅膀上的线儿，把手一放。哪知鹊儿扑一扑翼，叫了一声，冲天飞去。吓得玉莲花容失色，深怕那人见责，忙道："怎好，怎好？"

谁知那人见了玉莲，一团和气，连说："没事，没事，一只鹊儿值得什么，由它飞去好了。姑娘，你贵姓呀？"玉莲道："我家姓梁。"那人道："你家只有你一个人么？"玉莲道："不，还有我的母亲和弟弟。"那人道："人呢？"玉莲道："母亲在楼上念佛，弟弟读书去了。"

那人听了，立住了脚，团团地看房子，道："好一所房子，约莫有七八间吧，姑娘你住在哪一间？"玉莲道："我住在楼上西厢房，我母亲住在东厢房，弟弟住在下面书房里。你问我怎的？"那人道："我为了房子大，所以问一声，没有什么。"说着，顿了顿头，出门去了。

玉莲暗想：这人却好，把他的喜鹊儿放了去，他毫不见怪，甚是难得。这玉莲芳龄二十，母亲黄氏十分疼爱，舍不得放出去，因此尚未配人。

这一夜，玉莲吃了晚饭，坐了一息，拿了灯走上楼去，服侍过了母亲睡在床上，她一人回转西厢房。剔亮了灯，放在床边的方桌上面，拿一本《西厢记》，把身斜靠在床上，垫高了枕头，侧着头，近着灯，看那小生张君瑞在西厢房中，会那个小姐崔莺莺。读到"待月西厢下，迎户门半开，月移花影动，疑是玉人来"四句诗时，她把书放了，想了想，立起身来，轻移莲步，姗姗地走到窗口，看看月儿，微微地叹口气。

忽听得房内有个人轻轻地说道："小姐，你休要叹气，小生进房多时了。"玉莲吃了一惊，回头看时，只见灯光下立着一个后生，衣冠楚楚，品貌风流。仔细一看，却原来就是日间来取喜鹊的那人。玉莲叫声："啊呀！你……"

那后生忙用手一摆道："小姐！休要高声，倘教令堂伯母听见了，叫小生何以为人？小生不是别人，便是本府知府太爷的兄弟毛羽高，年方二十三岁，已经中了举人，文能写得文章，武能擒得猛虎，真是文武全才，名扬四海。今天日间，小生与小姐由喜鹊儿为媒，得能相会于贵府天井之中，真是三生有幸。小生仰慕芳姿，不揣冒昧，偷进绣房，学一个跳粉墙的张生。还望小姐不弃小生，也学一个待月西厢下的莺莺儿，则小生幼读诗书，深明礼义，绝不始乱终弃，效那薄幸所为。诺诺诺，小生这厢有礼了！"

这玉莲看昏了弹词，平生最欢喜是自称小生的人，却是出了娘胎，也不曾碰见过。今夜见这男子横一个小生，竖一个小生，说得玉莲早已软了半边，寻思道："原来小生是这个样儿的，我且休要错过机会，问问他的仔细。"

当下玉莲微红了脸，轻轻地道："你为什么自称小生？"毛羽高道："小姐，小生也者，出身宦家，饱读经书，年方弱冠，才貌过人，风流潇洒，顾影自怜，惜玉怜香，不同凡俗，深情蜜意，迥异伧夫，拾功名如探囊，登虎榜必书生，此自称小生者之可贵也。如小生本身已是举人，再进一步，便是进士、状元，一举成名，小姐便是一品夫人。"

玉莲当时着了魔一般，毛羽高说一句，玉莲心里欢喜一分。当夜与毛羽高海誓山盟，结了鸳鸯。二人如胶似漆，一时哪里分拆得开。玉莲索性把毛羽高留在房内，一连十多日不放出去。

可是毛羽高这个贼已经玩厌了，只说怕知府找上门来，要离别回府去，玉莲再也留不住。毛羽高临走时，取下一只玉兔儿，作为纪念，玉莲也取出一只金钗，作为表记。毛羽高还说回转衙门，即与知府说知，挽人来说亲。玉莲千叮万嘱，无限柔情，把个情人在半夜过后放出后门。这毛羽高真是一个采花的祖宗，他晓得江南的大家闺秀，最爱的是这一功。他揣摩透了，到处窃玉偷香，真是百发百中。可怜玉莲恰好也上了这个当。

这毛羽高回转府去，毛如龙道："贤弟，你这十几天哪里去了？"毛羽高道："弟往南京游玩方回。"毛如龙道："好教你欢喜，与无锡夏太师小姐的亲事成功了，明天过大礼，下半年结亲，你此后休要出去玩耍，给夏家得知了，不好听。"毛羽高连声称是。

梁玉莲自结识了这个姓毛的小生，心里兀自暗暗地欢喜，常从睡梦中笑了醒来。她晓得不多几天，将有知府衙门派人前来说亲。她便天天打扮得花枝招展，一天到晚，兴冲冲地高兴。梁母好生奇怪：却是为何这小妮子变了一个样儿了？看她这等欢容满面，不知得着了什么宝贝？

谁知一天一天地过去，这毛羽高竟是绝足不来，所约的喜信更是石沉大海，消息杳然，急得玉莲搓手顿足，暗暗叫苦。梁母忽地见玉莲又换了一个人，终日里长吁短叹，蛾眉紧锁，没精打采，茶饭不思。又吓得梁母心事重重，不知女儿究竟为了什么，一息儿欢喜欲狂，一息儿忧闷欲死。梁母再三盘问玉莲，这玉莲咬紧牙关，只说："没事，没事。"弄得梁母真如丈二和尚，摸不着头脑了。

光阴一天一天地过去，这玉莲的相思病一天一天地重了起来，累得一个人比黄花还瘦，浑身没有气力，有时咯咯地吐几口鲜血。急得梁母和国器走投无路，忙请大夫诊治。都说是不治之症，没有一个不摇头。梁母没法，只有滚滚泪下："玉莲的病倘如不好，我这条老命也不要了。"

那一天是冬至的前几天，玉莲睡在床上，摊了两条丝棉被，兀自喊冷。猛听得外面人声喧闹，接着一片鼓乐声，远远地吹打着，渐渐地吹过来，经过了梁家大门。玉莲睁着两眼，听那鼓乐，忽问道："是谁家结亲？"她弟弟答道："姊姊，说起此马来头大，是知府的兄弟，唤作毛羽高武举人，与无锡夏太师的小姐在衙门里结婚。"

一言未了，只见玉莲大叫一声，望后便倒，吓得梁母、国器手足无措，忙把玉莲救了转来。

梁母哭道："玉莲你怎的，你怎的？"玉莲看看娘，看看兄弟，不由"哇"一声，哭了起来。梁国器急道："姊姊有什么事？你只管说出来，休要这等真叫人难过了。"玉莲叹口气道："母亲，兄弟，我被人家骗了去了。"梁母道："是谁骗了你的？"玉莲道："便是这个姓毛的畜生！"梁母和国器一齐吃了一惊，道："这姓毛的连魂儿也不曾进来，他怎会骗你呢？"

玉莲便把详细经过讲了出来。梁国器顿脚叫道："完了，完了！这畜生仗了知府的势，在常州横行不法，有谁不知，你姊姊怎的会上了他的当？"玉莲哭道："弟弟，你休要怪我，我一天到晚闷在家里，怎晓得外面的事？我为了他，病到这个样儿。我这病已危在旦夕，待死了以后，求求贤弟，替我报仇，我做鬼如有灵性，誓来助你一臂。好兄弟，你休要忘了，我在九泉之下，终也感激你的！"梁国器听了，不觉放声大哭，梁母和玉莲更是哭得像泪人儿一般。

这样地过得三天，可玉莲果然瞑目长逝了。梁母、国器大哭一场，把个玉莲身后料理得十分丰厚。母子二人痛恨毛羽高，誓为玉莲报仇。恨那毛羽高武艺高强，权势通天，一时难以下手。梁国器便投拜武师，练习武艺，苦苦学了三年。这毛羽高早已同了毛如龙回转山西太原去了。

梁母痛惜女儿，便嘱国器北上，为玉莲报仇。当日梁国器辞了母亲，径往太原。路经平阳，不料遇见胭脂盗，却与小云娃缔结良缘，随后同了李翠娃、小云娃奔赴太原。岂知毛羽高又中了武进士，在太原做了一个将军，作威作福，谁敢动他一根汗毛？梁国器血海深仇，志在必报，便在太原城内，俟候毛羽高出行时，同小云娃母女前去行刺。

在太原候了两个多月，方候得毛羽高带领一般副将、兵勇，出城围猎。梁国器等三人身怀利器，紧跟前去。见前面带路的是一百多兵勇，四员副将骑在马上，手执利刃，身负强弓。最后一匹高头白马上的大将，便是毛羽高。

出了城，过了吊桥，小云娃早端整了二支镖儿，分左右手拿着。梁国器等跟过了吊桥，约又行了十几步路，即对小云娃努努嘴儿。小云娃一扬右手，一支金镖早已飞入毛羽高背中，毛羽高大叫一声，死于马下。前面一员副将回过头来，小云娃第二支金镖又飞将去，"哧"一声中在副将喉间，落马便死。三员副将大喝一声，各举兵刃，拉回马来，要捕三人。

李翠娃、小云娃、梁国器提兵器迎住大斗。谁知在步下，力斗马上，吃力非常，加上一百多兵勇大声呼喊，又团团地把三人围住了，三人拼命迎战，只是杀不出去。

正当十分危急，忽听得弓弦声响，从外面接连地飞入几支利箭，三员副将排头也似的应弦落地，一百多兵勇大声喊，尽皆逃入城去。小云娃眼快，早见哥哥李德山同了嫂嫂赵氏飞奔而来，不禁惊喜交集，忙叫道："哥哥、嫂嫂迟来一步，我们休矣！"当下母子、兄妹会叙了，齐奔城外而去。

行了七八十里，离得太原城远了，方敢住脚，在一个镇上借了客寓。翠娃道："你二人怎的也来了？"

李德山道："我住在天保村，只是记念母亲和妹妹，却是怕惹祸，不敢出来。谁知闹蛾儿在杀虎岭劫镖银，被官军拿去了。县太爷大怒，亲往府里去借兵，要来扫荡各村。我听这个信儿，便往朱家去看你，谁知你们已来太原。我一面关照朱母速作逃计，一面同了妻子直来太原。谁知行近城边，忽见杀气冲天，仔细一望，见是母亲被围。即叫妻子把铁臂弓搭上箭，连珠价射将去，却喜救出了你们，真是连做梦也想不到的。"

赵氏道："婆婆，这一位可是梁先生吗？"翠娃道："正是你的姑夫①，我已把小云娃配给他了。"梁国器走上一步，施个礼，叫了声："舅兄，舅嫂。"李德山夫妻到了这时，也觉欢喜了。

当时翠娃道："我们预备到哪里去安身呢？"李德山道："在山西省恐怕立不住了，只有奔到外省去。"梁国器道："舅兄休急，弟家在江南常州，舍间虽非富有，却也有百十亩田，每年收租，尽足度日。舅兄、舅嫂和岳母、贤妻，不如都投常州去，住在舍下，从此做个正当行业，安安分分地作为良民，岂不是魂梦都安，却不是好？"

李德山大喜，急忙扶了娘，带了妻子，和妹夫、妹子，离了客寓，一路投往江南常州去了。

---

① 姑夫，此处指丈夫姊妹之夫。

图书在版编目（CIP）数据

阴阳剑·胭脂盗／顾明道著. — 北京：中国文史
出版社，2018.3

（民国武侠小说典藏文库·顾明道卷）

ISBN 978-7-5034-9927-2

Ⅰ. ①阴… Ⅱ. ①顾… Ⅲ. ①侠义小说-小说集-中
国-现代 Ⅳ. ①I246.5

中国版本图书馆 CIP 数据核字（2018）第 001262 号

点　　校：袁　元　澎　湃
责任编辑：薛媛媛

出版发行：**中国文史出版社**

网　　址：http://www.chinawenshi.net

社　　址：北京市西城区太平桥大街 23 号　　邮编：100811

电　　话：010-66173572　66168268　66192736（发行部）

传　　真：010-66192703

印　　装：廊坊市海涛印刷有限公司

经　　销：全国新华书店

开　　本：720×1020　1/16

印　　张：19.25　　字数：231 千字

版　　次：2018 年 3 月第 1 版

印　　次：2018 年 3 月第 1 次印刷

定　　价：58.00 元